아이고 다리를
건너서

제2회 나라 안팎 한국인기록문화상
자서전·회상기 갈래 수상작

아이고 다리를 건너서

초판 1쇄 인쇄 2004. 4. 20.
초판 1쇄 발행 2004. 4. 26.

지은이   이금선
펴낸이   김경희
펴낸곳   (주)지식산업사
주소   서울시 종로구 통의동 35-18
전화   (02)734-1978(대)
팩스   (02)720-7900
인터넷   한글문패 지식산업사
            영문문패 www.jisik.co.kr
전자우편   jsp@jisik.co.kr，jisikco@chollian.net

등록번호   1-363
등록날짜   1969. 5. 8

ⓒ 지식산업사, 2004
ISBN 89-423-7028-4 03810

책값 10,000원

이 책을 읽고 지은이에게 문의하고자 하는 이는 지식산업사 전자우편으로 연락 바랍니다.

제2회 나라 안팎 한국인기록문화상
자서전 · 회상기 갈래 수상작

아이고 다리를 건너서

이 금 선

지식산업사

차 례

재스민의 계절, 가을

어느새 수국이 졌을까? 탐스러운 푸른 빛깔로 아침마다 나를 반기던 커다란 꽃송이들은 이미 자취를 감추고 대신 갈색으로 말라 버린 꽃잎들이 그 자리에 초라하게 달려 있다. 키가 큰 수국나무 허리께는 재스민이 무리지어 피어 저마다 연보랏빛 꽃송이들을 치켜들고 마치 촛불을 밝혀 놓은 듯 숲길 양쪽에 줄 지어 서 있다.

여기는 길고 흰 구름의 나라 아오테아로아(Aotearoa) —— 뉴질랜드 북섬, 오클랜드에서 가장 높다는 산 —— 의 8부 능선쯤 되는 천연 보호림 숲 속에 아담하게 자리 잡은 이층집. 갤러리로 꾸며 놓은 아래층과 연결된 작업장에서 남편과 나는 날마다 흙과 씨름하며 우리의 혼이 담긴 도자기를 빚어내고 있다.

이 작업장은 여기 온 첫 해 남편과 내가 손에 물집이 잡혀 가며 망치질을 하고 헌 마룻장을 사다가 깔았으며, 내벽과 외벽 모두 연둣빛 페인트를 칠해서 만들어낸 또 다른 작품이다. 모양도 아름답지만 지붕에 잠수함처럼 둥근 모양의 채광창을 여러 개 만들어 하루 종일 빛이 들어오도록 고안된 걸작품(?)이라고 우리는 생각하고 있다.

어렸을 때는 지구 위에 이 나라가 있는지조차 몰랐고, 지리시간에 공부를 하고 나서도, 또 나이 마흔이 훨씬 넘을 때까지도 난 내가 수만 리 바다 건너 이 나라에 와서 살게 될 줄은 정말 몰랐다.

그 오랜 시간 동안 노력하고 또 노력해서 일구어 왔던 내 삶. 촉망 받는 고위직 여성 공무원으로서 지위와 그에 걸맞은 박사학위를 가지고 탄탄대로가 보장된 남은 인생을 누리기만 하면 되리라는 평을 듣고 있던 나.

또 한 등급 높은 직급으로 승진하고, 대학 강단에 서서 강의하는 평생의 꿈을 이룰 수 있는 기회들을 미련 없이 내던지고 태평양을 건너 이 멀고 낯선 곳까지 와서 도자기를 빚고 조각을 하고 그림을 그리게 된 것은 무슨 까닭이었을까?

'노란 숲 속에 난 두 갈래 길' 가운데 다른 하나를 뒤늦게 발견한 것이었을까?

참으로 오랜만에 이층 탁자에 앉아 계곡 저 아래쪽 태고의 숲 속에서 불어오는 바람이 골짜기의 안개를 힘겹게 밀어올리는 모습을 본다. 지금처럼 비 개인 뒤에는 양쪽 산맥을 가로질러 쌍무지개가 이따금 뜨기도 해서 저절로 감탄사를 자아내기도 한다.

들리는 것이라곤 바람소리와 새소리뿐인 이곳에서 우리들은 눈 뜨고 또 잠든다. 우리 식구는 남편과 나, 독일산 셰퍼드 챔프, 고양이 재롱이 그리고 연못에서 노니는 금붕어 오십여 마리가 전부이다.

어느 집 새장에서 뛰쳐나온 듯 연둣빛 날개를 가진 작은 새 한 마리가 키 큰 카우리 나무 끝에 앉아 나를 바라본다. 호기심과 불안함이 가득한 동그란 눈망울이 귀엽다.

　한 잔의 따끈한 차를 타 가지고 나온 나는 강한 햇볕에 퇴색해버린 나무의자에 다시 앉는다. 이 의자에 이렇게 앉아 숲과 나무들을 바라보는 것이 정말로 얼마 만인가?

　가을을 타는 탓인지 오늘만큼은 일을 일찍 끝내고 싶었다. 손에 묻은 흙을 깨끗이 씻고 인간답게(?) 거실에서 책도 보고 숲도 보면서 계절을 감상하리라 생각했으니까.

아픈 유년의 기억

우리 시대를 살아온 사람들이 대개 그렇듯이 나 또한 태어날 때부터 가난을 짊어지고 게다가 질병이 가장 가까운 벗인 그런 삶을 살아왔다.

나는 을미년(1955년) 정월에 중구 남창동 판잣집 차가운 방에서 태어났다. 언젠가 어머니께 내 다리가 좀 휘었다고 했더니 어머니는 긴 한숨 끝에, 불기운도 없는 차가운 방에 갓난아기를 차마 눕힐 수가 없어서 나를 늘 업고 살았기 때문이라고 하셨다.

언론인 출신인 아버지는 시대와 타협하지 못한 채 청렴결백만을 신앙처럼 지켰고 따라서 우리 육남매는 늘 헐벗고 굶주리는 생활에서 벗어날 수 없었다. 지금 생각해보면 아버지는 시대를 잘못 만났던 현인(賢人)이라고 할까? 뛰어난 문재(文才)를 가지고도 한 번도 그 뜻을 펴 보지 못했던 분이셨다.

만석꾼 부잣집 맏딸로 태어난 어머니는 한의사였던 외할아버지의 적극적인 지원으로 그 시대에 진명여고를 거쳐 의전(醫專)까지 마쳤던 재원이었으나 가난한 아버지와 결혼한 뒤 남은 인생을 궁핍 속에서 고통스럽게 살다 가신 비운의 여인이었다.

가난 속에서도 우리 육남매는 모두 머리가 총명하고 공부하고자 하는 의지가 강했는데, 그것은 아마도 힘들게 자란 가정환경에 단련된 덕분이었는지도 모른다.

육남매 가운데 하나뿐인 딸이었던 나는 어려서부터 천형(天刑)처럼 두통을 달고 살았다. 아주 어려서는 한 해에 두 번씩 폐렴으로 숨이 넘어가 엄마가 무릎에 놓고 몇 날 며칠을 간호해서 살려내곤 하셨다고 했다.

크면서 폐렴은 없어졌지만 두통은 언제나 내 가장 가까운 곳에 있었고 예고도 없이 곧잘 찾아오곤 했다. 한번 시작하면 보통 이삼

집앞 뜰에 선 아버지와 어머니.

일을 계속하는데 그 통증은 정말로 끔찍한 것이어서 통증 때문에 눈도 뜨지 못하고 약조차도 못 넘긴 채 끊임없이 토했다.

실제로 난 그 두통만 없앨 수 있다면 내 영혼을 악마에게라도 팔아버릴 수 있다고 생각했고, 두 번이나 자살을 기도했을 만큼 고통을 겪었다.

수시로 겪는 그 두통이 어쩌면 내가 전생에 저지른 죄의 대가일 수도 있으리라는 생각을 했고, 미워는 하지만 헤어질 수 없는 벗처럼 늘 가장 가까운 곳에 존재하는 그 고통에 나는 익숙해져 갔다. 지금까지도 그 두통은 강도만 다소 약해진 상태로 거의 내 곁에 있다.

어린 시절엔 가난도 늘 우리 곁에, 가장 가까운 곳에 있었다. 우리 형제는 거의 물로 배를 채워야 했고 소화가 빨리 되는 것을 두려워하여 누워 살아야 했다.

밭에 어렵사리 심은 감자는 미처 알이 영글기도 전에 우리 뱃속으로 들어갔고, 새파란 토마토는 그 맛이 비리고 아리고 떫은 것도 느끼지 못한 채 먹어 치웠다.

동생과 나는 밑창이 다 닳아 윗부분만 남아 있는 신발을 간신히 발등에 끼우고 거의 맨발로 다녀야 했다.

그나마 학교에 갈 때 말고는 벗어 두고 맨발로 다녔는데 그 모습을 보다 못한 아버지는, 윗방 마룻장 하나를 떼어내어 우리의 발 크기에 맞추어 잘라낸 뒤 위쪽에 타이어 조각을 붙여 못을 박아 게다 모양으로 된 나무신발을 만들어 주셨는데, 그 기이한 신발 때문에 다른 아이들에게 놀림의 대상이 되었던 생각이 난다.

가난 때문에 생계 자체가 위협을 받았던 그 시절에 내 두통은 처음엔 식구들에게 얼마쯤 걱정을 끼쳤으나 이내 별다른 주목을 받을 수 없게 되었고, 오직 어머니만이 병약한 나를 늘 안타까워하셨지만 별다른 치료를 해줄 수도 없으셨다. 그래서 나는 노란 얼굴을 하고 늘 방 한쪽 구석에 누워 있는 것이 일이었다.

내가 어렸을 때 어머니는 노량진 시장에서 양은으로 된 커다란 그릇에 빨래판을 걸쳐 놓고 과일장사를 하셨는데, 해가 지겹도록 길고 긴 여름날이면 나는 두통으로 눈도 뜨지 못한 채 더위와 허기에 지쳐 해가 들지 않는 골방에 시체처럼 누워 있곤 했다. 때로 조금 기운을 차릴 때는 쪽마루로 나와, 먹이를 찾아 가난한 우리 마당까지 내려온 다람쥐를 구경하기도 했다.

겨울이 되어 과일 구하기가 어렵게 되면 어머니는 꿀꿀이죽 장사를 하셨다. 아침 일찍 미군 부대에서 나오는 음식 찌꺼기를 받아다가 파는 장사로 운수가 좋은 날이면 은박지에 싸인 채 그냥 버려진 감자나 고기 덩어리가 있었기 때문에, 대부분 배고픔을 겪고 있던 그 시절의 사람들에게 꿀꿀이죽은 가장 질 높은 영양식이 되곤 했던 것이다.

그런 꿀꿀이죽도 늦게 가면 차례가 오지 않거나 건더기가 모두 나간 채 멀건 국물만 받아오기가 십상이기 때문에 어머니는 해도 뜨기 전에 죽을 받으러 시커먼 어둠 속으로 떠나곤 하셨다. 미군 부대로 가는 길은 너무 멀었기 때문에 어머니는 위험을 무릅쓰고 얼어붙은 한강을 건너는 지름길을 택하곤 하셨다. 어떤 때는 얼음에 미끄러져 다리를 삐셨던 적도 있었다. 그때 어머니는 다리 아픈 것보다 이고 오시던 높은 양철 물통이 떨어져 땅에 쏟아진 꿀꿀이죽이 아까워 눈물을 흘리셨다고 했다.

어머니는 가끔 팔다 남은 꿀꿀이죽을 가지고 오시는 적이 있었는데 그때마다 우리는 눈동자를 번쩍이며 서로 한 숟가락이라도 더 먹으려고 싸움을 벌이곤 했다.

비록 가난하고 보잘것없는 천막집이었지만 꽃을 유난히 좋아하던 어머니는 온 집을 꽃동산으로 만드셨다.

멀리서 보면 우리 집은 마치 꽃으로 꾸며 놓은 대궐처럼 보였다. 가끔 꽃 속에 숨은 우리 집을 구경하러 오는 사람들은 아름다운 꽃 속에 게딱지처럼 웅크린 채 쓰러져 가는 천막집을 보고 실망하여 돌아가곤 했다.

또 때때로 우리 집에 꽃씨를 얻으러 오는 사람들도 있었다. 어머니는 그 사람들에게 꽃씨를 나누어 주는 것뿐 아니라 씨를 뿌리는 법이나 가꾸는 법 따위를 자세히 알려 주시곤 했다.

나중에는 나무판자를 깔았지만 처음에 우리 집은 바깥은 천막으로 가리고 안에는 기둥을 박은 아래로 가마니 조각을 깔았다. 비가 내리면 맨 땅에 깐 가마니 사이로 빗물이 스며들어 옷을 적시고 천막 사이로 빗물이 새어들었다. 또 아침에 학교에 가려고 보면 옷 여기저기에 가마니 덤불이 묻어 있던 기억도 난다. 그러나 모처럼 날씨가 맑은 밤이면 벌어진 천막 틈으로 반짝이는 별들을 볼 수 있었던 것이 그 시절 우리들의 유일한 사치였다.

코스모스가 온 마당에 가득 필 때면 우리는 위쪽 마당으로 오르는 돌계단을 잃어버리곤 했다. 무성히 자란 코스모스가 그 돌계단을 자신들의 품속에 감추어 버리기 때문이었다.

병약했던 까닭에 친구도 없었고 별달리 놀 줄도 몰랐던 나는 머리가 안 아픈 날은 그 코스모스 숲 속에 자리를 깔고 누워 코스모스 꽃으로 수놓인 하늘을 올려다보면서 상상의 나래를 펴곤 했다.

천막을 칠 때 삽으로 파내었던 뒤뜰에서는 심심치 않게 사람 해골이나 다리뼈 같은 것이 나오곤 했는데 그것은 우리 집이 공동묘지가 있던 자리여서라고 했다.

겨울이면 배고픈 것도 문제이지만 어떻게든 추위를 이기고 살아남기 위해 모든 노력을 해야 했다. 그 표적이 되었던 것 가운데 하나가 우리 집 뒤에 쳐있던 철조망이었다. 철조망을 지탱하기 위해 중간 중간에 나무 기둥이 하나씩 버팀목으로 서 있었는데, 그 나무는 기름을 먹여서 거무스름한 색으로 불이 아주 잘 붙고 잘 타는 나무였다.

우리는 처음에 그 기둥을 두 개 건너 하나씩 뽑아서 불을 때다가 이내 하나 건너 하나씩 뽑아 때기 시작했다. 기둥이 없어지자 철조망이 바닥으로 늘어지기 시작했고 삼림을 감시하던 사람들이 범인을 색출하러 다니는 바람에 그 다음부터는 그 일도 할 수 없었다.

그래서 그 다음에 택한 것이 청솔가지를 때는 방법이었다. 청솔가지는 상록수로서 수분이 많아서 불을 때면 연기가 많이 나는 것이 단점이었다. 또 일단 불이 붙으면 쉽게 타버리기 때문에 불이 오래 가지 않았다.

그러나 이따금 솔방울이 불에 탈 때면 솔방울 마디마다 불빛에 발갛게 달아오르면서 빛나는 것이 황홀해서 나는 즐겨 솔방울을 주워다가 불을 때곤 했다.

그 시절 마당 한쪽 구석에 서 있던 아카시아 나무는 우리들의 중요한 식량 공급원이었다. 아카시아 꽃망울이 맺히기 시작할 때부터 오빠는 장대로 나뭇가지를 내려치거나 대야를 하나 들고 나무 위로 올라가 대야 가득 꽃송이를 담아서 주르르 내려오곤 했다.

때때로 꽃 속에는 연두색을 하고 몸에 뿔이 여러 개 돋은 새파랗고 커다란 아카시아 벌레가 들어 있곤 했는데, 그것은 우리에게 징그럽고 끔찍한 존재였다. 그러나 나무 아래에서 목이 아프도록 고개를 젖히고 그것을 올려다보는 우리의 입에는 어느새 침이 가득 고여 있었다. 아카시아 꽃은 아주 달지는 않았지만 향기롭고 달콤한 뒷맛을 지니고 있었기 때문에 배고픈 우리들에게는 더할 나위 없는 훌륭한 식량이었던 것이다.

그러나 진달래꽃에 이어 아카시아 꽃이 지고 나면 해는 점점 길어지고 가난한 집안의 아이들에게는 더욱더 힘들고 어려운 계절이 시작되었다.

그리고 내 어린 시절 하면 늘 떠오르는 잊을 수 없는 한 그림자가 있다. 그 시절 나는 이 다음에 크면 꼭 그녀의 이야기를 글로 써주겠다고 약속했다.

간질환자 친구 진예 이야기

육남매가 자라는 우리 집은 먹을 것을 두고 다투는 전쟁으로 하루하루를 넘길 만큼 가난 그 이상의 가난을 겪고 있었다. 아이들은 모두 굶어서 부황에 걸려 있었는데 주로 물로 배를 채웠고 조금이라도 소화가 천천히 되게 하기 위해서 늘 누워서 지냈었다.

앞에서 말했듯이 진달래꽃이나 아카시아 꽃이 필 때면 그 꽃을 따먹고 배고픔을 채우고 밭에 심은 감자는 미처 알이 영글기도 전에 그 아린 것을 죄다 먹어 치웠던 시절이었다. 우린 언제나 먹을 것을 찾아 다녔고 우리 천막집의 뒤쪽에 있는 숲에는 여러 가지 덩굴식물이 많이 자라서 우린 그것이 먹는 것이든 아니든 모조리 먹어 치웠으며 때론 몇 날 며칠 배앓이를 계속하곤 하였다.

내가 아직 초등학교도 들어가기 전으로 기억된다. 그 시절 '진예'는 우리들의 둘도 없는 친구였다. 내 기억으로 그때 그녀의 나이는 스물이 넘었는데 우리가 동네 아이들처럼 그녀를 존칭도 없이 "진예, 진예" 하고 불렀던 것은 그녀가 온전한 정신을 지니지 못한 사람이라는 소문 때문이었다.

또 진예는 우리 집이 가난한데도 늘 우리 집에 드나들었는데 그 이유는 어머니가 그녀를 안쓰럽고 불쌍하게 여겨서 따뜻하게 대해 주었기 때문이었다.

진예는 우리, 특히 나를 가장 예뻐하고 좋아했는데 그녀가 우리 집에 올 때는 그녀의 때 절은 치마폭에 무엇인가 먹을 것을 싸가지고 왔기 때문에 나와 동생은 그녀가 오는 것을 특히 반기곤 했다. 그녀의 치마폭에는 때로는 미처 영글지 못한 감자나 고구마가 들어 있을 때도 있었고, 새파란 토마토가 들어 있을 때도 있었지만 우린 무엇이든 가리지 않고 그녀가 가져오는 것을 아귀처럼 먹어 댔으며 그녀는 우리의 그런 모습을 보며 사람 좋은 웃음을 희죽 흘리곤 했다.

그러던 어느 여름날이었다.

며칠 안 보이던 진예가 오자 우리는 활기를 되찾아 그녀의 치마폭에 과연 무엇이 들어 있을까 궁금해 하며 침을 꼴깍 삼키고 있었다. 그녀가 풀어 놓은 치마폭에서 대여섯 개의 푸른 토마토가 데구루루 뒷마루에 떨어졌고 우린 좋아서 소리 지르며 그것을 집어 덥석 깨물었다.

아리고 비리고 떫고……. 무어라 형용하기 어려운 맛이었지만 그런 것은 그때 우리에게 문제가 되지 않았다.

우리가 정신없이 토마토를 먹고 있는 동안 어머니와 진예는 툇마루에 앉아 이야기를 하고 있었는데, 나는 그때 아주 잠깐 진예의 쪽진 머리가 유난히 탐스럽다는 생각을 했다.

한참 정신없이 먹고 난 뒤에야 나는 어머니와 진예의 모습이 보이지 않는 것을 깨달았다. 동생은 모처럼 배가 불러 기분이 좋았던지 이미 어디론가 놀러 나가 보이지 않았다.

그때 이상한 신음소리 같은 것이 들렸고, 나는 그쪽으로 살금살금 다가갔다. 그것은 부엌의 판자문 안쪽에서 들리는 소리였는데 판자문 틈에 눈을 대고 안을 들여다보았지만, 처음에는 어두워서 잘 보이지 않았다. 내가 어둠에 눈이 익은 뒤 발견한 것은 부엌이라고 해서 고작 삽으로 깎아 약간 평평하도록 다듬은 흙바닥에 누워 있는 진예의 머리를 어머니가 무릎 위에 올려놓고서 들여다보고 있는 모습이었다.

나는 방금 전까지 앉아서 얘기하던 진예가 왜 누워 있을까 하는 생각이 들어 그녀의 모습을 자세히 살펴보았다. 진예의 두 눈은 휙 돌아가 흰 창이 가득 보였고 입술은 비틀린 채로 허연 거품을 내뿜고 있었다. 부엌 바닥에 눕혀져 있는 그녀의 사지는 제멋대로 각기 다른 방향으로 비틀리고 있었고, 그녀의 입에서는 신음인지 비명인지 무어라 알아들을 수 없는 소리가 계속 흘러나오고 있는 것이었다.

나는 그 순간 진예가 죽는가보다 하고 생각했다. 사람이 죽는 모습을 한 번도 본 일이 없던 나는 거품을 물고 사지를 비틀며 누워 있는 그녀의 모습이 그만큼 무섭고 섬뜩했고 싫었던 것이다. 한편으로는 우리에게 늘 잘 대해주고 무엇인가 먹을 것을 날라다 주던 그녀가 죽어간다는 생각에 눈물이 왈칵 쏟아지려는 것이었다. 그즈음 난 늘 이 다음에 크면 진예에게 은혜를 갚겠다고 스스로에게 다짐하고 있었다.

난 부엌문을 박차고 뛰어 들어가며 "진예, 죽지 마" 하고 외쳤다. 깜짝 놀란 어머니가 얼굴을 들어 나를 바라보셨다.

어머니는 그때 입을 벌리고 비틀려 말려 들어가는 진예의 혀가 목구멍을 막아 질식하지 않도록 무엇인가 끼운 채 그녀의 머리를 옆으로 안고 계셨다. 어머니는 눈물을 흘리는 나를 보시더니 "진예는 죽는 게 아니라 좀 아픈 거야. 그러니 밖에 나가 조금만 기다리면 괜찮을 거다"라고 말씀하셨다.

나는 반신반의하면서 어머니 말씀대로 부엌에서 나와 툇마루에 쪼그리고 앉아 기다렸다.

얼마나 시간이 흘렀을까. 정말 어머니 말씀대로 진예가 좀 비틀거리는 걸음으로 부엌을 나서는 것이 보였다. 그녀는 더 이상 거품을 물지도 않았고 사지를 뒤틀지도 않았으며 입 주위는 깨끗이 닦여 있었다. 내가 그녀에게 다가가려고 하자 뒤따라 나오신 어머니는 입에 손가락을 대며 아무 말도 하지 말라는 손짓을 하셨다. 그러고는 진예가 몸이 불편하니 그녀의 집까지 바래다주고 오라는 말씀을 하셨다.

나는 말없이 진예의 손을 잡았다. 그녀는 내가 고개를 완전히 뒤로 꺾고 쳐다봐야 할 만큼 키가 컸으나 그때 처음 잡아본 그녀의 손은 별로 크지 않다는 생각을 했던 기억이 난다.

우리는 집 뒤로 난 조그만 산길을 걸어서 그녀의 집까지 가는 동안 단 한 마디도 하지 않은 채 말없이 걷기만 했다.

그런데 한참 걷던 그녀가 "참 좋아" 하고 말하는 것이었다.

나는 말없이 그녀의 얼굴을 올려다보았고 그녀는 자기 손을 잡고 있는 내 손을 다른 손으로 톡톡 두드리며 "참 좋아"라고 다시 한 번 말했는데 난 그때 내 손이 좋다는 것인지 내가 좋다는 것인지 잘 모른 채 잠자코 걷기만 하였다.

이윽고 그녀의 집에 다다랐을 때 나는 그 황폐한 모습에 놀랐다. 그것은 집이라 부르기조차 곤란한 것이었다. 시멘트 벽돌을 찍어내는 공장 바깥벽에 잇대어 부서진 벽돌 몇 개를 쌓고 찢어진 루핑 조각을 얼기설기 얹은 그 공간에 견주면 우리 천막집은 차라리 대궐이었다.

그녀는 멍하니 서 있는 나를 이끌고 허리를 납작하게 숙이고 그 움막 속으로 기어 들어갔는데 따라 들어가던 내 몸이 반은 밖에 남아 있을 정도로 그 공간은 비좁았다.

그런 자세로 쪼그리고 앉아 훑어본 그녀의 살림살이는 훑어볼 것조차 없었다. 찌그러진 솥단지 하나, 함석 물통을 잘라서 만든 화덕 하나 그리고 부러진 숟가락 하나가 전부였다. 무어라 할 말도 없이 한참을 앉아 있던 나는 그냥 집으로 돌아왔다.

어머니는 집에 온 내게 진예의 이야기를 해주셨다.

부잣집 딸로 태어난 진예는 어린 시절부터 간질을 앓아왔다는 것이다. 그것은 뇌의 어떤 부분에 문제가 있어 발작이 일어나는 것인데, 그녀의 부모는 하나밖에 없는 딸의 병을 고쳐 주려고 굿도 하고 점도 치고 온갖 치료를 하느라고 재산도 많이 축내고, 시름시름 마음의 병을 앓다가 두 분 모두 비슷한 시기에 세상을 떠나셨다는 것이었다.

진예의 위로는 오빠가 하나 있었는데, 부모님이 돌아가시자마자 곧 오빠와 결혼한 올케는 진예 때문에 망신스러워 결혼생활을 할 수 없다고 했다. 결국 그녀의 오빠와 올케는 진예에게 그녀와 더 이상 함께 살 수 없으며 또한 그녀 때문에 더 이상 재산을 축낼 수도 없다고 했다고 한다.

하루아침에 집에서 쫓겨난 진예가 갈 곳은 아무 데도 없었다. 그녀는 할 수 없이 동네에 있는 시멘트 공장 바깥벽에 의지해서 추위를 피하곤 했는데, 시멘트 공장 주인은 과거에 진예의 부모에게 은혜를 입은 사람이라 진예가 그곳에 머무는 것을 못 본 척해주었다고 했다.

그러나 진예의 올케는 진예가 가까운 곳에 그렇게 있는 것을 꺼려서 그녀를 멀리 쫓아내려고 시멘트 공장 주인에게 집요하게 압력을 넣고 있다는 것이었다.

진예의 병 치료로 그녀의 부모가 재산을 많이 축냈다고 하더라도 남은 재산을 물려받은 진예의 오빠는 그 근처에서 가장 큰 갑부 소리를 들을 만큼 부자였다. 그러나 병든 시누이를 위해서는 단 한 푼도 쓰려 하지 않는 그녀의 올케는 값진 모피로 몸을 휘감고 번쩍거리는 보석으로 치장을 하고 다니곤 했다.

그런 고통 속에서 진예는 그녀를 불쌍하게 여기는 동네 사람들이 몰래 가져다주는 밀가루 등으로 수제비를 만들어 먹으며 연명하고 있었다.

그녀가 늘 가는 곳은 마을에서 멀리 떨어진 선산에 모셔진 그녀의 부모님 무덤으로, 그곳에만 가면 그녀는 몇 날 며칠이고 눈물을 흘리며 애통해 했고 그녀의 오빠와 올케는 그런 행동이 자신들을 원망하는 것이라고 생각해서 더욱 그녀를 미워한다는 것이었다.

그렇게 진예가 다녀가고 나서 몇 달인가 시간이 흐른 가을 어느 저녁 무렵이었다. 겨울이 가까운 탓인지 싸늘한 공기가 코끝에 싸하게 느껴질 무렵, 나는 마당에서 모처럼 생긴 밀가루로 반죽을 하여 어머니와 함께 수제비를 뜨고 있었다. 화덕에서 나무 타는 소리와 냄새를 느끼며 끓는 물 속에 반죽을 떼어 넣다가 나는 갑자기 무엇인가 다른 소리가 들리는 것을 깨달았다.

그것은 함성 같기도 했고 아우성 같기도 했다. 누군가 크게 싸우는가보다 하고 생각했을 때 나는 어머니가 갑자기 밀가루 반죽 그릇을 집어던지고 달려가시는 것을 보았다. 영문도 모른 채 나는 어머니의 뒤를 따라 뛰었다.

그때 내게 그 길은 너무도 멀게 느껴졌고 그 길을 뛰어가면서 나는 내 가슴이 갑자기 방망이질을 하며 뛰는 것을 느꼈다. 숨이 턱에 닿도록 달려간 곳은 바로 진예의 움막이었다.

처음 내 눈에 들어온 것은 춤추는 불길 그것이었다. 거대한 불덩어리는 뛰어오르고 뒹굴고 비명 지르고 울부짖으며 몸부림치고 있었고, 둘러선 사람들은 무엇을 어떻게 해야 할지 몰라 발을 구를 뿐이었다.

그들은 살이 타는 고약한 냄새에 얼굴을 찡그리며 입을 막고 있었다. 나보다 먼저 도착한 어머니는 어느새 가까운 집에서 물을 길어와 그 불덩어리에 뿌리고 계셨지만 한 군데 가만히 있지 않는 그녀에게 물을 뿌리는 것은 어려운 일이었다.

어머니는 결국 그 집에서 이불을 들고 나와 사람들과 함께, 날뛰는 진예에게 뒤집어 씌웠다.

얼마나 시간이 흘렀을까? 이불을 걷었을 때 그곳에는 평소 진예 모습의 절반 정도 크기밖에 되지 않는 까맣고 끔찍하게 오그라진 형체가 고약한 냄새와 몇 줄기 연기를 피워 올리고 있었다. 무거운 정적 속에서 사람들은 하나 둘씩 침을 뱉으며 자리를 떴다.

나는 내 눈앞에서 벌어진 일을 믿을 수가 없었다. '진예는 정말 죽은 것일까? 죽는다는 건 저렇게 작아지는 것일까? 왜 그렇게 이상한 냄새가 나는 걸까? 전처럼 조금 있으면 진예가 다시 아무 일 없었던 듯이 부스스 머리를 매만지며 나타나는 것이 아닐까?'

어머니와 몇몇 사람들이 거적에 말은 진예의 시체를 옮겨 뒷산에 묻던 날, 난 어머니의 만류를 뿌리치고 그곳에 갔다. 진예에게는 내가 유일한 벗이었을 거라는 생각 때문이었다.

진예의 모습은 하얀 천으로 감겨 있어서 볼 수가 없었다. 관도 없는 그녀의 시체가 구덩이 속에 내려지고 삽에 담겨진 흙이 그녀 위로 쏟아져 내릴 때 나는 비로소 그녀를 잃었다는 것을 실감했다.

어머니는 조용히 흐느끼고 계셨다. 내 눈에서는 한없이 눈물이 흘러내리기 시작했다. 그토록 어렵고 괴로웠던 어린 시절 말 없는 친구가 되어 주었던 진예!

난 그때 그녀의 무덤 앞에서 언젠가는 당신을 위한 글을 쓰겠다고 그녀와 약속했고, 이제야 그 약속을 지킬 수 있게 되었다.

학교 가기 싫어하는 아이 3

    학교에 들어갈 나이가 되자 어머니는 손수건을 가슴에 매단 내 손을 잡고 학교에 가셨다. 생전 처음 많은 아이들을 보게 된 나는 촌닭처럼 주눅이 들어 마당 한쪽 구석에 숨어 있다가 그냥 집으로 돌아와 버렸다.

    어머니는 학교에 가야 한다며 수없이 말씀하셨지만 나는 집을 나서서는 학교에 가지 않고 학교가 바라다 보이는 언덕배기에 앉아 울음을 터뜨리곤 했다. 산속에서 혼자 커온 내가 갑자기 속하게 된 커다란 집단은 내게 공포감을 주었던 것이다. 그때의 기억 때문인지 지금까지도 여전히 나는 사회성이 부족한 성격을 지니고 있다.

    날마다 학교에 가지 않으려고 울던 나는 선생님이 나를 귀여워하고 예뻐해주시게 되면서 차츰 학교에 정을 붙이게 되었다.

    선생님들은 조그맣고 수줍음이 많으며, 내성적이지만 머리가 좋고 감성이 풍부한 내게 관심을 보여 주셨고, 나는 나를 사랑해주시는 선생님 때문에 학교를 가다시피 했던 것이다. 그래서 초등학교

3학년이 되었을 때 나는 가난하지만 공부를 잘하는 아이로 유명해져 있었다.

그 시절은 중학교를 가려면 입시를 치러야 했기 때문에 누구나 선생님께 과외지도를 받고 있었는데, 물론 나는 그럴 수가 없었다. 자신에게 과외지도를 받는 아이들을 제쳐 두고 선생님은 내게 시험 답안지 채점을 시키곤 하셨는데, 그 무렵 그것은 선생님의 대단한 신뢰를 뜻하는 것이었다. 아이들은 그런 내게 늘 질투를 했고 내 가난을 들추어 내가며 의식적으로 무시하곤 했다.

4학년이 되면서 나는 국어시간에 우연히 쓴 글이 학교 신문에 실리게 되었는데, 그때 나는 선생님께 글 잘 쓰는 소질이 있다는 말씀을 들을 수 있었다. 그 뒤부터 나는 늘 교내 신문의 한 자리를 차지하게 되었고, 각종 백일장 등에 학교를 대표하는 학생으로 출전하게 되었던 것이다.

한번은 1964년 소년한국일보사에서 주최한 제3회 소년한국 글짓기대회에 출전한 나는 '특선'의 영예를 안았다. 시상식은 지금의 세종문화회관인 시민회관에서 열렸는데 변변한 옷이 없었던 나는 어머니가 어렵게 천을 구해다 만들어주신 옷을 입고 참석했다. 시상식이 끝나고 집으로 오는 길에 동작동 국립묘지 근처 언덕에서 점심을 먹었는데 그것은 꽁보리로 만든 주먹밥과 고춧가루 없이 담은 시퍼런 무우청 김치였다. 사람들이 있는 곳에서 먹기가 부끄러워 아무도 없는 곳을 찾아 둘이 점심을 먹으면서 어머니는 안쓰러운 눈으로 나를 바라보셨다.

이렇게 제대로 영양섭취를 못한 데다가 늘 병약했던 나는 중학교 입학 무렵 몸무게가 16킬로그램밖에 안 나갈 정도로 왜소한 소녀였다.

  공부는 잘했지만 돈이 없어 졸업도 못하게 된 나를 안타깝게 여긴 담임선생님께서 육성회비 ── 육성회비인지 기성회비인지 잘 기억이 나지 않는다 ── 를 대신 내주셨기 때문에 나는 겨우 초등학교를 졸업할 수 있었다. 초등학교 졸업식 날 그동안 의무적으로 학교에 저금했던 돈 몇 푼을 받아, 새끼줄을 끼워 그 끝을 동여맨 연탄 두 장을 사서 낑낑거리며 들고 왔던 기억이 새삼스럽다.

불타버린 영어 교과서

　선생님의 도움으로 초등학교를 무사히 졸업한 나는 뒷일은 나중에 생각하자는 어머니 말씀대로 아무런 대책도 없이 중학교 입학시험을 치르게 되었다.

　어머니는 공립학교를 선택하셨는데 그 이유는 공립학교는 등록금을 제 때 못내도 당장 퇴학시키지는 않으리라는 계산에서였다.

　나는 입학시험 가운데 학과시험에서는 만점을 받았다. 하지만 그때는 중학교 입시에 체능시험이 있었는데 멀리뛰기에서 3센티미터가 모자라는 바람에 전교 4등을 차지하였고, 나는 1학년 4반에 배정되었다.

　하지만 입학금을 마련할 길은 막막했다.

　당시 학생이던 큰오빠가 사흘 동안 밤을 꼬박 새면서 어느 집 전축을 고쳐주고 받은 돈으로 내 입학금을 내주었지만 교복을 마련할 길은 없었다.

　결국 교복이 없어서 입학식에 가지 못한 나는 그날 집에서 하루 종일 울어야 했고, 며칠 뒤에 학교 측의 배려로 사복 차림으로 등교를 하게 되었다.

초라한 사복을 입고, 전교에서 가장 조그만, 그러나 공부 잘하는 나는 단번에 유명해졌다. 우리 담임선생님은 히스테리성이 강한 영어 선생님이었는데 1등으로 들어온 나에 대한 기대가 무너졌던 탓인지 내 초라한 모습을 나보다 더 싫어함으로써 상처를 주곤 했다.

그때는 대개 초등학교부터 과외를 하는 경우가 많았기 때문에 거기에 진도를 맞추어 영어 수업 첫 시간에 Be동사에 대한 설명을 하는 것이었다. ABC도 몰랐던 나는 교과서 대금도 못 내서 책조차 없었으니 그들을 따라갈 수가 없었고 이내 흥미까지 잃게 되었으며 선생님은 그런 나를 더욱 미워하시는 것이었다.

1학기가 끝나고 우연히 영어 성적이 바닥권인 내 성적표를 본 큰오빠는 여름방학 때 청계천 헌 책방에 가서 영어 교과서였던 'UNION'을 사 주었는데 그것이 내가 가져 본 최초의 영어책이었다. 그 시절 우리 집은 전기가 없어서 촛불을 켜고 살았는데 낮에는 집안일을 돕느라고 시간이 없었던 나는 초를 아껴야 하는 살림 형편을 알면서도 모두 잠든 밤에 몰래 숨어서 공부를 했다.

그러던 어느 날 피곤에 지쳐 잠시 졸았는데 잠결에 눈앞이 환해져서 깜짝 놀라 눈을 떠 보니 촛불이 넘어지고 영어책에 불이 붙어 타고 있는 것이 아닌가? 얼떨결에 옆에 있던 커다란 유리 재떨이로 불을 덮었는데 다행히 불이 조금씩 사그라지는가 싶더니 커다란 소리와 함께 갑자기 유리 재떨이가 산산조각이 나면서 그 파편이 사방으로 튀는 것이었다.

나는 타버린 머리카락이나 눈썹, 유리조각에 다친 상처는 돌아

볼 겨를도 없이 반쯤 타버린 영어책을 가슴에 안고 한없이 울어야 했다. 어떻게 얻은 책인데…….

그렇게 시작된 중·고등학교 학창시절은, 두통으로 말미암은 장기결석과 학교 게시판에 늘 두 번씩 게재되는 내 이름——한 번은 전교 석차 50위 이내 학생 명단, 또 한 번은 등록금 미납으로 붙은 등교정지 예고장——과 그 때문에 상처받는 나날로 점철되었다.

그럼에도 교내외 문예 콩쿠르 등에서 입상을 계속했고 성적도 우수한 편이었으며 선생님들의 권유로 생물반과 문예반에서 특별활동을 하는 등 학내 활동에 열심이었다.

교지를 편집하고 '문학의 밤'에 참여하고 시화전에 출품하는 등 소극적인 성격에도 꽤 많은 활동을 했는데, 지금 생각해보면 가난에 찌들고 암담한 가정환경에 대한 나름대로의 반발이었다. 또 나를 아껴주는 선생님들께 내 존재가치를 인정받을 수 있는 게 더 좋았기 때문이었다고 생각한다.

그 무렵의 가정형편은 말이 아니어서 나는 겨우 마련한 헌 교복한 벌을 중학교 때부터 고등학교 때까지 계속 입고 다녔는데, 동복은 다 닳고 해져서 섬유표면이 반짝거릴 정도였으며 봄가을에 입는 춘추복은 색이 누렇게 바래서 친구들은 멀리서도 나를 알아볼수 있다고 했다.

가슴 아픈 어머니날

그 무렵은 '어버이날'이 아니라 '어머니날'이었던 것으로 기억하는데 고등학교 2학년이 되던 그해 '어머니날'에 전교생이 학부모를 모시고 모인 강당에서 내가 자작시를 낭송하도록 되어 있었다.

어머니날에 시를 낭송하고 있다.

　누렇게 색이 바랜 내 교복이 안쓰러웠던지 한 친구가 자신이 새로 맞춰 입으면서 버리려고 했던 교복 한 벌을 행사 직전에 내게 가져다 주었다.

　비록 그 친구가 버리려 했던 교복이지만 내가 입고 있던 것에 견주면 거의 새 것이나 다름없었다. 나는 일단 자존심을 접어두고 그 교복을 입기로 했다. 내 생각에는 모처럼 우리 학교 행사에 오신 어머니가 다른 아이들처럼 희고 깨끗한 교복을 입고 시를 낭송하는 자랑스러운 딸의 모습을 보실 수 있도록 하고 싶었던 것이다.

　그러나 나보다 체격이 한참이나 컸던 그 친구의 교복은 너무 커서 도저히 내가 입을 수 없었다. 할 수 없이 누런 내 교복을 그냥 입고 허리에 매는 벨트만 그 친구 것으로 바꿔 매고 교단에 올라가 시를 낭송했다. 나중에 친구들에게서 교복은 누런데 벨트만 유난히 희고 깨끗해서 더 이상하더라는 얘기를 듣고 어머니가 얼마나 가슴 아팠을까 하고 생각했던 것이 아직도 가슴 아린 기억으로 남는다.

어머니의 선견지명대로 공립학교를 간 덕분에 늘 퇴학의 위기까지 몰리면서도 결국은 살아남아서 무사히 고등학교를 졸업할 수 있었다.

고등학교 졸업반이 되어 모두들 대학입시 준비로 정신이 없었다. 나는 그때 먹는 날보다 굶는 날이 더 많았고 그나마 두통이 한 번 시작되면 보통 삼사 일은 계속해서 뒹굴고 토하는 생활을 하다 보니 몸이 말이 아니었다. 오죽하면 바람이 불면 날아갈까봐 밖에 나가지 말라고 작은오빠가 농담 반 진담 반으로 말할 정도였다.

생사의 갈림길에서

그 무렵 등록금 걱정 때문에 특차로 지원한 항공대학에 실패한 나는 교과서들을 모두 모아 불태우고 난 뒤 부엌 위 다락방에서 며칠을 인사불성으로 앓았다. 그 방은 엎드려서 기어 들어가야 하는 곳이었는데, 빛도 잘 들어오지 않고 일어나 앉을 수도 없던 그곳이 내가 가져본 최초의 내 공간이었다. 며칠이나 지났을까. 캄캄한 어둠 속에서 몸부림치다가 손바닥만한 유리창을 발로 깨고 밖으로 굴러 떨어진 것까지는 기억을 하는데, 어느 순간 심한 한기와 두통 그리고 구토 속에서 정신을 차려보니 내가 꽁꽁 언 땅바닥에 누워 있는 것이었다. 내가 쓰러져 있던 주위에는 오물과 토한 흔적이 있었다. 순간적으로 연탄가스 중독이라는 생각에 방으로 뛰어 들어가 신음하는 가족들을 깨워 무작정 밖으로 끌어냈다.

인간의 목숨이 질긴 것인지 치러야 할 고생이 남았던 것인지 차가운 땅바닥에 앉아 흐느끼며 중얼거리던 어머니의 모습이 지금도 생생하다.

대학생의 꿈은 사라지고

등록금 때문에 대학입시를 포기하고 모든 의욕을 잃은 채 시름시름 앓던 어느 날 담임선생님이 후기대학 원서를 가지고 오셨다. 선생님 말씀은 성적으로 보면 억울하긴 하지만 그 학교에 수석으로 합격하면 등록금이 전액 면제되니 한번 시도해 보라는 것이었다.

며칠 생각한 끝에 늘 공부하고 싶었던 특수교육을 공부해 보자는 생각으로 입시를 치렀다. 그런데 결과는 전체 수석이 아니라 단과대학 수석이어서 입학금은 면제되나 얼마쯤의 등록금은 내야 한다는 것이었고, 일단 입학하고 나서 성적이 계속 유지되면 장학금으로 공부할 수 있다는 것이었다.

그러나 그날그날 먹을 것도 없는 형편에 '얼마쯤의 등록금'을 마련하는 것은 꿈같은 일이었다.

몇 날 며칠 동안 식음을 전폐한 나를 보다 못한 어머니는 거의 연을 끊다시피 하고 지내는 이모에게 자존심을 죽이고 돈을 빌려 달라고 하셨던 모양이었다. 그 무렵 이모네는 커다란 과수원을 경영하면서 비교적 넉넉하게 살고 있었는데 없이 사는 어머니가 어렵게 꺼낸 말에 "계집애가 살림하다 시집이나 가면 되는 거지, 없는 형편에 대학은 무슨 대학이유?" 하고는 매몰차게 거절하더란 것이었다.

나중에 어머니는 돈을 안 빌려 주는 건 좋은데 머리 좋고 아까운 딸자식을 그렇게 함부로 얘기하는 것에 깊은 상처를 입었다고 하셨다.

그 얘기를 전해 듣고 나는 절대로 여기서 쓰러지지 않겠다고 결심했다. 반드시 성공해서 나와 우리 어머니의 가슴을 아프게 한 사람들에게 멋지게 복수하리라 굳게 결심했다.

등록금 마감날이 왔다. 그날은 또 바로 아래 남동생 고등학교 입학금 마감날이기도 했다. 그냥 앉아서 마감시간을 기다리다가는 미쳐버릴 것 같아서 나는 학교로 갔다.

나를 아끼고 격려해주시던 선생님들을 만나 보았지만 돈을 빌릴 수는 없었다. 그때 내 심정은 돈만 구할 수 있다면 길바닥에 무릎을 꿇고 누구든 옷자락이라도 붙잡고 매달리고 싶은 심정이었다. 나는 하루 종일 헤매다가 겨우 친구의 하숙집까지 가서 탈진해 쓰러져 버렸다.

그 친구는 고등학교 때 강화에서 전학을 왔는데 얼굴도 예쁜 데다가 부잣집 딸이어서 학교에서도 공주 대접을 받던 아이였다. 하지만 그 아이는 공부가 좀 뒤떨어져서 나는 그 애 어머니의 부탁으로 자주 그의 하숙집에 가서 함께 공부하곤 했는데, 그런 이유로 그 애의 하숙집은 우리 집과 가까운 곳에 있었다. 초급대학에 합격한 그녀는 대학생이 된 기쁨에 들떠 마루에서 패션쇼를 하고 있었다.

마침 딸의 하숙집에 와 계시던 그 애 어머니는 비틀거리며 들어와 쓰러진 나를 놀란 얼굴로 바라보셨다. 그리고 냉수 한 그릇에 정신을 차린 내가 띄엄띄엄 꺼낸 말에 혀를 차면서 이렇게 똑똑한 아이가 돈 때문에 공부할 수 없다면 불행한 일이라고 하시면서 두말없이 지갑을 열어 돈을 건네주시는 것이었다. 시계를 보니 은행 마감시간이 십 분쯤밖에 남아 있지 않았다. 나는 미처 감사인사를 할 틈도 없이 벌떡 일어나 그 돈을 들고 집 앞 은행으로 달려갔다.

그러나 은행에 다다른 나는 남은 5분의 시간 동안 피를 말리는 갈등과 싸워야 했다. 그날은 내 대학교 등록금과 함께 동생의 고등학교 입학금 마감날이기도 했기 때문이다.

친구 어머니께 한번 더 부탁해 볼까 하는 생각을 잠깐 했지만 두말없이 돈을 내주신 그 분께 또다시 도움을 청할 자신이 없었다. 나는 눈물을 흘리며 결국 그 돈으로 동생의 등록금을 내고 말았다.

집으로 돌아오는 길은 좁은 논둑길로 이어져 그 끝에 커다란 미루나무 한 그루가 서 있었다.

동생은 그 커다란 나무 꼭대기에 올라 앉아 하루 종일 동구 밖만 바라보고 있었는지 내가 논둑길로 들어서자마자 손을 흔들며 어떻게 되었느냐고 큰 소리로 물었다. 나는 손에 쥐고 있던 영수증을 흔들며 "됐다"고 소리쳤다.

동생은 그 커다란 나무에서 주르르 미끄러져 내려오더니 두 말도 안 하고 신바람이 나서 어디론가 달려가는 것이었다.

동생은 "누나는 어떻게 되었느냐?"고 묻지도 않았지만 난 동생이 그토록 신이 나서 달려가는 뒷모습을 보면서 스스로 참 잘한 일이라는 생각이 들었다. 동생은 고등공민학교를 1년 다니고 고입검정고시를 치렀던 것이니 얼마나 정규 고등학교가 가고 싶었으랴.

집에 돌아와 말없이 내민 영수증을 보고 어머니는 눈물을 보이지 않으려고 돌아앉으셨다.

그렇게 내 대학생의 꿈은 사라졌다. 그 뒤 1년이 넘도록 학교 측에서 연락이 왔지만 당장의 생계가 문제인 시점에서 무슨 방법이 있을 수 있었겠는가?

모든 의욕과 꿈을 잃은 나는 나보다 공부를 못하던 아이들이 이른바 일류 대학교의 배지를 달고 다니는 모습이 보기 싫어서 어두운 골방에서 두문불출로 죽은 듯이 그날그날을 보냈다.

그러나 현실은 냉엄한 것이어서 고등학교까지 졸업한 내가 그냥 먹을 것만 축내고 있을 수는 없는 일이었다.

그 무렵 우리는 방이 일곱 개인 판잣집에 방 두 개를 세 들어 있었는데 맞은편 방에는 술집에 나가는 아가씨가 두 살배기 아이를 데리고 살고 있었다. 나는 그녀가 술집에 나가 있는 동안 아이를 봐주기로 했는데, 그 아이는 환경 탓인지 유난히 까다롭고 심술이 많아 병약한 내가 도저히 다룰 수가 없었다.

나는 누군가의 소개로 집에서 좀 떨어진 주유소에 취직을 했다. 새벽에 출근해서 한밤중까지 청소며 전표 작성, 돈 계산, 은행 심부름에 차를 타는 일까지 해야 했다. 일도 힘에 겨웠지만 무엇보다도 두통이 심한 나에게 운전기사들의 농담과 함께 심한 기름 냄새는 수시로 구토를 하게 해서 결국 그만둘 수밖에 없었다.

그 다음엔 동네 아줌마들을 따라다니며 산나물을 캐다 말리는 일을 했는데, 가난한 사람들이 사는 동네답게 가까운 곳에서는 이미 나물의 그림자도 볼 수 없었다.

값나가는 귀한 나물을 캐려면 좀 떨어진 곳에 있는 골프장으로 가야 했는데, 그곳은 철조망 울타리가 쳐져 있어서 부득이 철조망을 끊고 개구멍을 만들어 몰래 드나들어야 했다. 가끔 골프장 관리인들에게 들키면 나물자루를 팽개치고 달아나야 하는 수칙과 나물을 분류하는 법까지 배우고 나서 나는 어머니와 함께 그들의 대열에 합류했다.

　나물 캐는 일은 우리의 생명줄이었으므로 나는 목숨을 건 사람처럼 열심히 나물을 캤다. 땅에서 올라오는 지열에 숨이 막히고 두통으로 눈을 뜨지 못하고 끊임없이 구역질을 하면서도 나는 악착같이 나물을 캤다.

　덕분에 나는 늘 좋은 나물을 가장 많이 캐는 사람이었고 따라서 우리 모녀는 늘 다른 아줌마들의 부러움과 시샘의 대상이 되었다. 그들이 자주 우리를 따돌리고 자기네들끼리만 모여서 나물이 많다는 데를 다녀올 때쯤 되어서는 계절이 바뀌어 이제 더 이상 나물도 캘 수 없게 되었다.

　찬바람이 돌자 어머니는 삯 뜨개질을 시작하고 나는 봉투를 붙였다. 엉성한 문틈으로 들어온 바람은 풀에 젖은 손가락을 더욱 시리게 해서 손이 곱았고 이내 살이 터져 갈라지게 했지만, 나는 봉투 붙이는 일은 물론 틈틈이 봉제인형에 눈 달기, 털 스웨터에 단추 달기, 목걸이 줄에 구슬 꿰기 등의 부업을 계속했다. 그러나 살림은 늘 현상 유지조차 어렵고 빠듯했다.

인생의 첫 발자국

5

　이렇게 내 인생이 보잘것없이 계속되는가 하는 두려움과 함께 살아간다는 것조차 목표와 자신감을 잃고 정신적인 방황을 계속하고 있던 어느 날 아버지가 공무원 시험 응시원서를 가져다 주셨다.

　한 번도 생각해보지 않았던 길이었지만 무엇인가 탈출구가 필요했고, 또 내 힘으로 대학 가는 것에 더 이상 반대를 하지 않겠다는 아버지 말씀에 용기를 얻어 응시를 했고 치열한 경쟁을 뚫고 합격을 했다.

　변변한 외출복조차 없던 나는 고등학교 때 입던 체육복을 입고 첫 출근을 했다. 사무실은 영등포 당산동에 있어서 경기도 고양군에 살던 나는 새벽에 일어나 차를 세 번씩 갈아타고 다녀야 했는데, 그 무렵 내 건강상태로는 무리였다. 차를 타고 가다가 중간에 내려서 토하고 나서 정신을 차린 뒤 다시 차를 타는 일도 잦아졌다. 어머니가 차라리 그만두라고 애원할 정도였다.

　처음 한 달 동안은 사실 나 자신도 계속 직장에 다닐 수 없을 것 같은 생각이 들었다. 직원들은 모두 아버지뻘 되는 남자들이었고 업무는 생소했으며 나는 그들과 함께 식사도 못 할 정도로 내성적이고 소극적이었다. 난 그들이 던지는 농담에도 괴로워했고 첫 여자 정규직원이 어떻게 생겼는지 궁금해서 보러 오는 직원들의 시선도 싫었다. 날마다 처리해야 할 일은 산더미 같이 많았고 그들은 어떻게 처리해야 하는지 제대로 알려 주지도 않았다.

용감한 공무원

처음 주어진 업무는 기능사 자격증 발급업무였다. 종목은 라디오·텔레비전 수리, 자동차 정비, 원예, 화훼, 조경, 꽃꽂이, 양장 봉재·재단, 중장비 수리 등 다양했다. 그 무렵은 해외여행을 하는 것이 지극히 제한되어 있었기 때문에 일반인이 해외에 나갈 수 있는 유일한 방법은 기능사 자격증을 따는 일이었다.

사람들은 물불을 가리지 않고 자격증을 손에 넣으려 했고, 따라서 돈을 받고 자격증을 팔아먹는 일이 하나 둘이 아니었기 때문에 그동안 임시직원들이 담당하던 업무를 하루아침에 정규직인 내게 맡기게 되었던 것이다.

업무 첫 날 감사를 받게 되어 자격증 발급용지 재고를 확인해 보니 열여섯 장이나 부족했으나, 이미 전임자는 자취를 감추어 버린 뒤였다. 자격증을 발급 받으려는 사람들의 줄은 끝없이 이어져 접수창구의 유리창은 그들이 밀고 들어오려고 승강이를 벌이는 바람에 수시로 깨졌다.

근무시간에는 접수를 받고 밤에는 자격증을 만들었으며 일요일에는 각종 기능검정의 시험 감독을 나가는 고달픈 생활의 연속이었다. 격무로 나는 사무실이나 기능검정장에서 몇 번이나 쓰러져 병원으로 옮겨지기도 하면서 그 많은 일들을 해나갔다.

그러던 어느 일요일, 나는 양장 봉재 기능사 자격시험 감독을 하고 있었다. 당시 양장 봉재는 외국에 나가려는 여자들에게 가장 인기 있는 직종이어서 응시자가 무척 많았다. 이 시험은 일정한 크기의 천을 주고 주어진 시간 안에 과제대로 재봉을 해서 제출하는 시험이었는데, 과제물을 바꿔치기하는 것을 막고자 시험을 시작하면서 나는 나누어 주는 천에 매직펜으로 일일이 수험번호를 써두었다.

잠깐 다른 쪽을 살피던 내 눈에 두 사람이 순간적으로 과제물을 바꿔치기하는 것이 보였다. 나는 그들 두 사람의 과제물에 쓰인 번호와 수험번호가 일치하지 않은 것을 확인하고 그들에게서 과제물을 압수했다. 그들에게서 확인서를 받은 나는 그날로 부정행위자 명단 목록에 올려 그 다음 2년 동안 응시자격을 박탈하는 조치를 하였다.

그날 밤이었다. 사무실로 돌아와 야근을 하고 있는데 전화가 왔다. 자신을 국회의원 아무개라고 소개하면서 낮에 부정행위로 적발된 여자가 자신의 아내라는 것이었다. 그는 '한낱 5급 공무원인 네가 공무원 생활을 얼마나 계속할 수 있는지 두고 보자'고 했다. 또 밤길 다닐 때 조심하라는 협박도 했다. 나는 어이가 없어서 국회의원이면 부인이 부정행위를 한 것을 창피하게 생각해야 하는 것 아니냐고 했다. 그는 분노에 떨며 소리소리 지르더니 전화를 끊어버리는 것이었다.

그날부터 퇴근 때 남자직원이 버스 타는 곳까지 데려다 주는 일이 시작되었다. 그 뒤로도 때때로 여러 가지 협박과 함께 회유, 유혹을 수도 없이 많이 받았지만 그때마다 알 수 없는 정의감으로 더욱 강해지는 내 자신을 느끼곤 했다.

돌팔이 의사가 되어

그렇게 힘든 시간이 지나고 다른 부서로 발령을 받았는데, 첫 날 그곳에서 주어진 일은 커다란 지도 크기의 인체해부도에 빽빽하게 한자로 쓰여 있는 수많은 뼈와 근육, 혈관, 신경의 이름과 기능을 다음날 아침까지 모두 외워 오라는 것이었다. 한자는커녕 발음조차도 생소한 인체의 그 모든 부위들을 나는 밤을 새워가며 외우고 또 외웠다.

그렇게 시작된 내 새로운 업무는 산업현장에서 재해를 입거나 사망한 사람들의 치료비를 계산하고 그들의 장애등급을 정해주는 일이었다. 그 무렵 영등포는 소규모 제조업체들이 밀집되어 있었는데 프레스기를 사용하는 제조업체가 대부분이었다. 안전장치를 제대로 갖추지 못한 프레스기에 잘려나가는 손가락만 하루에 몇 가마니씩 된다는 말을 할 정도로 재해가 많은 지역이었다.

내성적인 성격에다가 열아홉 살에 지나지 않았던 나는 자문의사의 도움을 얻어가며 기름때에 절은 그들의 손가락을 만져보고 뼈가 얼마나 남았는지 엑스선 필름과 대조해서 등급을 정해야 했고, 산더미처럼 쌓이는 진료비 청구서에 붙어 있는 사진에서 하루에 열두 번도 더 처참하게 으깨진 인간의 모습을 보아야 했다. 그리고 재해당사자와 문답을 하거나 의료기관을 점검하러 다녀야 했다.

또 의료기관에서 청구한 진료비를 규정에 따라 삭감하는 일을 해야 했으므로 의료기관장들과 늘 다툼이 있었고, 그들에 대항하

공무원으로 새로운 삶을 시작하며.

여 행정조치의 정당성을 주장하기 위해서 나는 행정지식뿐 아니라
의료 관련 지식으로 무장을 해야 했다. 늘 야근을 해야 했기 때문
에 한밤중에 퇴근하는 차 안에서 주로 법령과 규정집은 물론 의학
관련 서적을 공부했다.

　그렇게 열심히 공부한 덕분에 얼마 지나지 않아 나는 그 방면의
전문가 소리를 듣게 되었고 전국에 있는 소속기관 진료비 담당자
들의 자문역이 됨은 물론 본부의 진료비규정 개정 작업에 실무 책
임자로 참여하는 등 더욱 바쁜 나날을 보내게 되었다.

　그래서 지금까지도 나는 어느 정도 돌팔이 수준의 지식을 가질
수 있게 되었다고 생각한다.

　공무원으로서 위치가 어느 정도 안정이 되자 늘 내 마음 한구석

에 자리 잡고 있던 빚을 갚기로 하였다. 그것은 내 기성회비를 대신 내주심으로써 내가 무사히 초등학교를 졸업할 수 있도록 해주신 담임선생님에 대한 것이었다.

　나는 교육부——당시 문교부——에 편지를 보내 그 선생님이 근무하고 계시는 곳을 알아내어 연락을 드렸다. 서울 어느 초등학교에서 평교사로 근무하고 계시던 은사님은 나를 보자마자 덥석 끌어안고 감격해 하셨다. 함께 저녁식사를 한 뒤 빌린 돈을 봉투에 넣어 드리고 차를 마시면서 많은 이야기를 나누었는데, 선생님은 오랜 교편생활 동안 그날처럼 감격스럽고 행복한 순간은 없었다고 하셨다. 선생님은 공무원이 된 내 모습을 너무도 대견해 하셨다. 선생님을 배웅하고 사무실로 돌아오면서 나는 오랜 세월 동안 남아 있던 숙제를 마친 것처럼 홀가분하였다.

방송통신대 대학생이 되어

그렇게 일에 쫓겨 정신없이 세월을 보내면서 나는 내 업무 여건
으로는 도저히 야간대학을 제대로 다닐 수 없다는 것을 깨달았다.

실망스런 나날을 보내던 어느 날, 국립인 2년제 초급대학 과정
의 한국방송통신대학이 있다는 것을 알게 되었다. 그때 방송통신대
학에는 내가 공부하고자 했던 의예과나 신문방송학과가 개설되어
있지 않아서 부득이 그때의 직업과 관련된 행정학과를 선택할 수
밖에 없었는데, 그것이 결국 끝까지 행정학을 공부하게 된 계기가
되었다.

그 무렵 방송통신대는 평소에는 방송을 통하여 공부하고, 여름
과 겨울에 2주 정도씩 진행되는 출석수업을 했는데, 반드시 참석을
하고 시험을 치러야 했다. 나는 늘 야근을 했기 때문에 당연히 방
송수업은 단 한 번도 들을 수 없었으나, 결석을 하면 학점을 얻을
수가 없으므로 출석수업에는 반드시 참석을 해야 했다.

그때 사회 초년생인 내가 쓸 수 있는 휴가 일수로는 턱없이 모자

방송통신대 졸업.

란 그 수업일수를 사무소의 파격적인 배려로 출석할 수 있었다. 그
렇다고 누군가 내 일을 대신해줄 수는 없는 노릇이었다.

또 그때는 통행금지가 있었으므로 사무실에서 야근을 하고 일거
리를 싸 가지고 통행금지 시간 전에 집에 와서 계속 일하다가 아침
에 등교해서 수업을 듣고, 수업이 끝난 뒤 다시 사무실로 출근하는
생활을 계속할 수밖에 없었다. 출석수업은 관악구 신림동의 서울대
학교에서 이루어졌는데, 한여름과 한겨울 각 2주씩을 그 넓고 넓은
캠퍼스를 오르내리는 것부터가 내겐 너무 힘겨운 일이었다. 1학년
출석수업 마지막 날 시험을 겨우 끝내고 나서는 마침내 쓰러져 버
리고 말았다.

응급조치를 받고 정신을 차린 뒤 휘청거리는 걸음으로 캠퍼스에

서 내려와 버스에 올랐을 때 창밖으로 잎을 모두 떨어뜨리고 나목으로 서 있는 가로수들이 보였다.

그때 마침 라디오에서 박인희가 부른 〈끝이 없는 길〉이 흘러 나왔는데, 그때 내 처지와 계절 그런 것들 때문이었는지 지금까지도 선명하게 기억에 남아 있다.

그때 그 노래 가운데 '아, 이 길은 끝이 없는 길. 계절이 다 가도록 걸어가는 길'이란 가사가 있는데 그때 내가 걸어가는 길이 그렇게 끝이 없는 길처럼 느껴졌고, 나는 왜 이렇게 힘들게 살아가는가 하는 생각을 했다.

야간대학교 최우수 졸업

그렇게 밤낮으로 힘들게 2년을 보내고 졸업을 하게 되었다.

나는 지금까지 대학·대학원 등 여러 학교를 다녔지만 한국방송통신대학을 2년 만에 무사히 졸업한 것이 가장 자랑스럽게 생각될 만큼 그때가 가장 힘들었다.

그때는 방송통신대학이 2년제 초급대학 과정이었으므로 4년제 정규대학에 가려면 정규대학 입학자격 검정고시에 합격해야 했다. 나는 공부를 계속해서 다음 해에 어렵게 그 검정고시를 통과했지만 4년제 대학 가운데서 편입생을 뽑는 학교가 없었다.

그러다가 어느 날 신문에서 ㄱ대학에서 편입생을 뽑는 것을 알고 응시원서를 제출하였다.

그때 나는 내가 공부하고 싶은 분야로 전공을 바꾸려 했지만 그럴 경우 2학년으로 편입해야 한다는 말을 듣고 포기하였다. 그러지 않아도 늦었는데 다시 2학년부터 다닐 수는 없는 형편이었다. 편입 시험에 무사히 합격하였고 나는 꿈에 그리던 4년제 정규대학의 3

학년이 되었지만 그건 또 다른 고통의 시작이었다. 정신없이 일하다가 뛰쳐나가면 수업시간에도 늘 지각이니 저녁을 먹는 일은 수업이 끝나고 집에 돌아온 밤 12시 무렵이나 가능한 일이었다.

당시 나는 대학생활 틈틈이 원고를 써서 교내 학술상에 당선되기도 했고 원고료를 받아 용돈으로 쓰기도 했다. 그때 썼던 글 가운데 일부를 옮겨 본다.

덕유기행

차창에 기대어 바라보는 산야(山野)는 한 조각씩의 어둠이 나풀나풀 내려앉아 이윽고 차츰차츰 어스름의 농도가 짙어 가면서 차는 끝없는 밤의 터널로 다가서고 있었소. 청남빛 하늘은 검은 숲의 실루엣과 뚜렷하게 양분된 채 거대한 한 폭의 수채화처럼 가라앉아 있었소.

머리를 강하게 저으며 떠나온 서울의 거리. 조금 더 머물면 머물수록 그만큼 더 강한 인력(引力)의 포로가 되어 결코 떠나올 수 없을 것만 같던, 내가 속해 있던 삶의 무대. 배낭 하나에 잠시 동안의 생활을 차곡차곡 개켜 넣은 채 서둘러 그 거리를 떠나오면서 나는 나를 얽어매고 있던 끄나풀들이 하나 둘씩 끊어져 나가는 것을 느낄 수 있었소.

첩첩이 병풍처럼 늘어선 산의 그림자를 바라보며 그 산의 그림자가 이루는 계곡 맑은 물소리를 들을 때, 싸아한 냉기와 함께 내게 다가선 밤은 어느새 내 무릎께까지 차오르고 있었소. 바위를 씻으며 흘러가는 저 물은 아마도 내가 늘 도달하고자 희구하는 그

피안의 세계에까지 흘러갈 것이오. 흘러가는 저 물은 무한의 시간 속을 흘러가겠지만 그 물을 바라보며 상념에 잠겨 있는 나는 그저 그 시간대를 스쳐 지나가는 에뜨랑제에 불과할 뿐이겠지요.

도대체 살아간다는 것은 무엇인가 하는 진부한 명제를 새삼스레 떠올리면서, 인간다운 오욕칠정(五慾七情)에 탐닉하지 않고 날개를 만들어 비상을 꿈꾸겠다던 지난날의 소망을 빈 웃음 속에 떠올려 보았소.

우리 인간이 너 나 할 것 없이 겪어내는 삶. 혹시나 약한 부분을 들킬세라 강한 체 하며, 그 약한 부분을 화려하게 잘 포장해서 드러내며 살아가는 하루 또 하루. 현실과 이상 사이의 괴리로 불면의 시간을 지내고 나면 새벽이 어김없이 찾아와, 가녀리나마 생명의 실오라기를 나눠 쥐고 다시 반복하여 복습하게 되는 삶이란 것의 궤도.

깨어있는 거의 대부분의 시간 동안 자아에 대한 의식조차도 없이 이끌리고 떠밀리며 어쩔 수 없이 메워 가는 그날그날인데 어느 순간 문득 새삼스레 허공을 휘젓는 빈 손짓처럼 전혀 무의미하고 공허한 가슴이 되고 마는 것은 정녕 내가 아직 수양이 부족한 때문이 아니겠소?

어차피 달관하여 인간의 경지를 초월하지 못할진대 인생이란 장정에 과연 이토록 무의미한 복습이 계속될 필요성이 있는 것일까 하는 의문은 좀처럼 사라지지 않는 것이오. 출가하여 구도자의 자세를 닮을 수는 없는 현실이지만 때로 내 영혼의 정화를 위하여 이렇게 훌쩍 삶을 개켜 넣고 대자연의 품속으로 떠날 수 있다는 것만으로도 난 행복을 느껴야 하는 것인지도 모르오.

자연은 인간의 위락과 훼손에 찌들면서도 태고의 신비를 그대로 간직한 채 적나라한 가슴으로 나를 맞아주곤 하여, 난 인간사가 갑자기 힘겹고 복잡하다고 느껴질 때면 훌쩍 부드럽고 인자한 자연의 품으로 뛰어 들어 안길 수 있는 게지요. 절대적일 것 같던 우리 인생의 어느 순간도 결코 머무르지 않고 흘러가는 것과 같이 어차피 이 세상에 영원이라는 것은 아무 데도 존재할 수 없는 것이라면, 오히려 흘러가는 물결 따라 떠다니는 부초처럼 그 뿌리를 내리지 않고 흘러 다니는 것이 더 현명한 일이 아니겠소?

　쉽사리 떠날 수 없게 만드는 그 무엇이 있어 우리는 물결 따라 가벼이 떠다니지 못하고 매연과 소음으로 오염된 도시의 거리에서 숨 가쁜 호흡을 하고 있는 것인지.

　새벽에 눈을 떠 부드러운 연보랏빛 안개 속으로 차츰 하늘과 땅의 경계가 드러나고 안개 속을 흘러가는 계곡의 물소리와 여러 가지 빛깔이 한 데 어울려 붉은 구름의 형태로 번져가는 숲의 윤곽을 완상하면서 길을 떠나 산중턱쯤에 이르렀을 때에는, 이미 오염되지 않은 태양이 한 점의 티끌도 없이 맑게 씻은 얼굴을 드러내어 그 순수한 빛을 온 계곡에 고루고루 뿌려주고 있었소. 맑은 물결 위에 떠서 흘러가는 빛깔 고운 단풍잎이 늦가을 햇살 속에서 선명하게 빛나고, 수정처럼 맑은 물은 폭포께에 이르러 잘게 부서져 내리며 은빛 포말을 일으켜, 나는 문득 내가 걸치고 있는 인간의 허울을 벗어 던지고 그 차가운 물 속으로 뛰어들고 싶은 충동을 느끼고 있었소.

　잠시 동안이라도 번잡한 삶의 궤도를 이탈하여 자연의 품속을 찾아들어 그 거대한 품안에 속세의 풍진으로 더럽혀진 영혼을 맡길 수 있다는 것은 이 숨 가쁜 삶에 있어 얼마나 아름다운 기쁨인가를 생각하고 난 모든 사물에 경건한 감사를 드리고 있는 자신을 발견할 수 있었소.

난 동심의 세계로 돌아가 천상의 새소리를 듣고 두 손 가득 투명한 물을 움켜쥐고 땀으로 더럽혀진 발을 씻으며 때로 그 맑은 계곡물로 커피를 끓여 마시며 계곡을 따라 올라갔소.

부드러운 커피의 향기와 바위 사이사이를 씻어 내리는 물소리로 내 가슴은 가득하고 눈에 보이는 것은 깨끗하게 물들은 붉은 빛과 노란 빛의 형형색색의 잎새들이 불어오는 바람에 우수수 꽃비를 이루며 날아 내려와 수목의 사이사이를 메우는 아름다운 시간 ──나는 실로 이 시간이 오래도록 흐르지 않고 정지해 있기를 기원하는 마음으로 숨을 죽이고 그 모든 것을 지켜보지 않을 수가 없었소.

굽이굽이 줄기를 이루며 흘러내리다가 때로는 호수처럼 잔잔하게 고이고 때로는 폭포를 이루며 흘러내리는 맑고 차가운 물결이 만나는 계곡 위 아득한 곳에 산사(山寺)가 있었고, 불꽃처럼 타오르던 지난날의 열망이 알알이 맺힌 단풍나무 사이로 새로 단장한 절의 단청이 너무도 아름다웠소. 은은한 목탁 소리와 향불 내음이 경내를 메우고, 난 우두커니 그 자리에 선 채로 내가 지닌 고통들이 백팔번뇌의 극히 일부분이라는 생각에 내 지난한 몸짓이 왈칵 부끄러워지는 것을 느끼지 않을 수 없었소. 내가 진 욕계의 번뇌를 하나하나 헤아리면서 계단을 오르니 눈 아래 보이는 삼라만상이 한낱 꿈이요, 비구니의 맑은 얼굴과 희고 긴 목은 노천명 시인의

'사슴'이 아니더라도 유난히 애처롭고 아름답게만 보였소. 인세(人世)의 인연의 줄을 죄다 끊어내고 입산한 그에겐 남겨진 미련도 무엇인가 이루고 말겠다는 집념도 모두 무(無)의 상태로 환원되어 버리고, 완전한 공(空)의 세계에서의 구도와 사고만이 요구되는 것이겠지요.

경내 약수터에서 이슬처럼 맑은 약수로 입술을 축이고 산사를 떠나 정상으로 오르는 길은, 관목들 사이로 난 가파른 돌길로 이제껏 들리던 목탁 소리도 계곡물 소리도 모두 사라지고, 들리는 것은 오직 마른 나뭇가지 사이를 스치는 바람소리만이 귓전 가득 울려오는 것이었소. 무념무상의 상태에서 땀방울을 흘리며 올라선 정상은 메마른 갈대가 무성히 자란 완만한 구릉지였소. 군데군데 살얼음이 잡혀 있는 메마른 갈대 사이로 불어오는 바람은 날카롭고 주위의 풍경은 온통 생기를 잃은 마른 풀들로 가득한 황량한 대지 위에 서서 지나온 아름다운 풍경들을 반추하면서, 이토록 황량한 대지에도 봄은 다시 찾아올 것이라는, 그래서 이 들판을 온통 연둣빛으로 칠하고 향기로운 바람으로 가득하게 만드는 그런 계절이 오고야 말 것이라는 기쁨에 설레는 자신을 발견하고 나 자신의 변화에 놀라움을 금할 수 없었소.

이토록 황량한 대지 위에서 내가 연둣빛 향기로운 계절을 바랄 수 있다니, 그건 참으로 놀라운 변신이었소.

구태의연한 하루하루, 무의미하고 진부한 일상의 나날들이 새롭게 내게 다가와 더 찬란한 의미를 던져주고, 진부한 그날그날 속에서도 이처럼 보석같이 소중한 아름다움을 찾아낼 수 있다니. 지금 내게 있어 필요한 것은 어쩌면 내게 주어진 만큼의 조그만 행복의 뜨락을 만들고 거기에 넘치지 아니할 만큼의 행복을 키우면서 더 이상의 것을 바라지 않는 것인지도 모른다는 생각을 하면서 천천히 가슴에 차오르는 희열을 음미하고 있었소.

  한 걸음 내딛을 때마다 한 걸음씩 가까워지는 저 산 아래 속세에도 내가 보람을 가지고 해나가야 할 일들이 있음에 크나큰 감사를 느끼면서 말이오.

초추기행(初秋紀行)

에머랄드 빛 강물, 보석처럼 깨어져 부서지는 포말
그림같이 드리워진 첩첩 산자락, 눈부신 햇살
원시 그대로의 자연이 산하에 가득 출렁이고 있다

지난 여름의 잔광이 깎아지른 암벽에 비껴들고
하늘은 투명한 사파이어 빛으로 빛나며
그 안에 캐시미어 같은 구름을 띄우고 있다

한계령 검은 통나무집
구름 위로 솟은 봉우리
산 중턱에 얼기설기 벗은 몸을 드러내고 선 고사목 한 그루
옥구슬을 부수어 뿌리는 듯한 계곡물의 포말
그 맑게 부서지는 소리들
포말의 단면마다 함께 녹아 부서져 내리는 햇살
구절양장 굽이굽이 돌아

하늘과 물과 바위만이 이 세상에 존재하는 시간

가슴에 해초를 기르며 기슭에 다가와 산산이 부서지는 동해바다
맑다 못해 옥빛으로 투명한 물빛 멀리
수평선이 하늘과 바다 속으로 녹아드는 수채화 속으로
갈매기 서너 마리 울음 울며 날아오르다

푸른 파도 같은 수림(樹林)을 안아 흐르는 개울가에 앉아
수천 년을 흘러왔을 생명의 물 속에 발 담그다
내 발을 씻고 안아 감돌아 흐르는 물결
저 흐르는 물 속에 녹아 들어가
억겁의 세월을 함께 흘러 내렸으면
이 내음, 이 소리, 이 모습
영원히 내 가슴 속에 부조되기를

비 내리는 바다는 잿빛 하늘과 하나
지금토록 내 안 가득 출렁이는 바다
진부령 입술 위에 아득히 펼쳐진
흰 빛과 보랏빛 점점이 어우러진 도라지 꽃밭
계곡을 감돌아 흘러내린 바람결에
여린 줄기 휘인 채로 산등성이를 메우고
허리께를 구름으로 띠 두르고 선 연봉
깎아 내린 풍설로 바위산 홀로 고고할 뿐
산새도 그 알을 품지 않는 듯 하다

학사학위 수여식 때
우등상 수상.

　그렇지 않아도 두통 때문에 진통제를 달고 살아서 이미 엉망이
던 내 위장은 편입을 하면서 불규칙한 식사로 말미암아 최악의 상
태로 진전되어 있었다.

　편입생에 대한 제한 때문에 3학년 1학기 때는 장학금을 못 받았
지만 그 뒤로 계속 전액 장학금으로 공부하던 나는 졸업시험을 며
칠 앞두고 심각한 위장장애를 겪게 되었다. 병원에서 진단 결과 위
의 일부분을 잘라내야 한다는 것이었다.

　그때 마침 수십 년을 고통 속에 살던 어머니가 담석증 수술을 받
게 되었다. 나는 수시로 병원에 들러 미음을 끓여 드리고 다시 사
무실에 가서 일을 하다가 저녁에 학교 수업을 마치고는 다시 병원
에 가서 간호하면서 밤을 새우는 생활을 계속하고 있었다. 그런 형
편에 나까지 수술을 받을 수는 없는 일이었다. 결국 나는 극구 만
류하는 의사를 뿌리치고 위를 움켜잡은 채 무사히 졸업시험을 마
쳤고 전교 최우수 성적으로 대학을 졸업할 수 있었다.

그해 봄 결혼한 지 일 년 정도 되었던 작은올케로부터 연락이 왔다. 며칠 전 대수롭지 않은 상처가 있어서 치료를 받은 작은오빠가 열이 심하고 헛소리까지 심하게 한다는 것이었다.

　부랴부랴 병원에 입원을 시켜 치료를 받게 했는데 며칠이 지난 토요일 오후 병원에서 다급하게 걸려온 전화인즉 상태가 위독하니 큰 병원으로 옮겨야 될 것 같다고 했다.

　앰뷸런스에 태워서 명동에 있는 △△병원 응급실로 옮겼는데 까만색의 비닐이 덮인 응급실 침대에서 작은오빠는 붉어진 눈으로 내게 "오라비가 못나서 너한테 고생을 시키는구나" 하는 것이었다. 첫 아이를 가져 만삭이 된 작은올케는 침대 옆에서 눈물만 펑펑 쏟고 있었다.

　작은 상처를 통해 감염된 파상풍은 그 위력이 대단하여 내장을 다 썩혀버리는 듯 병실은 썩는 냄새로 가득했다. 창자를 다른 쪽으로 돌려 인공항문을 만들고 수시로 그것을 비워야 했고 고단위 항생제로 좌약을 해야 했다. 문제는 고가의 항생제를 우리가 직접 병원에 사다 주어야 했는데, 그 때문에 형제들이 수시로 종로5가 약국을 드나들어야 했다.

　상태가 위독해서 종부성사까지 받았던 작은오빠는 구사일생으로 살아나 일반병실로 옮겨졌고 긴 몇 달의 투병 생활 끝에 삶을 되찾을 수 있었다.

8 세 번째 도전, 석사

졸업을 하자마자 나는 본격적인 치료를 받기 시작했다. 미음을 먹으며 근무하던 내가 죽을 먹을 수 있게 되자 또다시 공부에 대한 미련이 고개를 들기 시작했다. 원래는 정규대학을 졸업하는 것이 꿈이었는데 그 꿈이 이루어지니 또다시 다른 것을 목마르게 원하는 것이었다. 나는 자다가도 벌떡 일어날 정도로 공부하고 싶은 열망에 시달렸다. 직장은 여전히 바빴지만 그렇다고 해서 그 열망을 잠재울 수 있는 것은 아니었다.

공부를 계속하고 싶은 열망은 시간이 흐를수록 더욱 강해져만 갔다. 대학을 졸업하던 해 가을, 결국 ㅇ대학교 행정대학원에 입학 시험을 치렀고 합격하였다. 그 뒤 5학기 동안 또다시 내 올빼미 생활은 계속되었다.

어느 봄날 강의시간 사이에 우연히 내다본 교정은 만개한 벚꽃으로 가득했다. 그 벚꽃이 가로등에 눈이 시리도록 빛나다가 갑자기 불어오는 바람에 하얗게 꽃비를 뿌리는 것을 보고 '아, 지금이

봄이구나' 하고 느끼는 것이 캠퍼스의 유일한 낭만이었다. 또 수업을 마치고 무거운 책가방——그때는 원서 한 권 한 권이 왜 그리도 무겁고 힘에 겨웠던지——을 질질 끌다시피 하며 걸어 나가던 한밤중, 우연히 맞은편 철길 위로 지나가던 기차의 차창을 밝힌 불이 마치 커다란 척추동물의 등뼈 같다는 생각을 하기도 하였다.

그 바쁜 생활 속에서도 나는 여학생부장은 물론 학술부장을 역임하며 교지인 《행정춘추》를 편집했다.

그러던 어느 날 나는 넷째로부터 전화를 받았다. 그때는 아버지가 병석에 누우신 지 몇 년인가 지난 뒤였는데 고3이던 넷째가 집을 나간 지 꽤 되었던 때였다. 다급하게 어디냐고 묻는 내게 담임 선생님이 보호자를 모셔 오라고 한다는 말만 했다. 병간호하시느라 탈진하여 쓰러진 어머니께 말을 할 형편이 아닌지라 나는 동생네 학교로 달려갔다.

우리 막내 쌍둥이는 어린이 회장과 총무부장을 맡았을 정도로 둘 다 우수한 성적으로 초등학교를 졸업했지만 중학교를 보낼 형편이 못 되었다. 동생들이 너무 불쌍해서 어느 날 두 손에 하나씩 손목을 잡고 물어물어 고등공민학교를 찾아가 사정을 설명하고 입학을 시켰다.

동생들은 기대를 저버리지 않고 열심히 공부하여 1년도 안 되어 중학교 과정을 마치고 고등학교 입학시험에 합격하였다. 그때 그 애들은 가정형편을 고려하여 각각 유명한 상업고등학교로 진학을 했다. 그런 동생들이 늘 대견하고 안쓰러웠는데 고3이 되자 큰녀석이 집안형편을 비관하여 방황을 하게 된 것이다.

지금도 뚜렷하게 기억나는 것은 칼날처럼 줄이 선 바지를 입고 하얀 구두를 신은 채 책상에 앉아서 나를 맞은 담임선생님의 첫마디인데, 그것은 좀 더 어른인 보호자가 없느냐는 것이었다. 하기야 키도 작고 나이도 어려 보이는 내가 보호자라고 찾아왔으니 선생님 처지에서는 당연한 반응이었을 것이다.

동생은 담배를 피우다 적발되어 무기정학 상태이며 따라서 사업체에서 들어오는 졸업생 취업추천서에 추천을 해줄 수 없다는 것이었다. 나는 다시는 그런 일이 없도록 동생을 잘 인도할 것이니 그 애의 앞날을 생각해서 한번만 기회를 달라고 선생님께 간절히 부탁을 했다.

면담을 끝내고 학교에서 나오자 교문 뒤에 숨어 있던 동생이 나타났다. 가방을 옆구리에 끼고 고개를 푹 숙인 채 서 있는 모습을 보자 코허리가 시큰했다.

배고프냐고 묻자 고개를 끄덕이기에 근처에 있는 분식집으로 데리고 들어갔다. 떡볶이에 라면, 자장면 등 단숨에 4인분 정도를 먹어 치우는 것을 보니 밥도 제대로 얻어먹지 못하고 다닌 것 같았다. 잠은 어디서 자느냐고 하니 친구네 집 여기저기서 잔다고 하는 것이었다.

'네가 집으로 빨리 돌아오기를 바란다'고 하며 얼마 정도의 돈을 쥐어주고 돌아섰다. 끝까지 길모퉁이에 서서 내 뒷모습을 보고 있던 동생은 그 다음날 집으로 돌아왔다. 우여곡절 끝에 학교 측의 추천으로 유명 증권회사의 입사시험을 치른 동생은 어엿한 사회인이 되었다.

일본에서 받은 사회복지지도자 훈련

그렇게 한참 힘들게 생활하던 대학원 시절 어느 날 나는 인사계에서 연락을 받았다. 콜롬보 계획에 따라 사회복지지도자 훈련과정이 있는데, 일본에서 4주 동안 열리는 이 과정에 우리나라 정부를 대표해서 참석할 사람으로 나를 주관부서인 과학기술처에 추천했다는 것이었다. 다만 그때 보건사회부에서 추천한 사람과 시험을 치러서 성적이 더 우수한 사람을 파견한다는 것이었다. 결국 시험을 세 차례 치른 결과 내가 선발되었다.

그 무렵 우리 부처는 매달 각 국 단위로 독서발표회가 있었는데 내가 발표자로 선정되어 있던 그날이 마침 일본 대사관 인터뷰를 하는 날이었다. 그때 내가 발표했던 것은 토머스 쿤이 쓴 《과학혁명의 구조》라는 책이었는데, 순서를 앞당겨서 발표를 마치고 부랴부랴 일본 대사관으로 달려갔다.

안보교육을 마치고 1986년 8월, 제주도도 못 가본 내가 드디어 모든 동료들의 부러움 속에 일본으로 훈련을 받으러 가게 되었다.

일본으로 떠나는 전날 밤은 비바람과 천둥으로 잠을 이룰 수 없을 정도의 날씨였고, 아침 뉴스에서는 악천후로 말미암아 비행기 일정에 차질이 생겼다는 내용을 내보내고 있었다. 그러나 일본항공은 예정대로 출발하였다.

생전 처음 비행기를 탄 나는 내가 외국에 간다는 사실만으로 벌써 긴장을 하고 있었다. 그때는 외국에 나가는 것 자체가 쉽지 않을 때였고, 또 일본은 적군파나 북한 공작원들이 공공연하게 활동을 하고 있다는 교육을 받은 터여서 몹시 불안하고 두려운 마음에 선발된 것을 후회했을 정도였다.

오후 2시쯤 공항에 내렸는데 내 이름을 적은 피켓을 들고 있는 사람을 만나서 버스와 봉고차를 네 번이나 갈아타고 호텔에 도착했을 때는 이미 밤이었다. 차를 갈아탈 때마다 안내하는 사람이 바뀌는 바람에 내심 불안해진 나는 만약 어떤 상황이 발생한다면 차에서 뛰어내려 대한민국 대사관을 찾아가야 한다는 생각으로 차 문고리를 꼭 잡고 있을 정도로 긴장하고 있었다.

호텔 로비에서 내 이름이 쓰인 봉투를 전달받고 방으로 올라갔다. 창밖에는 비가 내리고 있었는데 빗속에 보이는 도쿄의 야경은 참으로 아름다웠다.

짐을 정리하고 자리에 누웠다. 침대는 오래 사용했던 것인지 등 부분이 푹 꺼져 있어서 그렇지 않아도 침대에 익숙하지 않은 나는 잠을 제대로 이룰 수 없었다. 엎치락뒤치락하며 잠을 못 이루고 있는데 전화벨이 울렸다.

그리운 어머니의 목소리를 듣는 순간 하루 종일 내가 겪었던 불안과 긴장이 생각나서 왈칵 눈물이 쏟아지는 것이었다. 어머니 역시 생전 처음 딸을 멀리 보내고 잠을 이룰 수가 없다고 하셨다. 어머니는 내게 우리나라를 대표해서 모든 과정을 무사히 잘 마치고 건강하게 돌아올 것을 믿는다고 하셨다. 나는 그날 밤 어머니의 전화에 새로운 용기를 얻을 수 있었던 것이다.

일본에서 진행된 4주 동안의 훈련은 말 그대로 지옥이었다. 일본의 한여름은 몸에 끈적이며 옷이 달라붙을 정도로 습했고, 일본 정부로부터 지급되는 훈련경비는 턱없이 적었으며, 아침 일찍부터 밤까지 계속되는 일과는 나를 지쳐 버리게 만들었다.

총 4주 동안 열리는 사회복지지도자 훈련과정은 일본의 각 도시에 흩어져 있는 시설에서 각각 이삼 일씩 계속되는데, 해당 훈련시설까지 찾아가는 것은 각자의 몫이었다.

우리 일행은 홍콩에서 온 사회사업가와 중국에서 온 의사 그리고 나 모두 세 명이었다. 훈련이 진행되던 어느 날 나는 중국에서 온 의사에게 종이에 '자유중국'이라고 써서 보여 주자, 그는 고개를 흔들더니 '중화인민공화국'이라고 쓰는 것이었다. 그 당시 우리나라는 자유중국과 수교관계에 있었기 때문에 나는 당연히 그가 자유중국에서 온 것으로 생각했던 것이다. 본의 아니게 중공 사람과 4주 동안 함께 행동했던 일로 말미암아 귀국한 뒤 약간의 불편을 겪기도 했다.

그들 두 사람은 영어는 썩 잘했는데 일본어는 전혀 할 줄 몰랐다. 우리가 만나는 공무원들을 제외한 일본 사람들이 영어를 전혀 할 줄 몰랐기 때문에 장소가 바뀔 때마다 주최 측에서 주는 지도나 지하철 노선도를 가지고 해당 장소를 찾아가는 것은 쉬운 일이 아니었다.

나는 영어가 능숙하지 못했지만 일본어를 약간 공부했고 또 의사소통이 되지 않을 때는 종이에 한자로 써서 대화하는 방법을 택했다. 그러다 보니 그들 두 사람은 언제나 내 뒤만 따라 다니는 꼴이 되었다.

그러던 어느 날, 주최 측에서 준 지하철 노선도를 보고 다음 훈련장소를 찾아가야 하는 날이었다. 아침 일찍 호텔을 떠나 지하철역으로 나갔다. 지하철 플랫폼에 서서 열차가 들어오는 것을 지켜보고 있는데 주황색 조끼를 입은 청년들이 군데군데 줄지어 선 사람들 앞으로 나서는 것이었다. 나중에 들으니 그들은 '푸시맨'으로 열차가 오면 열차가 사람들을 모두 태우고 제 시간에 떠날 수 있도록 만원열차 속으로 사람들을 밀어 넣는 일을 하는 사람들이었다.

나도 그들에게 등을 떠밀리며 열차를 탔다. 다른 두 사람도 나를 따라 탔음은 물론이다. 그들은 나를 놓치지 않으려고 큰 소리로 내 이름을 부르면서 내릴 때 함께 내릴 것을 다짐했다. 나는 안내방송에 귀를 기울이면서 열차 천장 모서리에 붙여진 노선도를 열심히 보고 있었다. 이리저리 사람들에게 밀리면서 얼마쯤 달리다 보니 우리가 내려야 할 정거장이었다. 그들을 불러 내릴 준비를 하고 있는데 이게 웬일인가? 창밖으로 우리가 내려야 할 역을 지나치는 것이 보였다.

우리는 할 수 없이 다음 역에서 내려서 반대쪽으로 가는 열차를 탔다. 한 정거장만 거꾸로 가면 될 것으로 생각했는데 이번에도 우리가 내려야 할 정거장을 그대로 지나치는 것이 아닌가? 당황해서 여러 사람들에게 손짓 발짓으로 물어본 결과, 우리가 탔던 열차는 급행열차라 그 역에 서지 않는다는 것이었다. 지하철에 급행, 완행이 있다는 사실을 내가 어떻게 알 수 있었겠는가? 그날 우리는 천신만고 끝에 겨우 훈련장소를 찾아갈 수 있었다.

힘들고 고달픈 훈련과정이 막바지에 이르렀을 때 '세계 장애인의 날' 행사를 기념하기 위해 세계 각국에서 모인 사회사업가들과 합류하기 위하여 우리는 센다이로 갔다.

센다이는 아름답고 깨끗한 도시로서 계획조림으로 이루어진 울창한 숲이 인상적이었다. 온 세계에서 모인 5백여 명의 장애인과 그들의 부모 그리고 사회사업가들이 모인 그 행사는 장애인 복지 증진에 대한 토론과 정보교환 등으로 사흘 동안 계속되었고 주최

일본에서 사회복지지도자
훈련 과정을 밟을 때의 모습.

측은 사회복지지도자 과정 연수를 받고 있는 우리를 그들에게 소
개했다.

드디어 행사 마지막 날이 되었다. 커다란 강당에서 열린 폐회식
은 각국 장애인들의 장기자랑에 이어 이별을 아쉬워하는 포옹, 흐
느낌으로 메워졌다. 그때 주최 측에서 우리 연수단을 대표해서 송
별인사를 해달라는 주문이 왔다. 다른 두 동료와 미국에서 온 사회
사업가의 적극적인 추천으로 내가 단상에 올랐는데 너무 갑작스러
운 일이라 무슨 말을 해야 할지 당황스럽기 짝이 없었다.

나는 서툰 일본말로 간단하게 몇 마디 인사를 한 뒤, 한국의 히
트송을 부르는 것으로 송별인사를 대신하겠다고 했다. 그때 한참
유행하던 이선희의 〈J에게〉를 부르고 수많은 사람들의 환호 속에

서 단상을 내려왔다.

그래도 훈련 도중 두 번이나 쓰러지고 체중도 6킬로그램이나 빠져 가면서 무사히 과정을 이수하고 귀국한 나는, 아끼고 아낀 훈련비를 모아 대학원 마지막 학기 등록금을 치렀다.

그렇게 힘들게 세월은 갔고 4학기가 되어 논문을 쓰게 되었다. 나는 주로 수업이 없는 주말에 근무를 끝내고 나서 사무실에 남아 논문을 썼다.

힘들게 쓴 만큼 큰 어려움 없이 논문이 통과되었고 나는 행정대학원 전체 최우수 졸업생으로서 1984년 2월, 졸업생 대표로 행정학 석사학위를 받았다.

졸업생 대표로 사은사(謝恩辭)를 낭독하게 된 나는 밤새워 원고를 작성해야 했다. 홍일점으로서 최우수 졸업을 하는 내가 그날 낭독한 사은사는 학생들은 물론 교수님들로부터도 많은 찬사와 격려를 받았다. 내용은 다음과 같다.

온 세계가 날마다 생명의 빛깔로 새롭게 태어나는 것만 같던 봄날도, 마냥 진한 연둣빛으로 칠해진 숲을 두드리던 소나기의 계절도, 늦은 밤 홀로 깨어나 이따금 떨어져가는 낙엽의 애소(哀訴)에 잠 못 이루던 방황의 계절도, 이제 우리 곁을 저만큼 스쳐 지나가 버리고, 볏짚처럼 메마른 잡풀이 다가오는 계절의 황량함을 알리더니, 어느새 대지는 온통 겨울다운 하이얀 체취로 가득하여, 오늘을 맞는 저희들의 가슴을 부드럽게 진무해 주고 있습니다.

멀리, 가까이의 등불이 하나둘 어둠을 밝히는 시각, 삶의 거친 파도 속에서도 한가닥 배움을 향한 열망을 저버리지 못하고 가슴을 앓던 저희들이, 가쁜 숨을 몰아쉬면서 백양로를 밟은 그 날 이후, 어언 두 해 하고도 여섯 달이라는 긴 세월 동안, 저희들을 이끌어 주신 여러 스승님의 크나 큰 은혜에, 가슴 깊은 곳으로부터 솟아나오는 감사를 드리고자 오늘 여기 이 자리에 저희들이 모였습니다.

돌이켜보면 지난 시간들 — 하루와 또 다른 하루의 구별이 제대로 되지 않는 생활, 하루가 이십오 시간이었으면 하는 헛된 바람을 가져보던 날들, 땀과 회한과 피로와…… 이런 것들로 점철될 수밖에 없었던 그 시간들이 지니는 의미가, 지금 왜 또다시 저희들의 가슴을 뭉클하게 하는 것인지, 저희는 너무도 잘 알고 있는지도 모릅니다.

허위허위 땀 흘리며 달려온 그 언덕 위에 과연 무엇이 있기에, 우린 뒤도 돌아보지 않고 그렇게 맹목적인 질주 속에, 청춘도 낭만도 열락도 죄다 잊어야만 했던 것일까요?

강의가 끝난 뒤 텅 빈 교정을, 지치고 여윈 어깨를 늘어뜨린 채 걸어 내려오던 어느 가을날, 우연히 올려다 본 청남빛 하늘가에 걸려 있던 하현달 한 조각을 못내 잊지 못하여 돌아보고 또 돌아보며 걷던 일. 개나리와 벚꽃이 흐드러지게 핀 달밤, 광복관 옆 벤치에서 꽃비를 맞던 기억들. 해 어스름녘 강의실 창틀에 기대어 짜릿하게 감미로운 슬픔에 잠겨들며 지켜보던 가을 교정의 낙조. 언제나 신비로운 어스름의 빛깔로 드리워진 채, 얇은 베일을 걸치고 있던 숲 사이 젖은 오솔길. 동화 속에 나오는 옛날 성곽처럼 고색 창연하게 무수한 담쟁이덩굴로 옷을 입고 서 있던 낡은 교사. 부서진 돌멩이 하나, 젖은 나무 잎새 하나, 그리고 이름 모를 새들의 노래

소리에 이르기까지 어느 것 하나 실로 유정(有情)치 않은 것이 없음을 오늘에 이르러서야 비로소 절실하게 느껴봅니다.

어느 사이엔가 우린, 번뇌할 줄 모르는 세계 안에서, 부끄러움을 가르치는 곳이 사라진 사회에서, 이미 빛과 소금이 소용되지 않는 마을에서 진리를 외면하고 살아가는 생활에 길들여져 있었던 것입니다. 평소에 우린 얼마나 많은 아름다움을 무심하게 스쳐 지나가는 것일까요? 지나간 아름다운 날들의 기억은 존재 자체도 없이 잊어가면서 인간다운 오욕칠정에 거침없이 탐닉하면서 그렇게 우리는 그날그날을 살아왔고, 이제 또다시 그런 생활의 소용돌이 속으로 뛰어들어야 할 것입니다.

하지만 지난 두 해 반 동안, 그런 혼탁한 삶의 여정에서 저희들이 모여 길어 올렸던 깊은 숲 속의 샘물은 오랜 방황의 목마름을 적셔주기에 충분했습니다. 스승님들께서는 낮 동안 더럽혀진 저희들의 눈동자를 새로운 진리의 샘물로 맑게 씻어 주셨던 것입니다. 마치 오랜 한발로 갈라진 대지의 균열에 물방울이 스미듯 스승님들께서 베푸신 사랑은 저희들의 영혼을 풍요하게 하셨습니다.

하지만 이제 저희들은 스승님의 곁을 떠날 때가 되었는가 봅니다. 비록 회자정리는 아니라 할지라도 만남은 언젠가의 새로운 헤어짐을 잉태한다는 그 사실이 이토록 저희들을 당혹하게 하리라고는 예전엔 미처 생각지 못하였습니다.

비록 스승님의 뜻에 미치지 못하는 어리석은 제자가 된다 할지라도 저희들은 여기 이 자리가 새로운 배움의 시작이라는 각오를 늘 새롭게 하며 주어진 순간순간 최선을 다하여 참되게 살아갈 것입니다.

저희들이 모두 떠나고 없는 광복관 뜰엔 어김없이 꽃비가 내릴 것이고 저희들이 숨가쁘게 오르내리던 백양로는 또다시 새로운 얼굴들로 메워질 것입니다.

이제 저희들이 아름다운 기억들만 가슴에 안은 채 스승님의 곁을 떠난다 할지라도 저희들은 항상 모교에 대한 사랑과 긍지와 정열을 가지고 그 발전하는 모습을 지켜볼 것이며, 또한 스승님들의 건강과 가정의 행복을 기원할 것입니다.

여러 스승님들의 은혜에 다시 한번 심장 아래로부터 뜨거운 감사를 드리며 이에 사은의 말씀을 대신하고자 합니다.

원생대표 이 금 선

그 오랜 동안에도 편두통은 시도 때도 없이 엄습하여 결국은 나를 때려눕히곤 했는데 보통 이삼 일 동안 구토를 계속하면서 죽도록 앓았다. 하지만 통증이 가라앉으면 아무 일 없었던 듯 헬쑥한 얼굴로 다시 출근하고 학교에 가곤 했다.

두통은 이미 내 생활의 일부분이 되어 있었고 발작적인 통증이 있는 동안은 내 모든 일상생활이 모두 마비되었으며 직장에서도 그 사실을 잘 알고 있었다. 그래서 나는 머리가 아프지 않을 때 남들보다 더 열심히 일을 함으로써 보충해야 했다.

한겨울의 추위가 기승을 부리던 어느 겨울밤이었다. 12시가 넘어도 귀가하지 않는 동생을 기다리다가 잠깐 잠이 들었던 나는 전화 벨 소리를 듣고 불길한 예감에 수화기를 들었다. 동생이 자동차 사고가 나서 지금 ○○병원 응급실에 있다는 교통경찰의 다급한 전화였다.

잠시 가슴을 진정시키고 있는데 잠에서 깨신 어머니가 묻기에 아무 일도 아니라고 말씀 드리고 이층으로 올라가 큰오빠를 깨웠다. 늘 서랍 속에 넣어두었던 비상금을 꺼내어 잠옷 위에 코트만 걸치고 큰오빠 차로 달려갔다.

동생은 응급실 그 낯익은 까만 비닐침대 위에 누워 있었는데 아무런 조치도 취하지 않은 상태였다. 의식이 없는 상태에서 "누나, 추워. 누나, 추워" 하고 중얼거리고 있는 동생에게서 술 냄새가 풍기고 있었다. 퇴근길에 집 근처까지 와서 친구와 한 잔 하고 돌아오는 길에 어둠 속에서 버스 종점에 세워져 있는 버스를 미처 보지 못하고 달리다가 동생 차가 버스 밑으로 들어가 버린 것이었다. 동생 차를 폐차해야 할 정도의 큰 사고였다.

배를 만져 보니 차갑고 딱딱하게 굳어 있었는데 의식이 없는 상태에서 내게 계속해서 춥다고 중얼거리는 모습이 너무도 가엾어서 내가 입고 있던 코트를 덮어 주었다.

왜 응급처치도 안하고 있는 거냐고 하자 간호사 하는 말이 그 병원 의사와 간호사들이 모두 파업을 하고 있어서 아무런 조치도 취할 수가 없다는 것이었다. 기가 막힌 일이었으나 동생의 목숨이 경각에 달린 상태라 시간이 없었다. 큰오빠 차 뒷좌석에 내가 앉고 동생을 비스듬히 눕힌 채 머리를 내가 안고 질식하지 않도록 옆으로 붙잡은 상태에서 병원에서 얻은 붕대와 탈지면을 토하고 있는 동생의 입에 대주었다.

△△병원 응급실에 도착하자 복도까지 누워 있는 환자들의 모습이 보였다. 응급실 간호사들은 안에서 잡담을 하고 있었는데, 그들은 응급실을 가득 메운 환자와 가족들이 추위에 떨고 있다는 사실

1991년 설날에 온 가족이 모였다.

에 무관심한 듯했다. 기다리다 못해 내가 응급조치를 해달라고 요구하자 병실이 없으니 다른 병원으로 가라는 것이었다. 밤새도록 이 병원 저 병원을 돌다가 죽는 사람이 있다는 말이 거짓이 아닌 것 같았다.

동생은 이제 신음소리만 내고 있었고 큰오빠는 담배만 피우고 있을 뿐이었다. 이렇게 동생을 잃게 되는 것이 아닐까 하는 절박한 심정에서 나는 내가 진료비 업무를 담당하던 시절 이 병원 담당자의 이름을 기억해 냈다. 간호사에게 혹시 그런 사람이 아직 이 병원에 근무하고 있느냐고 물었더니 바로 그 분이 원무부장이라는 것이 아닌가?

잠시 뒤에 입원실이 생겼다는 말에 내가 가져온 비상금으로 입원보증금을 치렀고 그때부터 조치가 시작되었다. 침대를 밀고 이리저리 돌아다니며 엑스레이를 찍고 검사를 하고……. 그것도 쉬운 일은 아니었다.

막 입원실로 올라갔을 때 간호사로부터 연락을 받았다면서 달려온 그 분은 동생의 상태가 위급해서 아침 첫 수술에 앞서 수술 일정이 잡혔다고 했다. 그때 그 분의 도움이 아니었더라면 동생은 이미 이 세상 사람이 아니었을 것이다. 지금 생각해보면 나는 참 인복이 있는 사람인 것 같다.

9

다시는 박사가 되지 않으리

　대학원을 마치고 바쁘지만 단조로운 직장생활을 하게 되자 다시 무엇인가 가슴속에서 꿈틀거리기 시작했다. 가족들이나 직장 동료들은 그토록 두통에 시달리면서도 늘 또 새로운 도전을 꿈꾸는 나를 이해하지 못했지만 어머니는 달랐다.

　다만 늘 병약한 몸으로 힘들게 살아가는 딸이 안타까워 꼭 한 번 내게 그냥 결혼해서 남들처럼 편하게 사는 것이 어떻겠냐고 넌지시 떠보신 적은 있었다. 그 뒤로는 늘 말없이 그림자처럼 내 뒤에 계셔 주셨고 그런 어머니의 존재 자체는 내게 가장 큰 의지가 되었던 것이다.

　석사과정을 마쳤던 ○대학교 측에 박사과정에 응시하고 싶다는 의사를 밝혔다. 학교 측의 얘기는 학부와 대학원을 모두 본교에서 마치고 박사과정을 이수하려는 사람들이 이미 많이 적체되어 있기 때문에 다른 학교의 학부 출신인 내가 입학시험을 치르려면 오랜 시간을 기다려야 한다는 것이었다. 그 대신 행정학 계통에 권위 있고 역사가 오랜 ㄷ대학교 대학원으로 진학하는 것을 권유하였다. 나는 학교 측의 추천서와 성적증명서를 받아 원서를 접수시켰다.

ㄷ대학교 대학원 입학시험을 치르던 날, 들리는 얘기로는 교실마다 가득가득한 응시자 가운데 겨우 두세 명만 합격하는데 그것도 다른 학교 출신들은 어렵다는 것이었다.

필기시험을 치르고 2차 시험인 구술시험을 치르게 되었다. 잔뜩 긴장한 내게 시험관은 모두 A인 내 성적표를 들어 보이며 석사과정에서 성적이 우수하다고 해서 박사과정에 들어가서도 우수하리라는 생각은 아예 접어두라는 것이었다. 또 지금까지 이 학교 행정학과 역사에서 여자가 박사학위를 받은 적이 없다고도 했다. 여러 가지 이야기로 자존심이 상했던 나는 매우 불쾌한 마음으로 시험을 치르고 사무실로 돌아왔다.

시험을 치르고 열흘이 지난 어느 날 나는 뜻밖에 합격 통보서를 받게 되었다. 2차 시험의 불쾌한 기분과 바쁜 업무 등으로 등록일을 넘기고 까맣게 잊은 채 지내고 있는데 연말을 이틀 앞둔 날 학교에서 연락이 왔다. 지금이라도 등록을 하면 입학이 가능하다는 것이었다. 한나절을 고민하다가 수중에 가진 돈이 없던 나는 친구에게 가계수표를 빌려 결국 등록금을 냈다.

첫 오리엔테이션이 있던 날 안 일이지만 그때 나를 면접한 분이 행정학과 학과장이셨다.

박사과정은 야간이 없으므로 낮에 수업에 참석해야 했지만 직장에서는 모든 편의를 봐주었다. 나는 근무시간 중에 수업에 참석하고 야간까지 일을 함으로써 그 빈자리를 메워 나갔지만 토론식 수업으로 진행되는 과정에서 필수적인 수업 준비는 참으로 어려운 일이었다.

또 한 가지 나를 힘들게 한 일은 학부도 석사과정도 다른 학교에서 마친 나에 대한 여러 가지 불이익이었다.

그 가운데에는 선수학점으로 12학점을 더 이수해야 하는 것도 있었다. 또 다른 문제는 내게 배정된 지도교수님이 정년을 1년 앞둔 분이라는 점이었고 그 문제는 그 분이 퇴직하게 되면서 현실화하였다. 지도교수를 변경하려면 지도교수 변경신청서에 담당교수의 날인을 받아야 하는데 그 날인을 받을 수가 없는 것이었다. 처음부터 정년이 1년 남은 분을 내게 배정했던 것도 불이익이었는데 지도교수의 퇴직으로 변경이 불가피함에도 날인을 해주지 않는 데는 나중에 알게 된 일이지만 이유가 있었다. 나는 내가 원하는 지도교수님으로 변경을 신청하였는데 어떤 교수님이 자기가 지도교수를 하겠다고 말씀하셨다는 것이었다.

그러던 어느 날, 그날은 수업이 없는 날이어서 직장에서 바쁜 오후를 보내고 있던 나는 뜻밖에 그 교수님의 전화를 받게 되었다. 교육정책 자문회의인가 하는 회의에 참석하고 마침 시간이 있어 차 한잔 하려고 근처에 왔다는 것이었다.

나는 조금 얼떨떨했지만 교수님이 계시다는 커피숍으로 갔다. 오찬회의 도중에 반주를 한 탓인지 교수님은 불그레한 얼굴로 반갑게 나를 맞는 것이었다. 뜻밖이기도 했고 어렵기도 해서 나는 말없이 교수님의 말씀만 듣고 있었는데 열변을 토하는 내용인즉 다른 학교 출신으로 이 학교에 뿌리가 없는 나를 끌어줄 테니 나보고 자기 줄에 서라는 것이었다.

얼른 말뜻을 못 알아듣는 내가 답답했던지 그는 "자네가 연줄이 있나, 돈이 많은가, 든든한 배경이 있나? 자네가 가진 것은 여자라는 것밖에 더 있는가?" 하는 것이었다.

그 말에 나는 얼굴로 피가 몰리는 것을 느꼈다.

"교수님 말씀대로 전 아무것도 없습니다. 하지만 전 공부를 하려고 학교에 들어왔지 누구누구의 줄에 서서 쉽게 무엇을 얻고 싶은 생각은 없습니다" 하고 말했다. 나는 내가 여자라는 사실이 왜 거론되어야 하는지 따지고 싶었지만 꿀꺽 참았다.

"자네가 똑똑하고 대견해서 봐주려고 했는데……. 만약 자네가 내 줄에 서기를 거부한다면 자넨 영원히 박사과정을 마치지도, 또 당연히 학위를 따지도 못하게 될 거야. 그래도 좋겠나?"

"하는 데까지 제 힘으로 해 보겠습니다." 나는 입술을 깨물며 단호히 말했다.

"그래? 어디 한번 어디까지 가는지 두고 보겠네." 그는 자리에서 벌떡 일어나면서 컵을 쓰러뜨렸고 그 컵이 대리석 바닥에 떨어져 요란한 소리를 내면서 산산조각이 되던 그날의 기억을 난 지금도 선명히 그려낼 수 있다. 그날의 그 사건은 내겐 큰 충격이었다.

다음날 나는 스스로 단단히 다짐을 하면서 지도교수 변경신청서를 들고 다시 담당교수실을 찾았다. 그는 자리에 없었고 조교 말에 따르면 내 서류에 도장을 찍어주지 말라고 지시했다는 것이었다. 참을 수 없이 화가 치민 나는 만류하는 조교를 밀쳐내고 책상서랍에 있던 도장을 꺼내어 서류에 찍고는 교수실을 나와 그대로 접수시켜 버렸다. 그 뒤 학교로부터 아무 연락이 없어서 결과가 어떻게 처리되었는지 또 그 도장이 그 교수의 것이었는지 조교의 것이었는지 알 수가 없었다.

그러나 매주 있는 그 교수님의 수업시간이 문제였다. 함께 박사과정을 밟는 학생 가운데 강사나 전임강사 등을 빼면 직장에 다니는 사람은 나 하나뿐이었고 그것을 뻔히 알면서 그는 자신의 수업을 주말로 바꾸어 지방에 있는 자신의 농장에서 진행하는 것이었다.

그는 직장에 다니는 사람을 배려해서 주말로 수업을 변경했다고 했지만 굳이 직장이 아니더라도 그때 내 상식으로는 여학생 혼자 끼어서 지방에 있다는 그의 농장에서 진행하는 수업에 참석할 수는 없는 일이었다. 결국 결강은 계속되었고 나는 수업 참석 대신 리포트로 제출할 것을 어렵게 허락 받았다.

가장 먼저 필요한 학점을 확보한 나는 필수과정인 제2외국어 시험을 통과하고 논문제출 자격의 마지막 관문인 종합시험에 응시하게 되었다.

한 학기에 한 번 뿐인 시험에 합격하기 위하여 나는 밤낮을 가리지 않았다. 그러나 결과는 그 교수님 과목인 한 과목의 과락으로 나타났다. 결과에 충격을 받은 나는 더욱 열심히 공부한 뒤 두 번째 학기에 다시 응시했으나, 두 번째 시험 결과 역시 그 과목의 과락으로 나타났다.

나는 마치 꿈쩍도 하지 않는 커다란 바위와 마주 하고 있는 듯한 절망감을 느꼈다.

아버지 돌아가시던 날

그렇게 힘든 나날을 보내고 있던 어느 날 오랫동안 병석에 누워 계시던 아버지가 좀 이상하다는 어머니 전화를 받았다. 나는 조퇴를 하고 집으로 왔다.

그때 아버지는 고혈압과 당뇨의 합병증으로 11년째 병석에 누워 계셨는데 나는 바쁜 생활 틈틈이 간호를 했을 뿐이었고 어머니 혼자 대소변을 받아내는 등 병간호로 고생하시고 있을 때였다.

　　모처럼 곁에 앉아 들여다본 아버지는 뼈와 가죽만 남아 있었는데 새하얀 머리카락과 수염과는 달리 피부는 너무나 깨끗해서 실핏줄이 들여다보일 만큼 투명했다. 나는 아버지 가슴 속으로 손을 넣어 보았는데 가늘게 심장이 뛰고 있는 가슴은 불처럼 뜨거웠다. 오랜 투병 생활로 말미암아 아버지의 가슴은 등과 거의 맞붙어 있었다. 나는 그동안 좀더 따뜻하게 대해 드리지 못했던 죄책감으로 가슴이 저려 왔다.

　　내가 그동안 아버지께 해드렸던 것은 아버지가 쓰러지시기 전인 10년 전쯤 휴가를 맞아 부모님을 모시고 두 분이 피난살이를 하셨다던 청양과 정산에 다녀온 것밖에는 없었다.

　　그것이 두 분을 모시고 했던 처음이자 마지막 여행이 되고 말았다. 그때 여행에서 돌아오는 길에 벌써 아버지의 행동이 좀 이상한 것을 느꼈는데 얼마 지나지 않아 병석에 누우신 것이었다.

　　오랫동안 병원치료를 받기도 했고 한의사를 왕진시켜가며 침을 맞기도 했으며 좋다는 모든 방법을 써 보았지만 그나마 남은 재산마저 날렸을 뿐 아버지의 병세는 전혀 호전되지 않고 결국 왼쪽 반신이 마비가 되고 말았던 것이다.

　　너무나 완고하고 엄해서 단 한 번도 고명딸인 나를 무릎 위에 앉히거나 사랑해주신 기억은 없었지만, 늘 다른 사람들에게는 내 자랑을 하고 다니셨던 아버지!

　　내게 글재주가 있다는 것을 아시고 어렵게 만드신 돈으로《동시

부모님을 모시고 함께 한 마지막 여행길.
청양에서 부모님의 모습을 담았다.

감상》이라는 책을 사서 '어린 문학가에게'라는 글씨를 손수 책에
써 주셨던 아버지!

　불행한 시절에 태어나 뜻을 제대로 펴보지도 못하고 늘 자신의 큰
뜻을 몰라주는 세상을 야속하게 여기며 울분을 터뜨리시던 아버지!

　문학에 조예가 깊고 서예에도 능했으며 육상선수로도 활동하셨
던 아버지는 쓰러지시던 그날부터 몸을 제대로 움직이시지도 못하
고 그렇게 병석에 누운 채로 남은 생을 보내셨던 것이다.

　나는 아버지 곁에서 울면서 밤을 보냈다. 가장으로서 돈을 벌지
못한다는 죄로 자식들에게 경멸과 외면을 받으며 살아오신 가엾은
아버지를 보면 가슴이 아파서 한없이 눈물이 흐르는 것이었다.

　사흘 동안 아버지 곁에서 간호를 하던 나는 언제까지나 사무실

을 비울 수가 없어서 토요일에 잠깐 밀린 업무를 처리하기 위하여 출근을 했다. 정신없이 밀린 일을 처리하고 있을 무렵 어머니에게서 전화가 왔다. 어머니는 아주 담담한 음성으로 빨리 집에 오는 것이 좋겠다고 말씀하셨고 나는 두근거리는 가슴을 부둥켜안고 택시를 잡으러 달려 나갔다.

과천청사에서 기자촌 산꼭대기까지 이르는 길은 세상 끝까지 가는 것처럼 멀고도 멀었다. 나는 울면서 택시기사에게 빨리 가달라고 애원했지만, 토요일의 시내 거리는 꼼짝할 수 없이 길이 막혔고, 나는 차 안에서 울면서 제발 내가 도착할 때까지 살아 계시기만을 간절하게 빌고 또 빌었다.

겨우 집에 도착해서 차에서 내려 집으로 뛰어 들어오면서 유리창 너머로 아버지가 누워 계시는 곳을 보았을 때 그곳은 이미 하얀 천으로 덮여 있었다. 나는 몸에서 모든 기운이 빠져 나가는 것을 느끼며 그 자리에 털썩 주저앉고 말았다.

아버지의 장례 사흘 동안 우리 집이 있는 산 전체가 떠들썩했다. 아버지의 염을 하는 날 나는 촛불을 들고 아버지의 시신 곁에 서 있었는데, 마지막으로 아버지 머리를 빗겨 드려야 한다기에 내가 쓰던 빗을 가져다 염사에게 건네주었다. 계속 흐느끼다가 몇 올 남지 않은 아버지 머리카락을 보는 순간 너무도 격한 슬픔을 느끼면서 갑자기 명치끝이 콱 막히는 느낌을 받았다.

나는 울 수도 없었고 소리를 낼 수도 없었다. 그때 내가 들고 서 있던 촛불이 흐느끼는 내게 옮겨 붙어 내 눈썹과 머리카락을 태웠는데 나는 손발이 저려오는 것처럼 감각이 없어 움직일 수가 없었다. 놀란 형제들이 나를 건넌방으로 옮기는 동안 나는 슬픔이 너무

격하면 울 수도 없다는 말을 실감하고 있었다.

　11월이었는데도 아버지를 묻는 날은 영하 16도까지 내려가는 아주 추운 날이었다. 아버지의 관을 실은 영구차에 타고 묘지로 가서 언 땅에 묻고 돌아온 나는 텅 빈 아버지의 자리를 보았다. 10여 년 동안 마치 그곳에 그렇게 놓여진 정물처럼 식물 같은 삶을 살다 가신 아버지는 방 한쪽 창가에 여전히 그렇게 누워 계시는 것이었다.

　나는 눈을 비벼서 그 환영을 쫓아 버리면서 언제까지나 그렇게 그 방 맞은편 구석에 앉아 있었다.

첫 여성 인사담당 관리가 되어

그렇게 아버지를 묻고 난 다음 해인 1988년 1월, 나는 인사담당 관의 명령에 따라 정식 발령도 나기 전에 나를 데리러 온 승용차를 타고 ○○지방노동청의 인사담당 관리로 부임해서 그날부터 밤샘 인사작업을 하게 되었다.

그때 ○○지방노동청은 서울 전 지역과 강원도에 있는 11개 지방노동사무소를 총괄 관리하는 대표청으로 처음 발족했는데, 관할 구역상 당연히 인사문제가 가장 큰 과제였다. 나는 부임 첫날부터 인사·예산·민원·용도·경리까지 체계도 잡히지 않은 상태에서 정말 눈코 뜰 새 없이 바쁘게 일했다.

내 직속상관은 그때 막 승진해서 그곳에 처음 부임한 사람이었다. 나중에 알게 된 사실이지만 그는 우리 조직 안팎에서 가장 악명이 높은 사람으로, 그에 맞서 인사나 예산 등의 부정을 막을 수 있는 사람으로 내가 선택된 것이었다. 본부 측의 생각과 달리, 그는 주무 관리로 여성 공무원을 발령하겠다는 본부의 말에 마음대로 휘두를 수 있으리라 만만하게 생각한 탓인지 기꺼이 찬성함은 물론 손수 차까지 보내 나를 모셔왔다는 것이었다.

도착하자마자 내가 가장 먼저 시작한 일은 공정한 인사제도를 확립하기 위한 기초 작업이었다. 그 무렵 줄 있고 힘 있는 직원은 몇 십 년을 경인지역의 요직으로만 돌고, 힘없는 직원들만 오지인 강원도로 배치되어 왔다는 사전지식을 가지고 있었던 나는 예외 없는 형평인사를 목표로 내걸었던 것이다.

그러기 위해서는 먼저 내가 흠 잡을 데 없이 완벽해야 했다. 나는 부임 첫 날부터 사무실에서 밤을 새워 가며 완벽한 인사자료를 작성했다. 그 자료를 바탕으로 모든 직원들의 기피지역인 강원지역 전보대상자 순위표를 만들었다.

그때만 해도 강원도는 오지로서 강원도가 고향인 직원 몇 명을 빼고는 아무도 부임하려는 직원이 없었다. 그도 그럴 것이 자녀들의 학교문제 등으로 가족 모두가 이사를 할 수 없는 상황에서 두 곳의 살림을 하려면 이중으로 생활비가 들기 때문이었다. 그뿐만 아니라 가족들과 떨어져 지내야 하고, 또 표창이나 승진 등에서도 자연히 불리한 위치에 있었기 때문에 강원도로 배치 받는다는 것은 곧 안팎으로 두 배의 어려움이 따르는 일이었다.

따라서 이런 곳으로 전보가 날 때는 비록 싫더라도 누구나 그 결과를 수용할 수 있을 만큼 공정하고 타당해야 한다고 나는 생각했던 것이다. 나는 직급별, 개인별로 총 경력 가운데 경인지역 근무경력, 본부 근무경력, 오지 근무경력, 연령, 가족사항, 건강상태, 근무실적 등을 총망라한 자료를 바탕으로 직급별 오지발령 대상자 순위명부를 작성해서 과거에 단 한 번도 본부나 강원도 근무를 하지 않고 경인지역만 돌던 직원들부터 차례로 발령문을 기안했다.

다음날 아침, 내가 밤 새워 작성한 기안문을 훑어본 직속상관은 잠시 눈을 감고 있더니 내가 작성한 문서 가운데 두 사람을 경인지역에 배치하는 것으로 다시 만들라는 것이었다. 그 두 사람은 20여년을 경인지역에만 근무하여 강원지역 발령 순위 가운데 0순위에 해당하는 사람들이었다.

나는 그런 이유를 조목조목 들면서 특히 이 두 사람은 강원도로 가야 할 사람이라고 힘주어 말했으나, 그는 내 말은 모두 무시하고 명령대로 다시 기안하라는 것이었다. 이것이 그와 나의 전쟁을 예고하는 첫 사건이었다.

내 양심으로는 도저히 그렇게 할 수 없다고 버티자, 그는 자신이 직접 작성한 기안문을 들고 청장실로 결재를 받으러 가는 것이었다. 그 당시 청장님은 완고하지만 성품이 곧고 청렴한 분으로 알려져 있었는데, 그가 가져간 기안문을 훑어보더니 왜 주무 관리의 서명이 빠졌느냐고 주무 관리가 서명을 해서 다시 가져오라 하셨다고 했다.

그도 그럴 것이 청장님은 그때 내가 밤을 새워 가며 일할 때 새벽녘에 전화를 걸어서 진척 상황과 인사 원칙 등을 미리 보고 받으셨고 또 격려를 해주셨던 것이다. 나중에 안 일이지만 청장님은 그 서기관에 대한 인적사항을 미리 알고 계셨다고 했다.

사무실로 돌아온 그는 붉으락푸르락 하는 얼굴로 씨근거리며 결재판을 내 책상에 내던지듯 하면서 서명을 하라는 것이었다. 내용을 훑어본 나는 우리 청에서 확립한 인사 원칙에 어긋나므로 서명할 수 없다고 말했다.

그는 '명령 불복종'을 운운하고, 나는 '부당한 명령'을 내세우며 옥신각신했고, 내가 끝내 뜻을 굽히지 않자, 그는 고래고래 소리를 지르면서 사무실에서 나가더니 그 길로 무단결근을 하기 시작했다.

　　그는 연락이 되지 않고 직원들을 하루 빨리 배치해야 할 상황이었기에, 청장님은 내게 새로 기안을 해 오라고 하셨고 결재를 하신 뒤 그대로 시행을 해 버렸다.

　　인사발령이 시행되자 마치 벌집을 쑤신 듯 시끄러웠다. 경인지역 요직을 돌며 태평시대를 구가하던 직원들이 하루아침에 강원도로 발령이 나니 그들에게는 기가 막힌 일이요, 있을 수 없는 일이었던 것이다. 한편으로는 공정한 인사에 대한 찬사와 격려가 쇄도했으며, 과거 그 누구도 해내지 못한 혁명에 가슴이 뛰었다는 직원도 있었다.

　　그러나 자부심을 느낀 것도 잠시, 나는 본부 감사실에서 출두명령을 받았다. 본부에 가서 안 일이었지만 어느 직원이 장관님께 직접 전화를 해서 ○○청에서 경인지역 전보를 미끼로 거액의 현금을 받고도 당초 약속과 달리 강원도로 발령을 했다고 보고했다는 것이었다. 감사는 결국 내 직속상사인 그의 수뢰에 대한 내 진술을 듣기 위한 절차였던 것이다.

　　나는 직감적으로 상사가 왜 특정인물을 경인지역에 배치하라고 그토록 압력을 넣었는지 깨달았지만, 그래도 명색이 직속상관인데 사실대로 말을 할 수는 없는 일이 아닌가?

　　밤을 새워 감사를 받으면서 나는 비록 돈을 받은 적은 없지만 끝까지 모든 일을 내가 주관하여 시행했으며 따라서 모든 결과는 내 책임이라고 말했다. 내게서 원하는 답을 듣지 못한 그들은 할 수 없이 새벽녘에 나를 내보내 주었고 나는 과천에서 불광동까지 택시를 타고 새벽 5시에 집으로 왔다. 집에 오자마자 어머니는 어떤 사람이 여러 번 전화를 했다고 하셨다. 얘기가 끝나기가 무섭게 전화벨이 울렸는데, 내가 전화를 받자 그는 대뜸 초조하면서도 짜증 섞인 목소리로 어떻게 되었느냐고 물었고, 나는 그에게 감사내용에 대하여 설명했다.

그는 자신의 행동에 대해 언급하지 않았다는 내 말이 믿기지 않았던지 바로 출근을 하라는 것이었다. 세수를 하고 옷만 갈아입은 채 출근을 하니 그는 사무실 밖에서 서성거리며 나를 기다리고 있었다. 큰 키에 꾸부정한 어깨, 그리고 벗겨진 머리의 그가 잠을 못잔 듯 퀭한 눈으로 초췌한 모습을 하고 서 있는 것을 보자 나는 일종의 연민을 느꼈다.

내가 듣기로는 살 만큼 풍족하게 산다던데 왜 저렇게밖에 인생을 못 사는 것일까 하는 생각이 들었다. 같은 말을 수십 번 반복해서 설명하고 설명해도 그는 내가 모든 것을 주관했으며 내 책임으로 돌렸다는 말을 믿지 못하고 계속해서 나를 추궁하는 것이었다. 그 사건은 결국 뇌물을 준 자와 받은 자가 밝혀지지 않은 채 그렇게 넘어갔다.

그러나 그 사건을 계기로 당연히 달라졌으리라 생각했던 그는 위기를 모면하고 나자 더욱 대담해졌고, 따라서 나와 사사건건 부딪치는 악순환의 나날이 계속되었다.

나는 청장님의 결재를 얻어 우리 청의 인사 원칙을 모든 직원에게 공표했고, 현실적으로 위기감을 느낀 해당 직원들은 어떻게 해서든지 나를 만나기 위해 줄을 서는 것이었다. 그러나 나는 절대로 그들을 개인적으로 만나지 않았고, 어쩔 수 없이 봉투를 들고 사무실로 찾아온 사람들은 호되게 나무라서 돌려보냈다.

그런데 문제는 그 다음이었다. 누군가 왔다가 돌아가면 그는 칸막이 너머에서 나를 불러 얼마를 가져왔느냐고 따지는 것이었다. 나는 어이없어 하며 안 받았으니 모른다고 했고, 그는 내 말을 믿지 못하고 내 부하직원들까지 불러 힐문을 하다가 자기 성질을 못이겨 붉으락푸르락 화를 내며 소리를 고래고래 지르는 것이었다.

우리는 불사조 팀

나는 그때 지출관 업무를 같이 맡고 있었는데 가짜 영수증을 붙인 지출결의서일 경우 재무관인 그의 도장을 찍은 서류가 내게로 넘어와도 국고수표에 내 도장을 찍지 않았다. 그는 또 소리소리 지르면서 날인을 강요했고, 나는 회계독립의 원칙인 '견제와 균형'을 설명하며 그것을 거부했던 것이다.

사무실은 늘 전쟁터였고 나는 날마다 지옥으로 출근하는 기분이었으며 공직 생활을 시작한 이후 처음으로 사표를 써서 서랍에 넣어두고 언제든 떠날 마음의 준비를 하고 근무했다. 내가 만만치 않자 그는 내 부하직원들을 데려다 별별 트집을 잡아 무조건 야단을 치는 것이었다.

일은 끝도 없이 많아서 늘 야근을 해야 했으므로 가끔은 청사 뒷골목 돼지갈비 집에 가서 직원들과 저녁을 먹곤 했는데 그 시간이 가장 행복한 시간이었다. 그렇게 힘든 상황에서 우리 직원들은 그래도 끝까지 나를 믿고 따라와 주었고 야근을 하면서 함께 저녁식사를 하는 시간이 우리들에겐 가장 즐거운 때였던 것이다.

힘든 하루하루를 보내면서 우리는 점심시간에 이따금 종묘공원 근처 가게로 가 거기에 있는 잡종 개에게 그 사람의 이름을 붙여 부르면서 구박을 하는 것으로 위안을 삼기도 했다.

　　그런 소용돌이 속에서 추석이나 연말이 오면 청사에 고용된 수위, 운전기사, 보일러 기사, 청소부 아주머니는 물론 신문배달 소년들이나 쓰레기 수거 아저씨, 세탁 아줌마 등 비교적 박봉에 시달리는 직원들에게 다만 얼마씩이라도 보태주는 것이 관례였고 나는 그것이 당연한 도리라 생각했다.

　　청은 살림살이가 커서 그런 직원들도 많았으나, 그 분은 처음부터 그런 것에는 관심이 없었다. 할 수 없이 건의를 했더니, 그는 하고 싶으면 나보고 알아서 하라는 것이었다. 별도의 예산은 없고 별다른 방법이 없던 나는 직원들의 출장여비 일부와 내 봉급을 모아서 하다못해 양말 몇 켤레씩이라도 그들에게 선물을 주는 것으로 대신했다.

　　6년을 근무한 것보다 더 괴롭고 지겨웠던 시간이 6개월 정도 지났을 무렵 어느 날, 그가 다음날로 하향전보 된다는 소식을 전해들은 나는 그에게 불려가 꾸중을 듣고 잔뜩 풀이 죽어 앉아 있는 부하직원에게 살짝 귀띔을 해주었다. 그랬더니 그는 벌떡 일어나 어디론가 사라졌다가 한 시간이나 지나서야 얼굴이 상기된 채 돌아왔다. 어디 갔었느냐는 내 말에 그는 너무나 좋아서 옥상에 올라가 당시 유행하던 고릴라 춤을 추고 왔다고 속삭이는 것이었다.

　　그날 오후 그는 나를 부르더니 통장을 내놓으라고 했다. 무슨 말인지 몰라 어리둥절해 하는 내게 그는 그동안 받은 돈을 통장에 모아 놓지 않았느냐는 것이었다. 나는 전혀 받은 돈이 없다고 했고,

그는 그러면 내가 알아서 전별금을 주어야 하지 않겠느냐고 했다.

나는 정말 다투는 것이 지겹고 그가 떠난다는 사실만으로도 행복해서 내 봉급 가운데 얼마를 봉투에 넣어 그에게 주었다. 그는 아무 말도 없이 그것을 받더니 직원들 하나하나를 불러서 수금을 하는 것이었다.

그런 다음 그는 본부에 전화를 걸어서 자신이 업무처리를 잘못한 책임이 있어 좌천된다면 실무책임을 지고 있는 나도 당연히 좌천되어야 하지 않느냐고 고래고래 소리를 지르며 따지는 것이었다.

얼마나 잘 되는지 앞으로 두고두고 보겠다고 이를 갈면서 그는 1년도 못 채우고 그렇게 그 자리를 떠나갔다. 우리 직원들은 그날로 우리 과 직원들을 '불사조 팀'이라 이름 지었다. 그런 무서운 사람의 밑에서 도태되지 않고 살아남았으니 불사조가 아니고 무엇이겠느냐는 것이었다.

나는 지금도 가끔 그때 생각을 하곤 한다. 26년 9개월 동안 공무원 생활을 하면서 내가 만났던 상사나 동료 그리고 부하직원들은 대부분 선량한 사람들이었다. 게다가 그동안 공무원 사회는 다른 어떤 조직보다도 더 급격한 변화를 겪어서 모든 것이 달라졌으며 이제는 바른 생각과 판단을 가지지 않고서는 조직에서 살아남을 수 없는 것도 사실이다. 그래서인지 과거에 내가 만났던 일부 몇몇 사람들 외에는 나는 부도덕한 공무원을 만나지 못했다.

공무원 생활을 하다 보면 생각도 공무원 식으로 변해 간다는 것을 나는 믿고 있다. 공무원 생활을 하면서 나는 흐트러진 생활자세나 남의 시선을 끄는 화려한 옷차림을 해 본 적이 없다. 퇴직을 하고 나서 이곳에서 처음으로 반바지와 티셔츠를 입었을 때 내가 느껐던 그 생소한 기분을 아직도 기억하고 있다. 대부분의 공무원은 나처럼 검소하고 올바른 사고방식과 생활태도를 가지고 있다고 생각한다. 그들은 빛을 보지 못하는 자리에서도 야근을 밥 먹듯 해가며 묵묵히 일하고 있으며 대부분 자신들의 가정생활을 위하여 쓸 수 있는 시간도, 경제적인 여유도 누리지 못하고 있는 것이다.

많은 사람들이 공무원에 대한 선입견을 가지고 있겠지만, 그동안 내가 겪었던 조직 그리고 학교생활 등을 통하여 내가 내린 결론은 그래도 공무원 사회가 가장 깨끗하다는 점이다. 물론 가장 문제는 언제나 정치집단이긴 하지만 말이다.

어쨌든 이렇게 사무실에 평화가 찾아든 어느 날 학교에서 연락이 왔다. 마지막 종합시험 일자가 정해졌으니 시험을 치르라는 것이었다. '전쟁의 소용돌이' 때문에 까맣게 잊고 있던 나는 그날부터 다시 밤을 새우기 시작했다. 이번에 또 실패하면 영영 기회가 없으므로 시험을 치르고 발표를 기다리는 심정은 착잡했다.

드디어 발표일이 되자 일이 손에 잡히지 않았다. 근무시간이 끝나고 내가 굳은 얼굴로 학교로 향하자 우리 '불사조 팀'은 아무 말 없이 나를 따라 나섰다.

게시판에서 내 이름을 먼저 확인한 건 그들 가운데 하나였다. 그들은 환호성을 지르며 나를 얼싸안았고 나는 믿을 수 없어 멍하니 게시판에 적힌 내 이름을 바라보고 서 있을 뿐이었다.

우리는 학교 앞 전통주점으로 우르르 몰려가서 실컷 먹고 떠들었다. 이렇게 해서 나는 또 첩첩산중의 작은 고개 하나를 넘어선 것이었다.

또 다시 최초로 중앙부처 여성 인사담당이 되다

기쁨도 잠시, 나는 또다시 본부 인사계로 발령을 받게 되었다. 청장님도 항의하고 나도 이의를 제기했지만 이미 발령이 난 상태에서 무슨 소용이 있단 말인가?

중앙부처의 첫 여성 인사담당 주무는 그 당시로서는 파격적인 조치였다. 나는 이미 지방청의 첫 여성 인사담당 관리로 일간신문에 실렸는데 다시 중앙부처의 첫 여성 인사실무 책임자가 된 것이었다.

나는 승진과 전보, 근무 평정, 경력 평정은 물론 사무관 승진시험이나 특별채용시험을 주관하고, 노무관 임면 등을 위하여 총무처와 외무부를 수시로 드나들어야 했다.

내가 가장 먼저 시작한 일은 모든 직원을 직급별로 분류하여 직제순, 임용순, 연령순 명부를 작성하는 일이었다. 이 자료는 나중에 컴퓨터에 입력하여 인사업무에 가장 중요한 기초 자료로 활용되었던 것이다.

보통 인사업무를 담당한다는 것은 권력과 명예와 부(富)를 동시에 얻을 수 있는 것으로 통한다. 누구나 꿈꾸고 바라는 자리, 식사 대접을 하려는 사람도 많고, 그곳에 근무하는 사람들과 가능하면 한 번이라도 더 눈을 마주치려고 노력하는 자리, 인사부서 근무자가 자신과 친하다는 사실만으로도 든든한 백이 될 수 있는 자리가 바로 그곳이 아닌가? 말 그대로 누구나 가장 선호한다는 자리였지만, 내게는 첫 날부터 괴로운 자리였다. 그때 본부 인사계는 영·호남의 갈등이 심하여 대개 인사파트에는 영·호남 중견 대표를 하나씩 배치하는 게 관례였는데, 어느 날 난 데 없이 중립지역인 서울, 게다가 여성이 인사담당 주무자리를 차지하게 되자 새로운 문제가 생기기 시작하였다. 그들이 볼 때 인사업무는 업무성격상 여성이 담당할 수 없으며 더구나 경력이 비교적 얼마 되지 않은 중립지역 출신이 주무를 맡을 수는 없다는 것이었다. 비판과 항의는 끝도 없이 계속되었으나 나는 묵묵히 첫 날부터 야근을 하며 기초 자료를 만드는 데 몰두하였다.

이어 각 직급별 승진임용을 위한 평정표를 작성하려던 나는 깜짝 놀랐다. 지금껏 승진임용 순위표 작성은 임시직 여직원이 집에 가지고 다니면서 해 왔다는 것이었다.

인사업무에서 가장 중요하고 가장 보안을 필요로 하는 이 업무는 여러 가지 자료의 대조와 복잡한 계산이 필요한 아주 귀찮은 업무였기 때문에 그동안 임시직 여직원이 맡아왔던 것이었다.

나는 그날부터 모든 자료의 대조와 정밀계산을 시작했다. 승진임용 순위명부는 6개월마다 다시 작성해야 했고 직급별로 따로 만들어 순위를 확정해야 하며, 그 성격상 단 한 번의 실수도 용납되지 않는 것이므로 스트레스를 많이 받을 수밖에 없었다. 그도 그럴 것이 정당한 승진 후보자가 아닌 사람이 승진을 하고, 실제 순위자 가 승진에서 빠진다면 그 책임을 누가 어떻게 질 수 있겠는가?

진통제를 밥 먹듯 하며 일에 매달리고, 출퇴근 시간을 이용하여 인사법령을 통독한 나는 얼마 지나지 않아서 조직에서 없어서는 안 될 주요 인물이 되었고 그 뒤로 출신지역이나 여성이라는 문제 는 더 이상 거론되지 않았다.

수 년 동안 인사업무를 담당한 결과 내가 내린 결론은 원칙과 상 황을 기초로 하여 최초에 작성된 인사안이 가장 완벽하다는 사실 이었다. 어떤 이유로든 몇몇 내용이 바뀌게 되면 연쇄적으로 다른 내용도 바뀌게 되고 결국 전체적인 구도가 흐트러질 수밖에 없는 것이다. 몇 번의 수정작업이 계속되다 보면 당초의 원칙과 취지가 상당부분 변화하게 되는 것을 나는 많이 봐왔던 것이다.

인사작업은 대개 비밀장소에서 거의 밤을 새우며 이루어졌는데 경우에 따라서 일주일 또는 한 달이 넘게 걸리는 일도 있었다. 원 칙을 지키면서 관련된 모든 사항을 고려해 가며 인사안을 작성하 는 것은 정말 어려운 일이었다. 지칠 대로 지친 우리들은 차라리 선풍기를 틀어 놓고 선풍기 바람에 멀리 날아간 인사기록카드 순 으로 발령을 내자는 농담을 할 정도였다.

홀로서기

1990년대 말 나는 드디어 독립을 했다. 우리 부처의 주택조합 아 파트를 마련한 것이었다. 언젠가는 감행해야 할 홀로서기였지만 눈 까지 내린 12월 29일 내 작은 차에 짐을 싣고 어머니의 눈물어린

배웅을 받으며 떠나는 것은 참으로 어려운 일이었다. 안방을 어머니 방으로 꾸며 10자 장롱과 화장대까지 마련했지만 어머니는 아파트 생활이 싫다면서 이따금 두 집을 오갈 뿐이었다. 이사하는 첫날 텅 빈 아파트에서 두통으로 몸부림치면서 뼈저린 외로움과 두려움 속에 수도 없이 '엄마'를 불렀던 기억이 난다.

바로 그 아파트에서 나는 박사가 되고 사무관이 되고 또 결혼을 했다. 어머니와 동생과 추억도 많았다. 뉴질랜드로 오기 위해 아파트를 팔던 날 내 모든 애환이 서려 있는 그 아파트를 돌아보고 또 돌아보면서 차마 떨어지지 않는 발걸음을 옮겨야 했던 것이다.

정부합동민원실 파견관이 되어

모든 업무의 바탕이 제대로 잡히고 자료가 정리되자 모든 공무원들 선망의 자리인 인사부서가 내게는 별 매력이 없었다. 나는 만류를 뿌리치고 국무총리 산하 '정부합동민원실' 근무를 자원했고 자격 심사 결과 또다시 최초의 정부합동민원실 여성 파견관이 되었다.

그때 정부합동민원실은 정부 각 부처에서 나온 파견관 50명과 총무처 행정지원인력 50명 등 모두 1백 명이 근무하는 큰 조직이었다. 11개 반으로 편성된 파견 조직 가운데 내가 속한 노동·임금반은 1반이었고, 맞은편에는 7반인 민사·형사반이 자리해 있었는데 그렇게 배치한 이유는 두 반이 손님이 가장 많기 때문이라고 했다.

위치도 문에서 가장 가까운 쪽에, 그것도 유일한 여성 파견관이 앉아 있게 되자 그곳을 드나드는 민원인들은 일단 먼저 내게 와서 묻게 되고 따라서 나는 하루 종일 민원상담과 함께 민원안내 노릇까지 같이 해야 했다.

정부합동민원실은 대통령이나 국무총리에게 제기된 국민들의 민원을 처리하는 곳으로, 대부분 해당 부처에서 법률이나 규정 검토가 끝나서 더 이상은 법적으로 조치할 것이 없는 사람들이 마지막으로 대통령이나 국무총리에게 탄원하는 민원이 대부분이었다. 파견관은 그들이 민원서류를 제출하거나 방문할 경우 그들의 요구를 듣고 상담을 하며 무엇인가 해결할 수 있는 방안을 찾아보고 때로는 해당 부처에 자료를 보내 재검토를 요구하는 등 행정조치를 취하게 된다.

내가 그곳에 파견된 때는 마침 정권이 바뀌어 대부분의 민원인들이 혹시나 하는 생각으로 일제히 민원을 제기하는 바람에 보통 때의 서너 배가 넘는 민원으로 말미암아 모두들 지쳐 있는 때였다.

나는 부임한 날부터 바로 업무를 배우고 밀린 일을 처리하기 위하여 또다시 야근을 계속해야 했다. 근무시간에는 밀려드는 민원인들 때문에 점심을 먹을 시간도 없었다.

그러나 날마다 민원인들을 상담하고 그들의 고충과 원망, 그리고 요구사항을 듣는 동안 나는 새로운 사실을 깨닫게 되었다. 그들의 요구는 대부분 법을 뛰어넘어 자신의 요구를 특별히 처리해주기를 바라는 것이었다.

나는 그들에게 현행법을 설명하고 그것이 법률적으로 불가능한 것임을 부드럽고 친절하게 설명하여 그들을 설득시키지만, 그들은 무조건 대통령을 만나게 해달라고 떼를 쓰곤 했다.

한번은 열차사고로 남편을 잃은 여인이 업무상 재해를 주장하며 진정서를 제출하였기에 조사를 한 적이 있었다. 남편이 죽은 곳은 출근길과 상관이 없지만 그가 회사 사장의 전화를 받고 차를 몰고 나가다 사고가 났다는 진술기록을 찾아내 업무상 재해로 처리하여 유족급여를 지급 받도록 도와주었다.

또 한번은 건설 현장에서 추락하여 하반신 마비가 된 남편을 간호하는 부인이 울면서 치료기간 연기신청서를 승인해 달라는 민원을 접수한 적이 있었다. 나는 담당의사의 소견을 받고 자문의사의 의학적인 소견을 얻어 치료기간 연기승인 처리를 함으로써 아무런 걱정 없이 치료를 받을 수 있도록 해준 일도 있었다.

때로는 밀린 임금을 받지 못한 근로자를 대신해서 사업주와 다투어 임금을 받아내기도 했고, 업무 외 재해로 말미암아 치료비가 없어 치료를 받지 못하고 있는 근로자들에게 재해조사를 거쳐 업무상 재해 판정을 받을 수 있도록 도와주기도 했다.

그곳에 근무하면서 나는 인생의 축소판을 경험하게 되었다. 맞은편 민사·형사반에 오는 민원인들은 주로 간통이나 횡령·치정 등 인간사의 가장 추악한 단면을 느끼게 하는데, 때로는 바람피운 남편의 넥타이를 잡고 질질 끌고 들어오는 여자가 있는가 하면 자신의 재산을 빼앗아 간 사위와 딸을 처벌해 달라고 소리소리 지르며 울부짖는 노파도 있었다.

비가 내리는 날이면 반드시 찾아오는 단골손님도 있었는데, 그 가운데에는 차양 넓은 모자에 꽃무늬 원피스를 차려 입고 자신이 퍼스트레이디라며 민원실 중앙에서 패션쇼를 하는 정신질환자도 있었고, 우리나라의 운세를 알고 있으니 당장 대통령을 만나야 되겠다고 떼를 쓰는 노인, 친절하게 상담해줘서 고맙다고 허리를 굽히던 사람이 검토 결과 법적으로 더 이상 보상을 받을 수 없다는 말에 길길이 날뛰며 삿대질을 하던 손가락이 잘린 근로자…….

나도 당혹스런 경우를 몇 번 겪은 적이 있었다. 한번은 넥타이를 단정히 매고 양복을 점잖게 차려입은 신사가 들어와 면담을 요청했는데 마침 내가 다른 민원인과 상담을 하고 있어서 동료 직원이 그 사람과 상담을 하게 되었다. 그 사람의 요구는 당장 자신을 국영기업체에 취업시켜 달라는 것이었다. 한참 상담을 하고 있는데, 큰 소리가 나기에 옆 탁자를 보니 그 신사가 동료 직원의 멱살을 쥐고 들어올리고 있었다. 그 서슬에 직원의 안경이 바닥에 떨어져 깨졌는데, 그 신사는 다시 소리를 고래고래 지르면서 동료 직원의 얼굴을 때리는 것이었다. 그 바람에 그 직원의 입술이 터져 피가 흐르고 있는 것이 아닌가?

사무실이 갑자기 물을 끼얹은 듯이 조용해졌으나 누구 하나 달려들어 싸움을 말리려 하지 않는 것이었다. 동료 직원은 체격으로도 어림없이 차이가 나는 데다 공무원이 민원인과 맞붙어 싸울 수는 없는 일이었기 때문에 속수무책으로 당하고만 있는 것이었다.

동료가 얻어맞고 있다는 사실에 흥분한 나는 순간적으로 책상 위로 뛰어 올라가 주먹질을 하고 있는 그의 팔을 붙잡고 매달렸다. 내가 소리 지르며 그 신사에게 대항하자 그때서야 옆 반 직원들이 우르르 몰려왔다.

민원인은 사태가 불리함을 느꼈는지 내 책상 위에 세워져 있던 삼각기둥 모양의 철제 안내 기둥을 집어 들더니 사무실 한복판으로 달려가 그곳에 설치되어 있던 대형 수족관을 단숨에 내리쳤다. 유리 깨지는 소리와 함께 사무실 바닥으로 물이 왈칵 쏟아져 내렸고 비린내와 함께 금붕어들이 바닥에서 팔딱거리며 뛰고 있었다.

그 민원인은 쇳덩어리 기둥을 아무렇게나 닥치는 대로 휘둘렀는데, 직원들은 그것을 피하여 의자 밑으로 숨었고, 옆방에서 달려온 총무처 여직원들이 지르는 비명소리로 말미암아 사무실은 순식간에 난장판이 되었다.

한참 미친 듯이 춤을 추던 그가 바람처럼 사무실에서 빠져 나가 종로거리 한복판으로 달아나기 시작했다. 그를 놓치면 안 된다는 생각에 나는 젊은 남자 직원들에게 그를 잡으라고 소리를 질렀고 몇 명이 그를 잡으러 달려간 사이에 인근 파출소에 전화를 걸었다.

민원인이 직원들에게 잡혀왔다. 출동한 경찰이 그를 데려가고 진술조서를 작성하면서 사건은 일단락되었지만, 그 뒤로 나는 '천하무적 일당백의 용감무쌍한 여성 파견관'이 되었고, 만일의 경우를 대비하여 사무실에 관할 파출소와 직통전화를 개설하게 되었다.

그곳에 근무하면서 내가 느낀 것은 겉으로 보기에 아무런 문제도 없는 사람들 가운데 어쩌면 그리 많은 사람들이 속속들이 병들어 있을까 하는 점이었다. 그런 멀쩡한 사람들이 어느 순간 폭발하면 아무렇지도 않게 불을 지르고 사람을 죽이고 광장 한복판으로 택시를 몰고 그런 것이 아니겠는가?

행정학 박사가 되다

13

　　그렇게 힘든 시간들이 지나가고 있을 무렵 대학원 조교수로 있는 친구가 사무실로 나를 찾아왔다. 종합시험을 힘들게 마친 뒤 아주 까맣게 잊어버린 학교였다. 그는 논문 제출 기한이 2년 밖에 안 남았는데 왜 논문 쓸 생각을 하지 않느냐는 것이었다.

　　그의 말로는 학업 성취도가 가장 뛰어났던 내가 그냥 포기하는 것은 너무 아까우니 더 늦기 전에 잘 생각해서 시도해 보는 것이 어떻겠냐는 것이었다.

　　그가 다녀간 뒤로 나는 또다시 고민에 빠졌다. 사실 그동안 가슴속에서 꿈틀거리며 솟아오르는 열망을 억지로 잠재우며 애써 무시해 가면서 어서 빨리 시한이 지나가기만을 바랐던 나였다. 박사과정을 마치기까지 예상하지 못했던 고통을 수없이 겪은 터라 아주 질려 버린 상태였지만 미련은 아직도 남아 있었던 것이다.

　　그러나 한편으로는 내가 과연 그 관문을 넘어설 수가 있을까 하는 생각이 드는 것도 사실이었다. 남들은 집에서 모든 것을 뒷바라지하며 공부만 해도 어렵다는데 나는 직장에 다니면서, 그것도 수시로 진통제를 먹어야 하는 이런 몸을 가지고 도전하는 것이 가능할지 자신이 없었던 것이다.

일주일을 잠도 못 자고 자신과 싸우다가 마침내 학교에 전화를 걸어 학과장 면담을 요청했다. 입학한 지 8년이 지난 뒤라 대부분의 교수진이 바뀌어 있었고, 나를 아는 교수님은 한 분도 안 계셨다. 게다가 나는 학부도 석사과정도 다른 학교에서 마친 사람이 아닌가. 그러나 약속한 시간에 찾아갔더니 학과장은 자리에 없었다. 나는 다시 조교와 약속시간을 정하고 돌아왔다.

그러나 그날도 역시 학과장은 자리에 없었다. 나는 '삼고초려'를 되뇌며 세 번째 찾아가서 결국 학과장을 만날 수 있었지만 그의 반응은 냉담했다. 자신은 나란 학생이 있다는 사실조차 알지 못하며 논문을 제출하고 안 하고는 전적으로 지도교수에게 달려 있다는 것이었다.

학과장실을 나오면서 나는 언젠가 내 손으로 담당교수 도장을 찍어 제출했던 지도교수 변경신청서를 기억하고 그 교수님을 찾아갔다. 행정학계의 거두이신 그 교수님은 내게 무슨 일이냐고 물으셨고 나는 이번 학기에 논문을 제출할 생각인데 좀 도와주십사고 말씀 드렸다.

그 분은 나를 물끄러미 쳐다보더니 "자네, 지도교수가 누군가?" 하고 물으셨다. 나는 자신 있게 "교수님이십니다" 하고 대답했다.

그런데 교수님은 내가 기억에 없으며 이번 학기에는 두 명이 논문을 제출하도록 이미 결정되어 있으니, 만일 뜻이 있다면 다음 학기부터 절차를 밟으라는 것이었다. 다음 학기는 내가 파견기간을 마치고 복귀해야 하는 때이므로 그때 논문을 쓰는 것은 불가능했다.

나는 밤을 새워 논문제출 계획서를 작성해서 다음날 다시 그 교수님을 찾아갔다. 논문제출 계획서를 훑어본 교수님은 다음 학기에 제출할 수 있도록 논문 초고를 작성하라고 하셨다.

그날 밤부터 올빼미 생활은 다시 시작되었다. 하루의 수면시간은 고작 세 시간, 사무실에서도 점심시간을 이용하여 교정을 보고 집에 와서는 밤을 새워 워드 프로세서로 문서 작성을 하였다.

내 아파트는 9층에 있었는데 아침 일찍 인터폰이 울려 받아 보니 바로 아래층에 사는 동료 직원의 부인이었다. 그녀는 내게 혹시 집에서 밤에 가내공업을 하느냐고 물었고 기계소리 때문에 밤에 잠을 잘 수 없다고 했다. 그날부터 나는 이불을 두껍게 깔고 그 위에서 워드 프로세서로 문서 작성을 마친 뒤 출력은 이불 속에서 해야만 했다.

그렇게 초고를 작성해 교수님께 가져가서 보여 드리고 지적 받은 부분을 다시 가지고 와서 수정하는 날이 계속되었다.

프린터로 인쇄한 용지를 잘라내어 붙이는 초고의 부분수정 작업은 옆 반인 보사·환경반 직원들이 자기 일처럼 도와주었다. 내가 정신없이 바쁜 생활을 하는 것을 안 동료 직원도 내게 배당된 상담 건을 자신이 처리함으로써 나를 도와주었다.

드디어 지도교수님의 사인이 떨어지자 나는 이번 학기에 논문을 제출해야겠다고 조심스럽게 말씀 드렸다. 교수님은 어두운 얼굴로 "이번에 논문을 제출하는 두 명도 내 지도학생이라 나로서는 어쩔 수 없다"고 말씀하셨다. 나는 이번에 과 내부 심사라도 받을 수 있도록 해달라고 간청했고 끝내 말씀을 않으시는 교수님을 뒤로 하고 나와서 서류를 접수하고 돌아왔다.

처음 논문을 내겠다고 교수님을 찾아갔을 때가 6월이었는데 계절은 어느새 가을로 접어들어 이미 11월이 되어 있었다. 거리는 아름다운 단풍과 낙엽으로 가득했고 젊은이들은 여전히 싱그럽게 움직이고 있는데, 불면과 영양실조 그리고 쇠약으로 노인처럼 지쳐버린 내가 터벅터벅 거리를 걸어가고 있었다.

논문 심사

과 논문 심사일은 12월 초였다. 나는 나름대로 과 심사에 통과하기 위해 열심히 공부를 하며 준비를 했다.

그때 ㄷ대학교 대학원 행정학과 박사과정은 전통적으로 예비심사에 앞서 학과 내부에서 논문제출 자격의 적부판정을 거쳐야 박사학위 논문을 제출할 수 있었는데, 관례에 따라 이 과정은 참석한 교수 전원의 만장일치를 조건으로 하고 있었다.

과 심사 날 학교로 간 나는 대기실에서 다른 두 사람의 제출자를 만나게 되었는데, 한 사람은 나중에 모 부처 장관이 된 사람으로 그때는 ㅇ시의 시장이었고 다른 한 사람은 당시 모 사립대학의 강사였다. 그 두 사람이 차례로 심사실에 불려 들어갔고 각각 십 분 만에 심사를 마치고 나와 홀가분한 얼굴로 집으로 돌아갔다. 그리고 한참 지나서야 내 이름을 부르는 소리가 들렸다. 두통으로 이틀 동안 아무것도 먹지 못한 나는 긴장과 추위로 격심한 위경련을 앓고 있었지만 이를 악물고 '십 분만, 십 분만' 하면서 참고 있었다.

심사실에 들어가 보니 맞은편에 다섯 명의 교수들이 앉아 있었고 문 쪽에 작은 의자가 하나 놓여 있었는데, 거기에 앉으라는 말에 나는 조심스럽게 걸터앉았다.

잠시 뒤 정면에 앉아 있던 지도교수가 천천히 입을 열었다. 그것은 한 학기에 한 명씩만 학위 수여자를 배출하는 것이 이 학교의 전통인데 올해에는 두 학생이 마지막 학기에 몰린 데다 실력도 뛰어나기 때문에 두 사람을 이번 학기에 심사하고 나는 아직 한 학기가 남아 있기 때문에 다음 학기로 넘긴다는 것이었다. 하지만 이번으로 내부 심사를 거친 것으로 하고 다음 학기에는 바로 예심에 올린다는 내용이었다.

지도교수의 얘기를 듣고 있는 동안 나는 참을 수 없는 분노를 느꼈다. 나는 잠시 숨을 가다듬었다. 지도교수의 얘기를 끝으로 다른 교수들은 주섬주섬 서류를 챙기고 있었다. 나는 눈을 똑바로 뜨고 지도교수를 향하여 말했다.

"만일 제 논문의 내용이 형편없이 부족해서 안 된다면 수긍하겠습니다. 하지만 제게 한 학기가 남아 있기 때문에, 또 한 학기에 한 명씩만 배출한다는 전통 때문에 저를 다음 학기로 돌린다는 것은 승복할 수 없습니다."

한순간 심사실은 숨막히는 적막만이 감돌았다. 한낱 여린 여학생이 감히 교수들을 상대로 정면으로 반박하고 나오다니, 그들의 상식으로는 절대 상상할 수조차 없는 일이었을 것이다.

당황한 지도교수는 "이 사람, 다 결정된 것을 가지고 이러면 어떡하나?" 하고 나를 꾸짖었고, 나는 계속해서 "예심에만 올려 주십시오. 거기서 수준이 안 된다면 그때는 수긍하고 포기하겠습니다" 하고 주장했다. 이윽고 여기저기서 교수들이 웅성거리자 지도교수는 나보고 나가서 대기하라고 했다.

대기실에서 내가 추위와 통증과 싸우는 동안 안에서는 큰 소리가 오가고 있었다. 30분이나 지난 뒤 들어오라는 소리에 다시 들어가서 자리에 앉자마자 지도교수는 "다시 검토한 결과 자네의 논문은 다음 학기에 제출토록 결정되었으니 그리 알게" 하고 말하는 것이었다.

나는 자리에서 벌떡 일어섰다. "승복할 수 없습니다. 납득할 수 있는 이유를 말씀해주십시오" 하고 큰 소리로 말했다. 교수 두 사람이 자리를 박차고 일어나자 지도교수는 또다시 서둘러 나를 밖으로 내보내며 기다리라고 했다. 다시 목소리가 높아지고 혀를 차고 이따금 고함소리도 들렸다. 다시 들어오라는 소리에 들어갔을 때 다섯 명 가운데 두 명의 교수가 씩씩거리며 서류봉투를 들고 심사실에서 나가버리는 것이었다.

이윽고 다른 두 명의 교수도 말없이 심사실에서 나가고 심사실에는 나와 지도교수만 남게 되었다.

내 논문 심사를 둘러싸고 이미 4시간 이상 흐른 뒤였다. 머리를 감싸고 앉아 있는 지도교수에게 나는 "죄송합니다, 교수님. 그렇지만 제 처지로선 어쩔 수 없었습니다" 하고 말했다. 교수님은 "아니야, 괜찮아. 다만 정 교수와 박 교수가 사인을 하지 않겠다고 하니……." 곤혹스럽게 말씀하시던 교수님은 내게 심사서류를 내밀며 두 교수의 연구실로 가 사정을 하고 사인을 받아 오라는 것이었다.

서둘러 두 교수님의 연구실을 찾았으나 이미 문을 잠그고 가버린 상태였다. 지도교수님과 의논한 뒤 어떻게든 사인을 받기 위해 다음날 두 교수님댁에 전화를 드렸다. 어렵게 연결된 전화에서 연로한 정 교수님은 "나는 자네 같은 학생을 모르니 다시 연락하지 말게" 하고 전화를 끊으셨고 다른 한 분인 박 교수는 "더 이상 그 건으로 할 말이 없다"고만 했다.

학교로 돌아가 지도교수님께 그 말씀을 드리자 그 분은 한숨을 쉬면서 그 젊은 박 교수는 정 교수의 제자이니 스승의 뜻을 거역하지 못할 것이라고 말씀하셨다. 한참을 고민하던 교수님은 일단 사무실로 돌아가라고 하셨다. 그로부터 일주일 뒤 피를 말리는 초조한 시간을 보내고 있는데, 교수님이 학교로 나오라는 연락을 하셨다.

교수님은 내게 이 학교 행정학과 역사에서 처음으로 만장일치가 아닌 다수결로 과 심사 통과자가 되었으며, 그 결과 앞으로 갈 길이 더욱 험해질 테니 단단히 각오하고 논문 준비를 철저히 하라는 것이었다.

예심은 본교와 다른 학교 교수님들에게 이름 부분을 잘라낸 논문을 보내어 점수를 매기는 방법으로 결정한다고 했다. 그리고 그동안 박사학위 청구에 필요한 각종 서류를 만들어야 했는데, 시간이 없는 나는 주로 심부름센터에 연락하여 수많은 서류를 갖추어야 했다. 얼마 남지 않은 예심일까지 수없이 손질하고 보완한 논문 다섯 부를 학교에 제출하면서 나는 '진인사대천명'의 글귀를 외우고 또 외웠다.

예심결과를 기다리는 동안은 또 다른 고문의 시간이었다. 날마다 쏟아지는 업무에 열중하다가도 문득문득 생각은 그곳으로 달려가 있었다. 한편으로는 가난한 집안의 딸아이가 혼자 힘으로 여기까지 왔으니 그것만으로도 대견하지 않은가 하고 스스로를 달래기도 했고, 처음부터 정규대학 졸업이 최상의 꿈이었는데 박사라니 너무 욕심을 부리는 것이 아닌지 스스로 반성하기도 했다.

박사라는 것은 '넓을 박(博)' 자에서 보듯이 자신의 분야뿐 아니라 세상의 모든 이치를 훤하게 깨닫고 규명할 수 있을 정도라야 할 것 같은데 나는 내가 공부한 아주 미세한 부분의 이론마저 제대로 정립해 놓지 못한 채 주제넘은 욕망과 정열만 가지고 덤벼든 것이 아닌가. 시간이 흐를수록 하루에도 열두 번씩 내 머릿속에서는 전쟁이 일어났다.

해가 바뀌고 두 달이 지난 1993년 3월 초 나는 학교에서 오라는 연락을 받았다. 모든 것을 각오하고 차분한 마음으로 교수실에 들어서자 지도교수님은 예심 통과 사실을 전해주셨다.

교수님은 차근차근 다음 절차를 설명해주셨다. 예심은 공식적 논문 심사를 시작하는 첫 단계일 뿐이며 다음 주부터는 본교 교수님 세 분과 다른 학교 교수님 두 분이 집중적으로 심사를 하는 본심 절차가 진행된다고 했다.

그러나 본심은 예심처럼 한 번에 끝나는 것이 아니라 경우에 따라서는 수십 번 심사를 거친 뒤 결국 탈락시켜 버리는 경우도 있다는 것이었다. 이제 고지에 올라섰구나 하고 생각했던 내게 그것은 암담한 미래였다. 이것저것 생각할 여유도 없이 지도교수님은 1차 본 심사 날짜와 시간, 장소 그리고 준비물을 알려 주셨다.

3월 둘째 주부터 대장정은 시작되었다. 1차 본 심사에 참석한 나는 교수실 중앙에 자리한 작은 의자에 조심스럽게 앉았다. 그때 다른 학교에서 오신 두 분 교수님 가운데 한 분이 갑자기 큰 소리로 말씀하시는 것이 아닌가.

"자네, 자네 ㅇ대 출신 아닌가? 그 유명한 입지전적인 인물 말이야."

그 분은 내가 석사과정 시절에 수강을 했던 유명한 교수님으로서 나는 그런 분이 나를 기억하고 그렇게 반가워해주시는 것에 감격했다.

그러나 그것도 잠시, 나는 정신없이 쏟아지는 화살 같은 질문들에 땀을 흘리며 대답해야 했고, 그 다섯 분의 심사위원은 조금의 사정도 봐주지 않은 채 날카롭고 단호하게 고쳐야 할 점과 보완해야 할 점 따위를 지적했다. 두 시간 동안 다섯 명의 심사위원들로부터 심사를 치르고 난 나는 후줄근하게 땀으로 젖은 몸으로 사무실로 돌아왔다.

2차 본심은 일주일 뒤였는데, 나는 그동안 다섯 분의 지적에 따라 논문을 보완하고 수정해야 했다. 그들 가운데는 이해할 수 없는 요구를 하는 분도 계셨다. 또 한 사람의 지적대로 수정을 하려면 다른 분의 지시에 반대되는 결과를 낳기도 했다. 할 수 없이 2차 심사에서 난 그 부분을 말씀 드렸는데, 그것이 또한 교수님에 대한 건방진 행동이었음을 나중에야 깨달았던 것이다.

2차 심사도 여전히 미로를 헤매는 불안의 연속이었다. 나는 밤을 새워 원고를 수정하고 자료를 보완하고 또 사무실에서 틈틈이 교정작업을 하기도 했다. 그것은 동료들의 도움이 없었다면 불가능한 일이었다.

3차 심사와 4차 심사……. 심사는 끝없이 이어졌고 내게는 도대체 길이 보이지 않는 것 같았다. 논문은 이미 처음에 내가 썼던 부분은 어디에 얼마나 남아 있는지조차 알 수 없을 정도로 뒤죽박죽

혼란스러웠다.

5차 심사일이었는지 6차 심사일이었는지 확실하지 않은 어느 날 그동안 수없이 보완과 수정을 계속해 누더기처럼 되어버린 논문을 앞에 두고 다시 심사에 임하게 되었다. 여느 때와 같이 질문과 지적사항, 보완 및 수정지시가 이어졌고 심사가 끝날 무렵 ㅅ대 교수님이 "이 모든 자료를 설문조사를 거쳐 컴퓨터로 분석해서 그 결과를 삽입하라"는 주문을 하셨다.

난 앞이 캄캄했다. 내가 컴퓨터에 대해서 잘 모르기도 하지만 최종심사일이 그 다음다음 주인데 언제 그것을 분석하고 그 결과를 삽입하라는 말인가? 학교에서 나오면서 나는 어떻게 해야 할지 생각했다. 사무실에 돌아오자마자 나는 본부 전산실에 연락해서 자료 분석 전문가를 수배해줄 것을 부탁했다.

자료 분석을 하려면 설문조사를 해야 하는데 그러기 위해서는 먼저 설문지를 만들어야 했다. 그날 밤을 새워 설문지를 만든 나는 복사한 설문지 뭉치를 들고 과천청사를 찾아갔다. 과거에 내가 공부를 계속하도록 지원해주고 늘 나를 격려해주시던 윗분에게 사정을 설명하고 사흘 안으로 설문지의 회수를 부탁드렸다.

그 분은 두말없이 각 노동조합에 설문지를 풀었고 정확하게 약속한 날 약 98퍼센트 회수된 설문지를 내게 넘겨주셨다. 미처 감사의 말씀을 드릴 겨를도 없이 전산실에 연락해 놓은 자료 분석 전문가를 만나 작업내용을 설명하자, 그는 적어도 시간이 한 달 이상 걸린다는 것이었다. 내게 남겨진 시간은 열흘도 되지 않은 상황이었기에 난 사정사정하며 그에게 매달렸다. 결국 그는 하는 데까지 최선을 다해 볼 것을 약속했다.

최종심사일이 다가왔다. 2주 동안 여기저기 입술이 부르틀 정도로 뛰어다닌 끝에 비록 완벽한 상태는 아니지만 자료 분석 결과의 일부를 첨부할 수 있었다.

심사실에 들어서면서 나는 최선을 다했으니 이제 어떤 결과가 나오더라도 스스로 받아들일 것을 결심했다. 좌중의 분위기는 무거웠다.

나는 조심스럽게 그동안의 진척상황과 심사위원들이 지적했던 부분의 수정·보완 사항을 조목조목 설명드렸다. 설문분석 결과에 관해서도 모두 말씀 드렸다.

잠시 침묵이 흐른 뒤 지도교수님은 밖으로 나가서 기다리라고 하셨다. 내가 할 수 있는 모든 것을 다했으니 마음이 후련했다. 복도를 걸어가면서 나는 복도 바닥이 마치 솜으로 이루어져 있는 것처럼 푹신푹신하다고 느꼈다.

현기증과 함께 현실적인 감각이 차츰 없어져 가는 것을 느끼면서 나는 벽을 붙잡고 필사적으로 복도 끝까지 갔다. 그곳에는 음료수 자판기가 있었다. 나는 동전을 넣고 차가운 음료수 캔을 꺼내어 단숨에 마셨다.

'여기서 쓰러지면 안 돼. 나는 강하니까. 조금만 더, 조금만 더 참고 기다려 보자' 하고 스스로 다짐했다. 음료수를 마시고 나자 정신이 조금 맑아지는 것 같았다. 창밖에는 풋풋한 젊은이 한 쌍이 나무 밑에 비스듬히 누워 있었고 한쪽에서는 함성을 지르며 여러 명이 족구를 하고 있었다.

그들을 바라보면서 내게는 왜 저런 푸른 시절이 없었을까 하는 생각이 들었다. 그들은 마치 영화 속의 배우들처럼 나와는 거리가 먼 그런 그림들처럼 현실감이 없어 보였다. 나는 지금 이 시간 여기서 무엇을 하고 있는 것일까? 나는 힘없이 벽에 기대어 물끄러미 그들을 바라보고 있었다.

그때 심사실 문이 열리면서 지도교수님이 손짓으로 나를 불렀다. 나는 아랫배에 힘을 주고 정신을 놓치지 않으려고 두 눈을 부릅뜨면서 복도를 걸어가 심사실에 들어섰다.

내가 들어서자 심사위원장이신 교수님이 자리에서 벌떡 일어나시면서 내게 손을 내밀어 악수를 청하며 이렇게 말씀하시는 소리가 들렸다.

"이 박사, 축하하오." 나는 교수님의 손을 잡으면서 머릿속이 웡웡거리는 것을 느꼈다.

다섯 분의 심사위원들과 차례로 악수를 나누고 자리에 앉은 나는 다음 주까지 분석 자료를 완벽하게 정리하고 논문을 인쇄하여 각 심사위원들께 서명을 받을 것을 지시 받았다. 그러나 그들이 뭐라고 말하는지 제대로 들리지 않았고, 나는 그저 "감사합니다"라는 말만 되풀이했다.

지도교수님과 학위 청구에 관한 서류를 몇 가지 작성하고 나는 학교를 떠났다. 도저히 운전을 할 수 없을 것 같아 지하철을 타고 집으로 돌아오면서 나는 혼자 울다 웃다 했다. 아마도 그때 나를 본 사람들은 정신이 온전치 않은 사람으로 생각했으리라.

쓸쓸한 자축

집으로 오는 길에 생전 처음으로 붉은 빛깔의 와인 한 병을 샀다. 텅 빈 내 아파트에 돌아온 나는 붉은 와인이 담긴 잔을 들고 창

노처녀主事가 박사됐다

노동부 보험관리과 李錦仙씨

東國大서 「근로女性 고용빛 정책 연구」로

高卒로 公務員 첫발… 20년 주경야독 결실

박사학위를 받던 날.
(왼)한국일보에 난 기사.
(아래) 박사모를 쓴 나.
(맨아래) 잊고 살았던 이모와 외삼촌 등
모든 가족이 박사학위를 받던 날 한자리에 모였다.

가에 서서 멀리 바라보이는 남한산성의 윤곽과 수없이 반짝이는 불빛, 별빛, 십자가 그런 것들을 멍하니 바라보고 있었다.

'그래, 결국 해냈다. 여기까지 왔구나. 오늘 나는 보상 받을 자격이 있어. 이렇게 붉은 와인 한 잔 정도의 사치를 부릴 자격이 있어……'

그리고 나서 어머니께 전화를 걸었다. 언제나 무조건 내 편인 우리 어머니! 불러도 불러도 갈증이 나는 그 이름 우리 어머니!

내 논문이 통과되었다는 말에 어머니는 잠시 아무 말씀이 없으시더니 작은 목소리로 "그래, 내 딸 장하다. 네가 어미 소원을 풀어주었구나" 하시고는 목이 메어 더 이상 말씀을 못 하시는 것이었다.

그 다음날부터 인쇄소에 드나들며 교정을 보는 날들이 계속되었다. 그리고 드디어 내 논문이 책이 되어 나오는 날 나는 그것을 차에 싣고 ㅅ대학교와 ㅇ대학교 그리고 우리 학교 교수 세 분의 서명을 받으러 다녔다. 이제는 모두가 호의적으로 대해주셨고 앞날을 축복해주기도 하셨다.

학교에 제출해야 할 논문 부수를 모두 제출하고 나니 어느새 6월도 지나가고 있었다. 심신이 지칠 대로 지친 나는 유령처럼 휘청휘청 걸어 다니고 있었다.

갑작스런 목표의 상실감은 나를 방황하도록 만들었다. 생각해보면 작년 6월부터 올 7월까지 1년 남짓 이르는 동안 얼마나 많은 불면의 밤과 고통의 심연을 헤엄쳐 왔던가.

그동안에도 변함없이 나를 괴롭혀 온 두통은 강력한 진통제를 대놓고 먹도록 했고, 그것은 내 위장을 다시 망가뜨리면서 점점 더 많은 양의 진통제를 필요로 하도록 만들었던 것이다.

정신적·육체적으로 너무나 힘들어서 논문작업을 하다가 한밤중에 9층에 있는 아파트 베란다 창문을 열고 '한 발만 내디디면 모든 것이 끝인데……' 하는 유혹을 받으면서도 끝내 견뎌낼 수 있었던 것은 오직 나를 사랑하고 걱정해주시는 어머니의 존재 때문이었음을 아는 사람은 나 자신밖에 없다.

그 1년 동안에 서너 차례 자살을 생각했고 그때마다 아슬아슬한 고비에서 스스로 도리질을 하며 마음을 다잡았던 것이다.

태평양의 작은 섬 팔라우에서

민원실 파견기간도 이제 한 달을 남겨 놓고 있었다. 밀린 일을 모두 처리할 무렵 나는 실장님께 해외여행을 하겠다고 말씀 드렸다. 그때는 공무원의 사적인 해외여행이 금지되어 있던 때라 그런 얘기가 어림도 없었지만, 실장님은 그동안의 내 모든 과정을 알고 격려를 해주시고 계시던 터라 자신이 보증을 하면서까지 허락을 해주셨다.

신문의 해외여행 광고를 유심히 보던 어느 날 나는 한 신문에 조그맣게 난 '팔라우 지역 답사단'을 모집한다는 광고를 보고 종로에 있는 한 여행사를 찾았다.

팔라우가 어디에 있는 나라인지 아니면 섬인지 지리시간에 들은 적도 없는 이름이었지만 내겐 그것이 중요한 것은 아니었다. 비용도 비교적 저렴한 편이었고 또 알려지지 않은 미지의 세계를 간다는 말에 나와 어머니 두 사람분의 계약을 마치고 여권과에 들러 우리 두 사람의 일반여권을 만들었다.

드디어 그날은 다가왔다. 나는 사무실 직원들의 선망의 인사를 받으면서 어머니를 모시고 공항으로 향했다.

　　팔라우는 태평양에 있는 조그만 섬인데, 일단 괌까지 비행기를 타고 가서 그곳에서 다시 팔라우로 가는 비행기를 갈아타야 했다.

　　스페인과 독일에 이어 1914년부터 제2차 세계대전이 끝날 때까지 일본의 점령지였던 팔라우는 전쟁 동안 일본의 군사요새가 되었으며 수많은 우리나라 징용 노동자들이 그들의 한을 낯선 땅에 묻은 곳이었다. 그 뒤 독립국으로서 정체성을 유지하면서 마이크로네시아 연방국가가 되었던 팔라우는 1994년 10월 1일 신탁통치령(Trust Territory)에서 벗어나 드디어 공식적 독립국가가 되었으나 경제지원 조건으로 체결되었던 자유협정협약으로 말미암아 미국이 팔라우 공화국 영토의 일부에 대한 권한을 보유하고 있었다.

　　남태평양 천연의 아름다움 속에 그토록 슬픈 역사와 전쟁의 기억들을 상처처럼 보듬고 있다는 사실에 아픔을 느끼면서 다시는 그 아름다움을 훼손시킬 일이 일어나지 않게 되기를 빌었다.

　　팔라우에는 오직 한 개의 호텔이 있었는데 그것은 대나무로 만들어진 방갈로 스타일이었고, 호텔에는 전화기와 텔레비전도 없었는데 그것은 고객들이 복잡한 일상을 떠나 완벽한 휴식을 취할 수 있도록 배려한 것이라고 했다. 도착 다음날 우리는 아름다운 새소리에 눈을 떴다. 나중에 현지인에게 그 아름다운 새소리에 대하여 이야기를 했더니, 그것은 새가 아니라 일종의 도마뱀이 우는 소리라고 했다.

　　그곳의 여자들은 풍만하고 섹시한 몸매에 검고 윤기 있는 피부 그리고 육감적인 입술과 정열적인 큰 눈동자를 가지고 있었는데 말할 수 없이 친절했다. 한 가지 특별한 것은 귀 뒤에 커다란 꽃을 꽂고 다니는 것이었는데 처녀인지 결혼한 사람인지에 따라 왼쪽과 오른쪽에 각각 달리 꽃을 꽂는다는 것이었다.

첫째 날 우리는 잠수함을 타고 태평양 바다 밑을 여행했는데 그곳은 커다란 산호로 이루어진 밭, 팔뚝만한 해삼, 사람이 타고 다녀도 충분할 것 같은 크기의 거북이 그리고 우산처럼 펼쳐진 해파리들의 천국이었다.

한(恨) 서린 다리, '아이고 브리지'

바다에서 돌아오는 길에 우리는 '아이고 브리지'라는 다리를 건넜는데, 그것은 제2차 세계대전 때 징용으로 잡혀왔던 우리 노동자들이 다리를 만들면서 너무나 힘이 들어 "아이고, 아이고" 하고 신음소리를 낸 것에서 온 이름이라 했다. 천리 타국에서 중노동에 시달리다가 사라져 갔을 가엾은 영혼들 생각에 콧날이 시큰해 왔다. 그 뒤 힘든 일을 겪을 때마다 나는 나름대로의 '아이고 다리'를 만들고 있는 것이라 생각했다. 수많은 고통과 노동을 바탕으로 하여 하나의 아름다운 다리가 완성되듯이 목표가 이루어지고 난 뒤를 그려보며 그때그때 어려움을 이겨냈던 것이다. 또 한편으로는 그 옛날 정든 고향과 가족들을 떠나 먼 이국땅에서 기약 없는 중노동에 시달리며, 신음 속에서 하루하루를 살았을 조상들에 견주면 지금 내가 겪고 있는 고통은 아무 것도 아니라는 자각을 하기 위해서이기도 하였다.

그 다음날 우리는 여기저기에 수없이 흩어져 있는 무인도 가운데 하나를 찾아갔다. 점심으로 바비큐를 먹고 나서 우리는 바닷물 속에 허리께까지 담그고 앉아 현지인이 시키는 대로 손에 쥔 닭 뼈를 물 속에 담그고 있었다. 얼마 되지 않아 형형색색의 열대어들이 수십 마리 떼를 지어 우리 주위로 몰려들기 시작했다.

햇빛에 형광빛으로 반짝이는 열대어들의 무리는 눈이 부실 정도로 아름다웠다. 그것은 맑은 바닷물 속에 핀 꽃송이처럼 고왔다. 그들은 사람의 존재를 알지 못하는 탓인지 우리에게 다가와 톡톡거리며 주둥이로 우리 몸을 간질이기도 하고 장난도 치면서 정말 환상적인 세계로 우리들을 인도하는 것이었다.

그때 갑자기 스콜이 몰려왔다. 천지는 삽시간에 잿빛 안개로 뒤덮이고 겨우 한 치 앞도 보이지 않더니 하늘에서 쏟아 붓듯이 소나기가 내리기 시작하는 것이었다. 우리는 깔깔거리며 야자수 나무 아래 쳐놓은 휘장 밑으로 모여들었고 그곳에 준비된 열대 과일들을 먹었다.

채 5분이 지나지 않아 하늘은 언제 비가 왔었느냐는 듯 눈부신 파란 얼굴을 내밀었고 동시에 티 없이 맑은 햇빛이 부서져 내리면서 하늘과 바다에 걸쳐 커다란 무지개를 만드는 것이었다. 우리는 감탄사를 연발하면서 그 광경을 바라보았는데 나는 그때 처음으로 바닷물의 빛깔도 일곱 가지인 것을 알았다.

우리는 비가 개인 해변을 거닐면서 제멋대로 익어 떨어져 썩어가는 야자와 코코넛 따위를 신기하게 구경하기도 하고 주먹보다 더 커다란 예쁜 조개껍데기를 줍기도 하면서 평화롭고 아름다운 원시의 세계를 즐겼다. 그때 기념으로 힘들게 가져온 조개껍데기 하나는 지금도 내가 고이 간직하고 있다.

돌아오는 길에 흑인 선장은 '고기못'이라 불리는 바다에 닻을 내리고는 기다란 실에 낚싯바늘을 달고 생선 조각을 하나씩 매어 바다 속에 드리워 보라는 것이었다. 놀랍게도 그 생선 미끼를 물고 고기들이 수없이 많이 올라왔고 선장은 그 고기의 가장 맛있는 부분만 회를 떠서 우리에게 주고 나머지는 다른 고기들을 위하여 도로 바다에 던지는 것이었다.

어머니는 생전 처음 만나는 원시적인 아름다움에 너무나 행복해하셨다. 하루 종일 섬에서 섬으로 돌아다니고 호텔로 돌아오면 대나무로 지어진 방갈로가 쾌적한 서늘함으로 우리를 맞았다. 우리는 샤워를 마치고 베란다에 마련된 대나무 의자에 앉아 끝 간 데 없이 펼쳐진 원시림 속에 지천으로 피어 있는 열대의 꽃들을 감상하거나 새소리를 들으면서 평화로운 시간을 보냈다.

바다에 석양이 곱게 드리워지기 시작하면 저녁식사 시간이 되었다. 우리는 숲 속에 난 오솔길을 걸어 호텔 로비에 마련된 뷔페식당으로 갔는데 그곳에는 갖가지 과일과 빵, 고기, 생선 및 야채 등 '없는 것이 없는' 음식들이 우리들을 기다리고 있었다.

저녁식사가 끝나고 로비에서 커피를 마시고 있을 때 마침 그날이 태평양에 흩어져 있는 여러 부족이 모여 각자 자신들의 춤과 노래를 발표하는 날이라는 안내방송이 있었고 우리는 정말 우연히 그 멋진 자리에 참석할 수 있었다. 이름조차 생소한 여러 곳에서 온 민속무용단은 자기 부족 고유의 전통적인 예술을 펼쳐 보였는데 전쟁터에 나가기 전에 추는 춤이 많은 비중을 차지하고 있었다. 하기야 부족의 생존을 위하여 전쟁은 필수적인 것이 아니었겠는가?

꿈결 같은 시간들이 흘러가고 마지막 날이 되었다. 낮에 바다에 가서 수영을 하고 호텔로 돌아와 다시 호텔 풀장에서 놀다가 풀장

주변에서 펼쳐진 '송별의 밤'에 참석했다.

하늘과 바다, 풀장의 물결 위에는 별빛과 달빛 그리고 불빛들이 휘황찬란하게 빛나고 있었고 거기 모인 우리들은 곧 현실로 돌아가야 한다는 생각에 착잡한 마음들이었다.

그해 그곳에는 우리나라 교민이 열두 명 살고 있다고 했다. 그들은 모두 작별을 아쉬워하며 모두의 추천으로 내가 부른 〈칠갑산〉을 들으며 향수에 젖어 눈물을 흘리는 것이었다.

행정사무관 승진임용시험

그렇게 휴가는 끝이 나고 사무실로 출근했을 때 직원들은 웬 깜둥이가 방을 잘못 찾아왔느냐고 놀릴 정도로 나는 새까맣게 되어 있었다.

휴가를 마친 다음 달인 8월 나는 파견근무를 끝내고 본부로 돌아왔다. 그리고 그 달 27일 나는 드디어 박사학위 수여식에 참석하라는 통보를 받았다. 그날 어머니는 무척이나 행복해 하셨다. 가난을 이유로 서로 왕래조차 하지 않았던 친척들에게 늘 기죽어 지내며 마음고생을 해야 했던 우리 어머니!

그 분에게는 당신의 자랑스런 딸이 그동안의 아픔을 단번에 깨끗이 씻어내 준 것으로 느껴졌을 것이다. 그도 그럴 것이 생전 얼굴조차 본 일이 없는 먼 친척들과 이모들, 외삼촌 그리고 우리 형제 모두와 내 직장에서 참석해준 윗분들과 친구들 때문에 어머니도 나도 정신이 없었고 나는 꽃다발 속에 파묻히고 말았다. 학위 수여식이 끝나고 가까운 친척들을 모시고 내 아파트로 와서 함께 점심식사를 했다. 그때 내가 받은 꽃다발로 가득 찬 차를 보고 놀란 수위 아저씨가 무슨 일이냐고 물으러 올 정도였다.

그렇게 나는 박사가 되었다. 더 이상 가난할 수 없을 만큼 찌들 대로 찌들어 목숨조차 부지하기 어려운 집안에서 태어나 늘 병마에 시달려 사람 구실하기도 어려울 것이라던 내가 혼자 힘으로 행정학 박사가 되었던 것이다. 나는 태어나서 처음으로 스스로에게 '잘했어. 대단해' 하고 칭찬을 해주었다.

그 뒤에도 사무실 일은 늘 바빴다. 그러나 목표를 잃어버린 내 직장생활은 단조롭고 무의미한 나날로 느껴졌다. 나는 그동안 시간이 없어서 밀쳐놓았던 여러 가지 직무교육을 받았고 그렇게 그해를 정신없이 보냈다.

다음 해가 되자 사무관 승진시험이 예정된 사람들은 시험공부를 시작했다. 내년쯤에는 나도 승진시험을 보게 되겠구나 하고 생각하면서 그날그날 아무런 생각 없이 보내고 있을 때 몇 군데에서 강의 제의가 들어왔다. 처음부터 몇 시간씩 강의를 하는 것이 경력을 쌓는 데 도움이 될 것 같아 수락했다.

어느새 가을이 되어 다음 학기 강의안을 부지런히 짜고 있을 무렵 인사계로부터 연락이 왔다. 이번에 승진시험 응시 예정자 가운데 한 사람이 시험응시 포기서를 제출했기 때문에 내가 이번 사무관 승진시험에 응시하도록 추천되었다는 것이었다. 나는 그 순간 정신이 아찔했다. 때는 이미 9월이었고 다른 사람들은 몇 년 전부터 시험 준비를 해 온 상태였다. 나는 다음 해에 시험을 보게 될 것이라 생각했고 공부하는 것도 지긋지긋해서 당분간은 모든 것을 밀어 두고 강의에 집중하고 있었다.

내가 시험을 치러야 할 과목을 알아보니 네 과목이었는데 그것은 헌법, 경제학, 행정법 그리고 노동법이었다. 전공과 비슷한 행정법을 제외하고는 그 어느 것도 만만한 과목이 없었다. 더구나 나는 3학년으로 바로 편입을 했던 까닭에 교양과목에서도 헌법이나 경제학을 공부할 기회가 없었던 것이다.

또 한 가지 문제는 내가 이미 박사학위를 가지고 있는 상태에서 이유야 어찌되었든 승진시험에 실패한다면 그것은 사람들의 입에 오르내리게 될 것이고, 내 자존심이 또한 그것을 허락할 수 없다는 점이었다. 나는 시험에 응시하는 것밖에 다른 방법이 없음을 깨닫고 그날 퇴근길에 바로 시내 서점에 들렀다.

어쨌거나 모든 것을 이론부터 정립할 시간은 없었다. 그렇다면 재빨리 해당 학문의 흐름을 파악해야 한다고 생각했다. 주위의 여러 사람들이 과목별로 누구, 누구의 책이 좋다고 추천해주었지만 나는 서점에 즐비하게 꽂혀 있는 책들 가운데에서 가장 시원스럽게 내 눈에 잘 들어오는 책들을 중심으로 각 과목별로 이론서와 문제집을 포함하여 두세 권씩의 책을 골랐다.

내 아파트에는 본래 책상이 없었다. 지금은 컴퓨터를 설치해 놓기 위하여 컴퓨터 책상을 가지고 있지만 나는 늘 책상 없이 공부하는 것에 습관이 되어 있었다. 물론 어린 시절에는 책상을 살 형편이 못 된 탓이었지만 그 뒤로는 일정한 자세로 오랜 시간 앉아 있을 경우에 반드시 나타나는 두통 때문이기도 했다. 그래서 나는 늘 똑바로 또는 옆으로 눕거나 엎드려서 책을 읽는 습관이 있다.

사 가지고 온 책들은 그 부피만 해도 엄청나서 난 언제 저것들을 다 읽고 자신만만하게 시험을 치러 갈 수 있을까 막막하기만 했다.

그러나 달리 방법은 없었다.

　나는 제각기 천 쪽도 넘는 그 책들을 얇게 쪼개는 작업부터 시작했다. 바로 눕거나 옆으로 누워서 책을 읽으려면 일단 책이 가벼워야 하기 때문이었다. 책을 여러 조각으로 분해하는 일도 쉬운 일만은 아니었다. 분해한 책들을 방 한 쪽 구석에 쌓아 놓고 계획서를 작성했다. 언제부터 언제까지는 어떤 과목, 언제부터 언제까지는 어떤 과목, 이런 식으로 작성을 하다 보니 총정리할 시간이 없는 것이었다.

　여러 번 계획서를 다시 짰으나 역시 절대적인 시간이 부족하였다. 암기과목이야 비교적 자신이 있었으나 문제는 경제학이었다. 수학 분야를 싫어하는 데다 암기대상이 아닌 그 과목이 내겐 가장 어려운 상대였다.

　어쨌거나 암기과목을 미리 한다 해도 잊어버리기가 쉬우리라고 생각한 나는 먼저 나에게는 불모지인 경제학에 대한 이해를 어느 정도 한 뒤에 암기과목에 도전하기로 작정하고 그날부터 경제학에 매달리기 시작했다. 그러나 결과는 암담했다. 책을 아무리 읽고 이해하려고 해도 도무지 잡히는 것이 없었다. 수없이 나오는 그래프는 요령부득이었다.

　하루하루 시간이 흘러갈수록 초조하고 불안해지기 시작했다. 전혀 내용을 이해할 수 없는 자신에 대한 환멸감으로 비참했다. 스스로를 용서할 수 없었다. 읽어도 읽어도 이해가 가지 않는 책을 벽에다 힘껏 던져 버렸다. 한참 마음을 다스리고는 그래도 어쩔 수 없이 던진 책을 주워다가 다시 읽어보고……. 얼마나 수없이 책을 내던졌는지 기억할 수조차 없었다.

그러던 어느 날 나는 책에 나온 공식을 무조건 외워 버리기로 했다. 어차피 인간이 쓴 책인데 인간 이상의 무엇이 있겠느냐는 오기가 생기기 시작한 것이다. 머릿속에 공식을 집어넣고 나서 하나씩 주의 깊게 읽어가던 어느 순간 내 머릿속 한구석에 '반짝' 하고 꼬마전구 한 개가 켜지는 느낌을 받았다. 그 재미없는 경제학 이론에 눈을 뜨고 이해하기 시작했던 것이다. 그때부터 공부하는 속도가 빨라졌다.

그러나 '미시경제'를 공부하다 보면 '거시경제' 부분을 잊어버리고 '거시경제' 부분을 공부하다 보면 거꾸로 '미시경제' 부분을 잊어버리는 것은 여전했다. 그것은 어쩔 수 없이 잊어버리지 않을 만큼의 반복적인 학습밖에는 방법이 없는 것 같았다.

시험을 몇 주 앞두고 휴가를 얻은 나는 아파트에 틀어박혀 침식을 잊고 공부에 열중했다. 낮에는 소음으로 정신집중이 되지 않으므로 비교적 조용한 저녁시간부터 그 다음날 아침까지 공부에 매달렸다. 밥을 해 먹거나 반찬을 만들어 먹을 시간도 없었다. 나는 시장에 가서 고구마를 사다가 한 솥 가득 쪄 놓고는 배고픔을 느낄 때마다 하나씩 먹곤 했는데 대개 끼니를 잊어버리고 굶는 것이 예사였다. 화장실에 갈 때 외에는 늘 누운 채 책을 보는 생활을 하다 보니 어쩌다 일어나면 현기증 때문에 걷기도 어려울 정도였다.

그러는 가운데도 며칠에 한 번씩 두통은 어김없이 나를 찾아왔고 먹은 것도 없이 며칠씩 구토를 계속하다가 통증이 가라앉으면 다시 책에 매달리는 그야말로 악전고투의 연속이었다. 한 손에 책을 들고 싱크대에 기대어 한 손으로 죽을 쑤던 악몽 같은 날들.

그 2개월도 안 되는 동안에 체중이 6킬로그램이나 빠졌으니 나중에 시험장에서 나를 본 동료들은 마치 유령을 보는 것 같다고 했을 정도였다. 하기야 다른 남자 직원들 가운데에는 머리가 하얗게 세어져 버린 사람도 있었으니 시험 때문에 생긴 부담이 어느 정도였는지 짐작이 되고도 남는다.

그러던 어느 날 모처럼 일어나 걸으려 했을 때 갑자기 오른쪽 발바닥에 통증을 느꼈다. 앉아서 들여다보니 발바닥 한복판에 무엇인가가 있어서 발을 디딜 수 없을 만큼 아픈 것이었다. 나는 성가신 생각이 들어서 집에 있던 티눈약을 붙이고 다시 공부를 계속했다. 그러나 날이 갈수록 통증은 심해졌고 이제는 걷지 않을 때도 통증이 느껴지는 것이었다. 견디다 못해 나는 시간을 내어 약국에 갔다.

약사는 나를 한참 보더니 "도대체 어떻게 이렇게 될 때까지 참고 있었어요? 소독약을 줄 테니 상처를 소독하고 내일 병원에 가봐요" 하는 것이었다. 내 발바닥은 너무 오래 걷지 않은 탓인지 혈액 순환이 되지 않은 데다가 종양 같은 것이 생긴 상태이니 빨리 병원에 가서 수술을 받으라는 것이었다. 수술기간을 물으니 양성이면 1~2주일이면 완치될 것이라는 것이었다. 집에 와 생각해보니 시험을 2주 남겨 놓은 상태에서 마취를 하는 수술을 받을 수도 없고 또 병원에 입원해 있으면 간호해줄 사람도 없었다.

나는 수술을 받더라도 시험을 치르고 난 뒤에 받기로 결심하고 그날부터 자가치료에 들어갔다. 그것은 더 이상 악화되지만 않도록 하면서 공부하다가 시험장에는 택시를 타고 간다는 계획이었다.

그러나 발이 쑤시는 통증은 내가 공부에 집중할 수 없을 정도였다. 할 수 없이 다른 약국에 가서 소독약과 탈지면, 거즈, 핀셋과 가위, 반창고 그리고 염증을 제거하는 약 등을 한아름 사 가지고 돌아왔다.

이를 악물고 상처를 절개한 뒤 헤집어 내어 소독을 하고 주위의 조직을 잘라낸 다음 염증 제거제를 듬뿍 바르고 거즈를 댄 뒤 반창고와 붕대로 고정시켰다. 살을 헤집는 통증은 심했지만 죽은 조직을 잘라내는 것은 때로 쾌감을 주었다. 한 쪽 다리에만 힘을 주고 절룩거리며 다니다 보니 성한 쪽 다리에 가래톳이 서서 양쪽이 다 문제가 생기게 되었다.

그 무렵 위문차 우리 집에 온 한 친구가 내 모습을 보고 꼭 귀신 같다면서 이러다 사람 잡겠다며 혀를 차더니 자기 집으로 돌아가 밥과 국을 가지고 왔다. 나는 실로 오랜 만에 부드러운 밥과 뜨거운 국을 먹어 보았다.

시험 날은 하루하루 가까워졌다. 그리고 내 지독한 인내심의 결과인지 하느님이 도우셨는지 발의 상처도 더 이상 악화되지 않고 나아가는 것처럼 보였다.

시험을 며칠 앞두고서부터는 잠을 잘 수 없었다. 공부는 계획대로 마치지 못했고 시간은 가버리고 정말 괴로운 시간이었다.

시험 이틀 전부터 과목별로 취약한 부분을 중심으로 총정리에 들어갔다. 바로 그때 날마다 이를 악물고 치료를 거듭한 것 때문이었는지 내 발바닥에 시커먼 덩어리가 보였고 나는 두 시간에 걸쳐 비 오듯 땀을 흘리며 그 덩어리를 뽑아 내었다. 그때의 고통은 정신이 혼미해질 정도로 심했지만 텅 빈 구멍으로 드러난 발바닥을 내려다보는 내 마음은 시원하기까지 했다.

나는 상처를 소독하고 소독액에 담근 거즈를 뭉쳐서 그 구멍에 가득 밀어 넣고 붕대를 감았다.

내일 시험이었기 때문에 오늘 저녁까지 총정리를 마치고 내일 새벽에 노동법 법령만 한번 훑어볼 계획으로 나는 자명종 시계를 맞추어 놓고 잠이 들었다. 내일 하루 종일 시험을 치르려면 오늘 밤은 억지로라도 잠을 자 두어야 할 것 같은 생각에서였다.

무엇엔가 깜짝 놀라 눈을 떠 보니 유리문이 훤했다. 계획대로라면 어두운 새벽에 깨었어야 했다. 놀라 시계를 보니 시험시간을 꼭 한 시간 남겨 놓고 있을 뿐이었다. 나는 등에 식은땀이 흐르는 것을 느끼면서 정신없이 옷을 입고 수험표를 챙긴 뒤 쌀쌀한 11월의 일요일 아침 속으로 뛰어나왔다.

어렵게 택시를 잡아타고 성북역까지 갔다. 차에서 내려 정신없이 지하도를 건너는데 그 추운 아침에 등에 아기를 업은 한 여인이 내게 펜을 내밀었다. 그것은 컴퓨터용 수성 사인펜으로 시험을 치르는 데 필요한 것이었다. 나는 달려가던 걸음을 다시 돌려 그 여인에게서 펜을 한 자루 사 가지고 다시 시험장으로 내달렸다. 얼마나 당황하고 급했던지 달려가면서도 발바닥의 통증조차 느낄 수 없었다.

자리를 찾아 앉자마자 시험장 입실 완료종이 울리는 소리가 들렸다. 숨이 턱에 닿아 정신을 차리느라 한참을 보내고 나니 머릿속은 하얗게 텅 빈 듯하고 주위를 둘러보니 머리가 허연 아저씨들이 초조하고 지친 얼굴로 앉아 있었다. 저 사람들과 그 가족은 시험 준비를 하는 동안 얼마나 힘들었을까 하는 생각이 들었다. 내 앞자리에는 멀리 지방에서 올라온, 나이가 꽤 들어 보이는 남자가 앉아 있었는데 계속해서 시험장 밖을 드나드는 것을 보니 무엇인가 불편해 보였다.

시험관이 들어와 여러 가지 주의사항을 알려 주고 칠판에 시험 시작시간과 종료시간을 커다랗게 적은 뒤 마지막 기회이니 화장실 다녀올 사람은 다녀오라고 했다. 이후로는 시험장의 출입이 안 되며 만일 이를 어길 경우에는 답안지를 몰수하고 실격 처리한다는 말이 었다. 내 앞에 앉은 사람은 총알처럼 일어나서 화장실로 달려갔고 초조한 마음 때문인지 다른 사람들도 여럿 화장실에 다녀왔다.

　이윽고 시험 준비종이 울리고 출입문은 봉쇄되었다. 한 사람이 책상 위에 놓인 수험표와 본인 여부를 대조하는 동안 다른 한 사람은 문제지와 답안지를 인원수별로 분류했다.

　시험 시작종이 울리자 시험지와 문제지가 배부되기 시작했고 나는 내게 넘겨져 온 시험지와 문제지를 받아들고 내 이름과 수험번호를 표시했다.

　시험이 시작되고 한 십 분이나 지났을까? 내 앞에 앉은 아저씨가 눈에 띄게 안절부절못하는 것이 보였다. 그가 자리에서 앉았다 일어났다 하는 바람에 나는 정신을 집중할 수가 없었다. 잠시 뒤 그는 손을 번쩍 들더니 시험관에게 화장실에 다녀오겠다고 했고 젊은 시험관은 지금은 출입이 안 된다고 했다.

　한참 발을 동동 구르고 있던 내 앞 사람은 다시 애원하는 어조로 부탁을 했으나 대답은 여전히 안 된다는 것이었다. 어쩔 줄 몰라 안절부절못하던 그는 더 이상 견딜 수 없었는지 갑자기 자리에서 벌떡 일어나 문을 가로막고 선 시험관을 밀치고 달려 나가는 것이었다. 시험관들은 무엇인가 의논하더니 이내 시험실 문이 열리고 총감독관인 듯한 사람이 감독관 몇 명을 데리고 들어와 내 앞 자리로 오더니 그 사람의 문제지와 답안지에 붉은 펜으로 사선을 긋고 나서는 그것을 모두 가지고 가버리는 것이었다.

나중에 들은 이야기지만 그 사람은 시험을 치르기 위해 경상도 지역에서 시험 전날 상경한 사람으로 어젯밤 여관에서 자고 아침에 입맛이 없어서 우유를 하나 사 먹었다는 것이었다. 잔뜩 긴장한 위장에 들어간 찬 우유가 복통과 설사를 일으켜 몇 년에 걸친 공부를 헛수고로 만들어 버린 것이었다.

오전 시험을 마치고 지쳐서 앉아 있는데 입사 동기 몇 명이 보온병에 국과 커피 그리고 도시락을 싸 가지고 왔다. 전혀 입맛이 없었으나 그들의 성의가 고마워서 몇 숟가락 떴는데 그것이 화근이었다. 오후 시험은 경제학과 노동법이었는데 시험 시작 무렵부터 어질어질하고 하품이 나면서 머리가 아프고 어지럽기 시작했다. 필사적으로 이를 악물고 시험을 치르자마자 달려가 토했는데, 하늘이 노랗고 뺑뺑 돌았다.

비틀거리며 시험장을 나서는 순간 십여 명의 동료 직원들이 나를 둘러싸고는 어디론가 데려가는 것이었다. 꼭 땅바닥에 누웠으면 좋으련만 그들은 고생했으니 풀어야 한다고 막무가내로 나를 끌고 가는 것이었다. 그들이 나를 데려간 곳은 종로 어느 식당이었는데 나는 머리가 너무나 아파서 고개를 들고 있을 수조차 없었다. 결국 가장 가까운 직원에게 사실을 말하고 택시를 타고 아파트로 돌아와 밤새도록 앓았다.

통증이 좀 가라앉은 새벽녘에 겨우 일어나 욕조에 더운 물을 가득 받아서 몸을 담그고 비스듬히 누워 있었다. 그러고 나서야 겨우 다음날 아침 출근을 할 수 있었다.

지상의 천국, 뉴질랜드 여행

지난 시간들이 머릿속을 스쳐갔다. 또 하나의 고개를 넘어온 것 같은 생각이 들었다. 물론 합격을 할지 실패할지는 모르지만 짧은 기간 안에 나름대로 최선을 다했으니 후회는 없었다. 그저 좋은 결과가 있기만을 빌 뿐 달리 무슨 수가 있겠는가.

그해 11월 말에 시험을 치르고 12월 한 달 동안은 정말 정신없이 바빴다. 일이 밀린 데다가 연말이어서 숨 쉴 틈도 없을 지경이었다. 들리는 소문으로는 1월 초에 합격자 발표를 한다고 했다. 나는 곰곰이 생각한 끝에 연초에 휴가를 내기로 결심했다.

그것은 머리를 식히는 의미라기보다는 가만히 자리에 앉아서 합격자 발표를 기다리는 것이 고통스러웠고 또 막상 발표가 났을 때 만약 실패한다면 어떻게 사람들을 대할 수 있겠는가 하는 생각에서였다.

마침 어머니도 뉴질랜드로 이민 가 있는 동생을 보고 싶어 하셨기 때문에 나는 해가 바뀌는 1995년 1월 2일, 휴가를 내어 어머니를 모시고 뉴질랜드 행 비행기에 몸을 실었던 것이다.

진눈깨비가 내리는 김포를 떠나 하룻밤 내내 계속되는 비행기 여행은 지루하고 힘들었지만 사랑하는 셋째 아들네 식구를 만난다는 기쁨으로 들뜬 어머니는 피로한 내색조차 하지 않으셨다.

내 모든 휴가를 함께 해온 어머니는 여행을 떠나면 늘 나보다 더 건강하고 씩씩해져서 어린애처럼 즐거워하시곤 했는데 하물며 아들을 만나러 가는 여행이야 말해 무엇 하겠는가.

비행기 안에서 다음날 아침을 맞아 아침식사를 마친 우리는 비행기가 점점 내려가면서 드러나는 오클랜드 공항의 모습을 보기 위해 창가에서 시선을 뗄 줄 몰랐다.

뉴질랜드 대륙, 아니 오클랜드의 모습을 처음 보았을 때 나는 일종의 충격을 받았다. 파랑과 초록, 그리고 하양으로 채색된 육지의 모습은 깨끗하고 선명한 수채화처럼 아름다웠다. 태평양에 그대로 내리쪼이는 햇살은 또 어쩌면 그리 맑고 눈부시던지…….

공항에 내려 화장실로 가서 나는 어머니께 두꺼운 겨울옷을 벗고 얇고 가벼운 여름옷으로 갈아입으시도록 했다. 해외를 몇 번 나가 본 나로서도 계절이 정반대인 현실에 바로 익숙해지지 않았다.

우리를 목이 빠지도록 기다리던 동생네 식구들은 우리의 모습이 입구에 보이자마자 소리를 질렀다. 조카들이 각각 한 쪽 끝을 붙잡고 서 있는 플래카드에는 '할머니, 고모, 환영합니다'라고 쓰여 있었다. 모두가 눈물을 글썽거리며 얼싸안고 뛰느라고 한동안 정신이 없었다. 동생 차를 타고 가는 동안 길가에는 보랏빛과 흰빛의 꽃이 핀 가늘고 기다란 줄기의 꽃들이 무수히 늘어서 있어 눈을 감고 있어도 그 색채의 여운이 남아 있을 정도였다.

한 시간도 안 걸려 도착한 동생네 집은 아담한 주택가에 자리 잡고 있었는데, 모든 건물이 일층이나 이층으로 되어 있는 데다 집집마다 잔디를 가꾸고 나무가 무성해 마치 별장에 온 기분이었다.

　점심을 먹고 잠시 피로를 풀기 위해 조카의 침대에 누웠다. 창에 드리운 얇고 하얀 커튼이 미풍에 날리고 커튼을 통해 들어온 바람은 얼굴을 간질이는데 창밖에 서 있는 키 크고 잎이 무성한 나무에서는 새들이 쉴 새 없이 재잘거리고 있었다. 아늑하고 평화롭게 잠속으로 빠져 들어가면서 나는 내가 천국에 와 있는 것이 아닐까 하는 생각을 했다.

　잠에서 깼을 때는 밖이 이미 어두워져 있었는데 시차 때문에 도무지 시간관념이 없어진 나는 지금이 언제인지 몇 시인지조차 짐작이 가지 않았다.

　커튼을 걷고 그대로 침대에 누워 창밖을 보니 청남빛 잉크 색 하늘이 바로 곁에 와 있었는데 그 하늘에 가득히, 정말 빈틈없이 가득히 별이 돋아있지 않은가.

　여기는 지구의 남반구이기 때문에 북극성 대신 남십자성이 있다는 말을 듣긴 했지만 어느 게 어느 별인지 너무도 많아 도무지 알 수 없었다. 이곳은 공해가 없어 저리도 별이 많은 것일까? 별빛 하나마다 미세하게 흔들리며 떨고 있는 모습은 장관이었고, 그것은 언제까지나 내게 정말로 잊을 수 없는 기억으로 남아 있게 되었다.

　그 다음날부터 우리는 관광에 나섰다. 동생은 한 가지라도 더 구경시켜 주려고 애를 쓰는 눈치였지만 나는 마음이 안정되지 않은 데다 강한 햇살 때문인지 두통의 정도가 심해져서 거의 돌아다닐 수가 없을 정도였다.

그곳에 간 지 일주일이 다 되어가던 어느 날 외출에서 돌아오는 내게 조카딸이 깡충거리며 달려 나와 전화기를 건네주는 것이었다. 내게 전화 올 데가 있는가 하는 생각으로 수화기를 드니 같은 사무실에 근무하는 직원이었다. 그는 한 옥타브 올라간 흥분된 음성으로 "합격하셨어요. 축하합니다"를 연발하는 것이었다.

직원들과 윗분들 차례대로 돌아가며 통화를 하고 난 뒤 나는 소파에 털썩 주저앉았다. 지난날의 그 고통스러운 순간들이 내 눈 앞을 스쳐갔다.

내가 통화하는 것을 듣고 내용을 짐작한 어머니와 동생은 너무 기뻐서 어쩔 줄을 몰라 했다. 합격 소식을 들은 동생과 가까이 지내는 사람들이 저녁에 동생네 집으로 모였다. 그들은 와인과 꽃다발을 가지고 와 진심으로 축하를 해주는 것이었다. 그날 밤 동생네 집에서는 밤늦도록 파티가 계속되었다.

합격 발표가 났으니 도리상 다음날은 귀국 비행기를 타야 했다. 누가 그렇게 지시를 한 것은 아니지만 아무리 내 휴가일수를 사용한다 하더라도 양심상 돌아가서 인사를 드리는 것이 옳다고 생각했기 때문이다.

꿈같은 시간들을 보내고 돌아와 첫 출근을 한 나는 여기저기서 축하인사를 받느라고 정신이 없었다. 그러나 발령을 받는 날까지 나는 좀더 열심히 맡은 일에 충실하려고 노력했다.

사무실이 일단 안정이 되자 사무관이 되고 박사가 된 내 처지에서 이제 더 이상의 목표로 삼을 것은 무엇일까 하는 생각이 들었다.

그때 나는 이 좁은 땅덩어리 안에서 좁은 시야를 가지고 복작거리며 도토리 키 재기 식으로 살아갈 것이 아니라 좀더 넓은 세상으로 나갈 수 있는 기회는 없을까 하는 생각이 들었다. 그러기 위해서는 먼저 어학 공부를 해야 했다. 일단 방향이 잡히자 나는 바로 영어 공부에 들어갔다.

그러나 모든 공부가 다 그렇듯이 세상에 쉬운 공부는 없다는 생각이 들었다. 그만큼 영어 공부는 쉽지 않았다. 게다가 마흔을 넘긴 나이에 공부를 한다는 것이 점점 더 힘겹게 느껴지곤 했다.

나는 대한민국의 행정사무관

17

　행정사무관으로 임관되기 전, 모든 부처 승진예정자들을 대상으로 실시하는 관리자교육과정을 이수하기 위하여 과천에 있는 중앙공무원교육원에 입소하였다. 입소 첫날 150명 가량 모인 그곳에서 나는 9분임장으로 선출되었는데 유일한 여성 분임장이었다.

　강의와 토론, 리포트 등 바쁜 생활 속에서 3주 과정이 거의 끝나갈 무렵 극기훈련이 실시되었다. 그때는 2월이라 날씨가 몹시 추웠는데, 극기훈련 코스는 가까운 곳에 있는 관악산 정상까지 갔다가 다시 중앙공무원교육원 운동장에 집합하는 것이었다. 산에 오르는 중간 중간 초소에서 구호와 인원 점검 그리고 부과된 문제를 풀고 손바닥에 도장을 받은 다음에야 다음 코스의 산행을 할 수 있었다.

　내색하지 않으려고 노력하는 것 같았지만 우리 분임원들의 걱정스런 표정을 눈치 못 챌 내가 아니었다. 교육성적에 따라 임관시기가 달라질 수밖에 없는 처지들이고 보니 그들의 심정을 이해할 수 있었다. 그들은 그동안 분임토의 등에서 확보했던 점수를 모두 잃게 되었다고 수군거렸고 다른 분임원들은 우리 분임원들을 보며 여유만만한 미소를 짓고 있는 것이었다. 달리 방법이 없는 상태에서 우리 분임은 출발을 했다.

2월의 관악산은 결코 만만한 상대가 아니었다. 양지쪽은 눈이 녹아서 질척거리며 미끄러웠지만 위로 올라갈수록 쌓인 눈이 그대로 언 채 덮여 있어서 미끄러운 것은 둘째 치고 길과 눈밭을 구분할 수 없는 것이었다. 아무리 이를 악물고 강행군을 해도 체력의 열세를 극복할 수는 없었다. 초소마다 전 분임원을 2열종대로 정렬시켜 놓고 부동자세로 경례를 하며 큰 소리로 "충성, 제9분임. 총원 11명, 사고 무, 현원 11명"을 외치는 것도 쉬운 일은 아니었다. 우리 분임은 힘들게 정상에 올랐지만 이미 다른 분임은 하산을 준비하고 있는 상태였다. 휴식을 취할 시간도 없이 우리 분임은 바로 하산길에 올랐다.

산에서 내려오는 것은 더욱 힘들었다. 녹았던 눈이 다시 얼어붙어 발을 딛을 수 없이 미끄러웠고 어느새 어둠이 내리기 시작했다. 앞서 간 분임들의 모습은 시야에서 사라진 지 오래였다. 땀으로 범벅이 된 채 산을 내려오던 나는 결국 바위 위에서 미끄러지면서 발목을 삐고 말았다. 통증이 심해지면서 부어오르기 시작하자 나는 우리 분임원들에게 먼저 가서 귀원신고를 하라고 했지만 어려운 상황에서 동지애로 뭉친 그들은 '한 번 분임은 영원한 분임'을 부르짖으며 생사고락을 함께 할 것을 다짐하는 것이었다.

가슴 찡한 감동을 느끼면서 나는 그들이 만들어 준 나무 지팡이를 짚고 부축을 받으며 출발장소로 돌아왔는데 도착예정 시간을 네 시간 이상 넘겨 밤 9시가 가까워진 때였다. 절룩거리는 나를 부축하하면서 내 보조에 맞추기 위하여 천천히 움직이는 우리들의 그림자는 마치 검은 유령들 같았다.

교육원 마당에 들어서는 순간 정문에서부터 양쪽으로 길게 늘어서서 우리를 기다리고 있던 동료들이 일시에 환호와 박수로 우리들을 맞아주는 것이었다. 콧등이 시큰하며 감격에 젖어 있는데 원장님은 수고 많이 했다고 하시며 준비된 막걸리와 돼지고기 등을 마음껏 먹으라고 하시는 것이었다. 우리 분임원들은 그날 2차까지 가면서 끈끈한 동지애를 다졌다.

그 다음날은 3주 동안 계속된 관리자 교육과정 수료식이 있는 날이었다. 원장님 말씀에 이어 갑자기 내 이름이 불려졌다. 이층 내 자리에 앉아 있던 나는 아래층으로 내려가서 단 위에 올랐다. 나는 그날 전 부처 150여 명의 교육생 가운데 명예로운 1등상을 받았다. 상품은 뜻밖에도 화장품 종류였는데 나중에 들은 이야기로는 여성 공무원이 1등을 차지하리라는 예상을 못한 바람에 부랴부랴 상품을 새로 구입했다는 것이었다.

사무관으로 임관한 뒤 나는 다시 총무처 주관으로 각 부처의 사무관들을 대상으로 하는 세미나에 참석하기 위하여 독일과 일본으로 출장을 다녀왔다. 그 뒤 본부에 계속 근무하면서 나는 국비 파견 대상자 선발시험을 치르기도 했다. 이전에 일본으로 파견 갔던 것과 달리 이번에는 영어권으로 가는 것이 목표였다.

마침 국비 단기 유학생 선발시험 공고를 보고 난 주저 없이 응시를 했고 합격을 했다. 그때가 1996년 1월이었고 나는 그해 안으로 파견되어야 하는 조건이었다. 그때 나는 동생이 살고 있는 뉴질랜드로 가기 위해 오클랜드대학교 아시아·태평양연구소 측과 파견

독일 출장 때
베를린 장벽 앞에서.

독일 출장 때
손기정 옹이 참가했던
경기장 안에서.

교섭을 진행하고 있었다. 그러는 동안 나는 ○○지방사무소 △△
과장으로 발령을 받게 되었다.

18 직업안정과장 재직 때 맞은 *IMF*

처음 부임하는 날, 출근시간 30분 전에 청사에 도착해서 사무실을 찾아 들어가니 머리카락이 허연 남자 하나가 과장자리의 안락의자에 앉은 채 다리를 책상 위에 올려놓고 신문을 보고 있는 것이 아닌가? 나는 잠시 혼란에 빠져 혹시 내가 자리를 잘못 찾아온 것이 아닐까 하는 생각을 하게 되었다.

인기척을 느꼈는지 그 남자는 얼굴을 가리고 있던 신문을 한 쪽으로 접어놓으면서 "어떻게 오셨어요?" 하고 묻는데 책상 위에 올려놓은 다리는 그대로인 채였다. 나는 배에 힘을 주면서 "나 여기 새로 부임한 과장입니다만……" 하고 말했다. 그는 용수철처럼 자리에서 일어나더니 "아, 그러십니까?" 하면서 신문을 치운다, 의자를 바로 놓는다 하며 한참을 호들갑을 떠는 것이었다.

짐작은 갔지만 나는 정색을 하고 "그런데 누구십니까?" 하고 물었다. "아, 예. 인사드리겠습니다, 과장님. 저…… 저는 여기 근무하는 김○○라고 합니다." 그는 백발이 성성한 머리를 숙이며 난처해

하는 것이었다. 나와 그의 첫 대면은 그렇게 이루어졌다.

나는 과장 책상 옆에 짐을 내려놓으면서 이렇게 말했다.

"말씀 많이 들었습니다. 그동안 과장 직무대리를 하느라고 고생이 많으셨습니다. 나, 소장님께 부임인사 드리고 올 테니 직원들 출근하면 회의할 수 있도록 준비시켜 주십시오."

엘리베이터를 타기 위해 걸어가면서 잠시 그에 대해서 생각해보았다. 나보다 무려 아홉 살이나 많은 그는 늘 승진에서 누락되는 바람에 아직까지 하위직에 머물러 있었는데 전임 과장이 정년퇴직하고 난 뒤 계장도 마침 공석이었던 관계로 그가 두 계단이나 건너 뛰어 4개월째 과장 직무대리를 하고 있는 중이었다.

나이가 많고 업무능력도 없으며 금전적인 것을 좋아하였고 배경이 든든해서 툭하면 우회적으로 압력을 넣거나 불이익을 주기 때문에 아무도 그를 직원으로 쓰려고 하지 않았고, 그 자신도 우리 과에서 근무하는 것을 원했기 때문에 어쩔 수 없이 몇 년째 이곳에 머물러 있다는 바로 그 사람이었다. 내가 처음 ○○지방사무소로 발령을 받자 동료들은 그 사람의 이름을 거론하며 가더라도 절대 그 사람을 직원으로 받지 말라고 신신당부했기 때문에 나는 그 사람에 대한 사전지식을 가지고 있었다.

나보다 나이가 약간 어린 공채 출신의 소장님은 늘 존경하는 마음을 가지고 있었는데 함께 일하게 되어 정말 영광이라며 매우 반겨 주셨다. 소장실에서 차 한 잔을 하다가 모든 직원이 모였다는 연락을 받고 가니 백 명이 넘는 직원들이 대회의실에 가득 모여 있었다. 그들 가운데는 나보다 선임인 사람도 있었고 동료도 있었는데, 그것은 그들이 사무관 승진시험에 추천을 받지 못했거나 낙방을 했기 때문이었다.

어쨌든 직원들은 간부들 가운데서 나이가 가장 어린 데다가 여성이고 박사이며 한 달 만에 치른 1·2차 시험을 단번에 합격하여 임관을 한, 말로만 듣던 사람의 얼굴을 보기 위하여 모두 목을 길게 빼고 눈동자를 빛내고 있었다. 조회 시작에 앞서 소장님이 신임 과장인 나를 소개하셨고 나는 간단하게 부임인사를 했다. 조회가 끝나고 과에 내려오니 모든 직원이 업무수첩을 들고 회의용 탁자를 중심으로 모여 있었다. 나는 그들과 상견례를 하고 내 업무방침을 간단하게 설명했다.

내게는 먼저 업무파악이 시급했다. 업무분장표를 가져오라고 해서 보니 20여 명의 직원들에 대한 업무의 배분은 얼핏 보기에도 지나치게 자의적이었으며 업무를 중심으로 짜여져 있는 것이 아닌 듯했다.

이틀 동안 개괄적인 업무를 파악한 나는 직원들 개개인과 면담을 했다. 그런데 그들은 하나같이 김○○의 눈치를 보며 주눅이 들어있는 듯했다.

나는 개인 면담 결과와 내가 파악한 업무량, 그리고 업무내용, 업무비중을 중심으로 하여 공평하게 배분하여 작성한 업무분장표를 모든 직원에게 회람시켜 서명을 하게 하였다. 업무분장표가 회람되자 김○○가 득달같이 내게 달려왔다.

"과장님, 업무분장을 그렇게 하시면 안 됩니다." "이유가 뭐죠?" "그건 지금 말씀 드리기 곤란합니다만…… 조금 더 근무하시게 되면 아시게 될 겁니다."

"얘기할 수 없는 이유란 게 무엇인가요?" "그게, 저…… 과를 운

영해 나가자면 여러 가지로 필요한 게 많고 또…… 인사해야 할 곳
도 더러 있고…….” “그래서요?” “그래서 업무량보다는 저…….”
그는 무어라 말해야 할지 모르겠다는 듯이 난처한 표정을 짓는 것
이었다.

“돈이 생기는 구역을 중심으로 분장을 해야 한다, 이런 말씀인가
요?” 내가 단도직입적으로 묻자 그는 이제야 알았냐는 듯 나를 쳐
다보는 것이었다. 나는 잠깐 미소를 지었다. 가슴 저 깊은 곳으로부
터 역겨운 그 무엇이 꿈틀거리며 목구멍으로 올라오는 것 같았다.
내가 미소를 짓자 그도 빙그레 미소를 지으며 자기 자리로 돌아가
려는 듯 몸을 돌리는 것이었다. “잠깐, 그대로 계세요!” 날카로운
내 목소리에 놀란 그가 엉거주춤하게 그 자리에 선 채 나를 돌아
보았다.

“지금부터 내가 하는 말을 잘 들으세요. 내가 이 과를 맡아 근무
하는 동안 앞으로 이와 같은 말을 다시 하지 않도록 해주셨으면 좋
겠습니다.”

그는 내가 무슨 말을 할지 몰라서 눈만 끔벅거리며 내 얼굴을 쳐
다보고 있었다.

“나는 어떤 이유에서든 사업장이나 근로자에게 일체의 금품을
받는 것을 용납하지 않겠습니다. 김○○ 님 말씀대로 과 운영경비
가 필요하거나 기타 불가피하게 특별한 일이 생기게 된다면 그건
내가 알아서 하겠습니다. 우리 직원들, 누구를 막론하고, 단 몇 푼
의 돈이든, 식사 대접이든 받은 것을 내가 알게 된다면 나는 그 사
람과 함께 일하지 않을 생각입니다.”

나는 모든 직원이 알아들을 수 있을 만큼 똑똑하고 분명하게, 천

천히 말했다. 그는 얼굴이 벌겋게 상기되어 있었다.

"물론 그동안의 김○○ 님 노고는 내가 잘 압니다. 만약 내 방침이 옳지 않거나 수용할 수 없다고 생각되면 언제든지 말씀하십시오. 희망하는 부서로 가실 수 있도록 노력할 테니까요. 그러나 만약 우리 과에서 계속해서 근무하고 싶다면 내 방침을 따라야 합니다." 그는 잠시 그대로 서 있더니 "잘 알겠습니다, 과장님" 하고는 자기 자리로 물러갔다.

그 사람의 처지에서는 얼마나 아니꼽고 창피했을까 생각하지 않은 것은 아니었다. 그러나 상사가 어리고 여성이라고 해서 자기 뜻대로 좌지우지하려는 직원이 있다면 그 모습을 그냥 두고 볼 수 없는 것이 내 성격이었다.

그런데 한참 동안 어딘가를 다녀온 그는 일할 생각은 하지 않고 회의용 탁자에 앉아 담배를 피우면서 신문을 보고 있는 것이었다. 그날은 모르는 체 지내고 그 다음날 아침 나는 그를 조용히 불러 사무실 안에서는 금연할 것과 민원인이 보는 데서 신문을 보는 것을 그만두라고 지시했다.

그러던 어느 날 실태조사차 출장을 다녀온 그가 내 책상 앞으로 오더니 귓속말로 "과장님, 차 키 좀 주십시오" 하는 것이었다. 무슨 일이냐고 내가 묻자 "오늘 출장 나간 곳에서 과장님 드리라고 선물을 주었는데 과장님 곤란하시지 않도록 제가 차 트렁크에 넣어 둘 테니 모르는 척하시고 자동차 키만 좀 주십시오" 하는 것이었다.

그의 주름진 얼굴에 가득 배어 있는 웃음이 끔찍히 싫게 느껴진 나는 단호한 목소리로 말했다. "그들에게 도로 돌려주십시오. 그리고 앞으로 다시 어떤 물건이든 받지 마십시오. 이번이 두 번째 경

고입니다."

그리고 그가 그것을 도로 그 회사에 돌려주었는지 아니면 자신이 가졌는지 나는 알 수가 없다. 다만 그가 돌려주었기를 바랄 뿐이다.

부임한 뒤 한 달이 되어갈 무렵 나는 소장님께 우리 과 직원들 사기를 좀 올려 주어야겠으니 함께 점심식사를 하자고 말씀 드렸다. 우리 조직은 하위직 직원들이 소장실의 출입은 물론 소장님과 이야기 한 번 나누기도 어려울 정도의 계층제 조직인 관계로 소장님과 식사 계획을 말해주자 직원들의 얼굴엔 긴장과 감격의 표정들이 역력했다.

드디어 사무실 근처 중국집의 커다란 홀을 빌려 직원들을 모이게 하고 나는 소장님과 함께 그곳으로 가고 있었다. 소장님은 알고 계셨던 듯 "김○○ 때문에 고생이 많죠?" 하고 묻는 것이었다. "아, 예. 그런 대로 지내고 있습니다" 하고 내가 대답하자 소장님은 "그 사람 너무 거스르지 마십시오" 하는 것이었다.

"그게 무슨 말씀입니까?" 하고 내가 묻자 "그 사람, 여기저기에 줄이 많은 사람이라 잘못하면 이 과장님이 다칠까 염려되어 하는 말입니다" 하는 것이었다. "부하 직원 백에 밀려 좌천되면 그 또한 할 수 없는 일이지요." 나는 이렇게 말하고 하늘을 보았다.

아무리 하위직일지라도 든든한 배경만 가지고 있으면 저렇게 세도를 쓰고 아무도 못 건드리다니…… 참으로 이 사회가 더럽고 한심스럽다는 생각이 드는 것이었다. 그 뒤 소장님과 나는 서로 대화를 나누지 않은 채 회식 장소에 도착했다. 직원들을 차례로 소장님께 소개시키면서 개인별 주특기와 칭찬을 하다 보니 음식이 나왔다. 중국집 사장은 인사하는 뜻이라면서 배갈을 몇 병 서비스로 내놓았다. 소장님과 내가 김○○를 시작으로 해서 직원들에게 한 잔씩 술을 따라 주면서 긴장이 다소 풀리고 분위기는 무르익어 갔다.

우리가 따라 주는 술을 한잔씩 받은 직원들은 소장님과 내게 답례로 다시 한잔씩을 따라 주었는데 소장님이야 술고래로 유명한 사람이니 걱정할 것 없지만 아무리 반만 채운 잔이라 할지라도 나는 혼자이고 그들은 이십여 명이 아니던가.

그렇다고 해서 누구 잔은 받고 누구 잔은 안 받을 수도 없는 일이었다. 나는 될수록 술을 적게 마시려고 노력하면서 직원들에게서 일일이 잔을 받고 개개인에게 한마디씩 격려의 말을 해주었다. 회식이 끝나고 소장님과 내가 먼저 자리를 떴다. 사실 그날 오후 내가 두통으로 얼마나 악몽 같은 시간을 보내야 했는지는 아무도 몰랐을 것이다.

업무에 아직 익숙해지기도 전에 무서운 IMF가 터졌다. 하루아침에 직장을 잃은 근로자들은 사무실로 몰려들었고 대량실업 사태는 고용보험제도가 미처 자리 잡기도 전에 바로 실시되어야 하는 결과를 가져왔다. 밤을 새워가며 사무실 구조나 집기들을 민원인 처지에서 편리하도록 바꾸고 실업급여 지급에 필요한 절차들을 정비해 가기 시작했다. 아직 행정경험이 부족한 실무직원들에게 직무교육과 함께 친절교육을 해야 했고, 자신의 감정을 엉뚱한 곳에 와서 해소하려고 화풀이하러 오는 사람들을 위하여 끝없이 인내하며 그들을 위로해야 했다. 그 시절 내가 가장 듣기 싫었던 말은 "내가 낸 세금으로 당신들을 먹여 살렸으니, 이제 당신들 잘못으로 해고된 우리를 당신들이 먹여 살려야 하는 것 아니냐"는 말이었다.

실업자는 날마다 구름처럼 몰려들었다. 결국 그 숫자를 감당할
수 없게 되어 각 지역에 고용안정센터를 설치하게 되었다.

그 시절 아픈 가슴으로 그들을 지켜보면서 썼던 글이 있다.

해고후기(解雇後記)

허세로 부푼 어깨
도전적 걸음걸이
아주 잠시 휴식이 주어진 것뿐이리라

오라는 곳 없고
문전에서 내쳐지는 현실에
혼란스런 머리와 15도쯤 쳐져 내려간 어깨

이제는 소주병이 친근한 벗이 되고
그 누구와도 눈 맞추지 않으려
허공을 자주 바라본다

벗도 가족도 등을 돌리고
하루아침에 추방된 생활(生活)에서
더 나을 것도 없는 무기력으로
배반감과 허탈을 꼼꼼히 포장하고
초점 잃은 시선, 풀린 다리로 거리를 헤매다
늦은 밤 지하철역 역사를 찾다

맑은 의식이기를 거부하며
빈속에 소주로 뒤틀린 위장
그래, 내게도 아직 할 일이 하나 있지

남루한 의복 속에 숨겨온 작은 행복
한 알 두 알 모은 안식과 망각
내일이면 나는 모든 것을 잊으리

달이 바뀌어 5월이 되었다. 사업주가 장애인 의무고용 비율을 지키지 못할 때 그들에게서 부담금을 걷어 들이는 것이 주업무인 우리 과는 분기별 납부 마감일이 다가오자 정신없이 바빠졌다.

납기일이 지나고 나서 미납 사업장에 대한 연체금 고지서를 결재하던 나는 규정상의 문제점을 발견했다. 법과 시행령, 시행규칙, 예규, 훈령 등 관련 조항을 살펴본 결과 중대한 모순점이 있는 것을 알게 되었던 것이다.

현행 규정대로 시행하다 보면 규정상의 모순으로 말미암아 해당 조항에 부합되는 사업주는 선량한 피해자가 되어 막대한 금액을 납부해야만 하는 것이었다. 내가 직원들을 불러 이 부분의 문제점을 지적하자 그들은 규정상의 모순을 인정하였다.

내가 본부에 규정의 개정을 요구하는 공문을 기안하라고 하자, 김○○는 대뜸 "아이구, 과장님. 그래 봤자 계란으로 바위치기지요. 괜히 본부의 미움이나 받게 됩니다" 하는 것이었다.

내가 어이가 없는 표정으로 그를 쳐다보자 "막말로 뭐 그게 배부른 사업주들 돈이지, 우리 돈 나가는 것도 아니지 않습니까?" 하

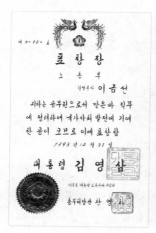

1993년 대통령 표창을 받았다.

고 말했다.

"규정에 모순이 있는 것을 알면서도 바로잡지 않는 것은 직무유기 아닙니까? 그러니 공무원들이 국민들로부터 존경을 받기는커녕 욕이나 먹는 거 아닙니까?" 하고 내가 말하자 그는 더 이상 말을 하지 않았지만 '그게 잘 되나 어디 한번 해 봐라' 하는 표정으로 팔짱을 낀 채 앉아 있었다.

그 주 일요일, 나는 사무실에 출근했다. 평일에는 분주한데다 시끄럽고 민원인들이 많아서 집중이 잘 되지 않기 때문이었다. 남자 직원 하나가 나와서 워드를 쳐 주었고 나는 관련 법령 자료의 조항들을 일일이 열거하여 문제점과 개선방안을 작성했다.

월요일에 소장님께 결재를 올리니 소장님은 "본부에 미리 의사타진을 하고 나서 문서로 발송하는 게 어떻겠습니까?"라고 하시었다. 내가 "문서로 해야 어떤 식으로든 처리가 되지요" 하고 잘라 말하자 소장님도 어쩔 수 없이 서명을 하셨다.

　이 건으로 하여 나는 그 뒤 여러 차례 구설수에 올랐는데 그 이유는 대개 이렇다. 본부와 의논도 없이 문서로 규정 개정 요구를 하다니 건방지기 짝이 없다. 또는 과장 부임 두 달 만에 공명심에 불타서 일을 저질렀다. 사업주로부터 돈을 받고 그들의 부담을 덜어 주기 위하여 개정 요구를 했다는 등이었다.

　무엇보다 곤란한 것은 담당 서기관이 화를 내면서 '그런 일이 있으면 문서로 하기 전에 미리 전화로 얘기해주어야 하는 게 아니냐, 지방사무소에서 개정건의서가 접수되는 바람에 내 체면이 말이 아니다'라는 것이었다. 결국 그 뜻은 전화로 힌트를 주었으면 자신이 스스로 문제점을 발견해서 바로잡는 식으로 하여 점수를 딸 수 있었는데 지방에서 건의서가 올라왔으니 처리를 안 할 수도 없고 생색을 낼 수도 없게 되어 화가 났던 것이다.

　해당 규정은 우여곡절 끝에 그해 9월 무렵 개정이 되었고, 그 덕분에 수많은 선량한 피해자가 구제될 수 있었다.

　그런데 계란으로 바위치기라며 코웃음을 치던 김○○가 해당 사업주들에게 일일이 전화를 걸어 "우리 과장님 덕분에 큰 덕을 보았으니 와서 인사를 드려야 할 것 아니냐"라고 했다는 것이었다.

　나는 어이가 없어서 쓸데없는 전화를 하지 말라고 했더니, 그는 이게 얼마나 대단한 업적인데 그러냐며 당연히 인사를 받아야 한다는 것이었다. 내가 언성을 높이자 결국 그는 전화하는 일을 그만두더니 내 앞에 와서 이렇게 말하는 것이었다. "과장님, 제가 공무원 생활을 삼십 년 가깝게 하고 있지만 과장님처럼 존경스러운 분은 처음 모시는 것 같습니다. 정말 대단하십니다." 나는 이 사람이 무슨 말을 하는가 하고 그의 얼굴을 보았더니 그는 정말 진지한 표정으로 이야기하고 있었다. 말을 마친 그는 깊숙이 허리를 굽히고는 조용히 자기 자리로 돌아가는 것이었다.

그 뒤로 김○○는 모든 직무명령에 전혀 아무런 불만을 제기하지 않았고 나름대로 성실하게 근무하는 자세를 내게 보여 주었으며 다른 부서로 발령되어 헤어질 때까지, 또 그 뒤로도 이따금 연락을 해오곤 했다.

뉴질랜드 오클랜드대학교 연구소 파견

10월이 되자 나는 정신없이 바빠졌다. 그동안 교섭을 계속해 온 뉴질랜드 오클랜드대학교 측과 협의가 되어 1996년 11월부터 1997년 4월 말까지 6개월 동안 아시아·태평양연구소와 오클랜드대학 학부에 파견 근무하는 것이 결정되었던 것이다. 출국일은 10월 말일이었다. 국비 파견이기 때문에 외국에서 내 학비와 생활비 그리고 항공료는 국가가 지급하였다.

나는 어머니를 모시고 가기 위하여 필요한 절차를 별도로 진행해야 했기 때문에 은행 잔고증명, 비행기표, 비자 신청 등 해야 할 일이 정말 많았다. 소장님은 해마다 10월 셋째 주에 개최하는 체육 행사를 내 송별회와 겸해서 10월 30일에 열겠다고 하셨다. 장소는 원주 치악산이었다. 출국 전날이라 내 준비는 둘째 치고 어머니 준비를 도와드려야 하는 처지였지만 특별히 송별회를 치악산에서 하겠다는 데 거부할 수가 없는 형편이었다.

결국 아침 일찍 출발해서 산행을 하고 저녁에 서울로 와서 저녁을 먹고 노래를 부르고……. 밤 열두 시가 다 되어 뒷문으로 빠져 나온 나는 지칠 대로 지친 몸을 이끌고 내 아파트로 돌아왔다. 그 동안 무리를 했던 탓인지 진통제를 서너 개나 먹은 위장은 뒤틀려서 말이 아니었다.

내가 소중히 돌보던 난 화분들과 공과금 처리를 옆 동에 사는 동료에게 부탁하고 음식물 남은 것과 쓰레기를 모두 처리하고, 다음 날 아침에 여권과 비행기표, 서류와 옷 가방을 자동차에 싣고 어머니가 계시는 곳으로 향했다. 어머니 짐과 6개월 동안 드실 약 등을 하나하나 챙기고 나니 어느새 오후였다. 내 차는 뜰에 주차시켜 놓은 채 큰오빠 차를 타고 공항으로 향했다.

공항에는 형제들이 모두 나와 있었다. 다른 형제들이야 모두 분가해 있는 상태였지만 어머니와 함께 살던 막내는 6개월 동안이나 어머니와 떨어져 있게 되었다는 것이 섭섭하기도 하고 자유스럽기도 한 모양이었다. 우리는 형제들의 배웅을 받으며, 태어나서 가장 오랫동안의 '화려한 외출'을 시작한 것이다. 그것이 내가 어머니를 모시고 한 마지막 해외여행이 되었다.

도착한 다음날 나는 동생의 안내로 선데이마켓에서 6개월 동안 쓸 차를 구입했다. 이라크에서 왔다는 의사 출신의 남자는 가족들이 먹을 것이 없어서 할 수 없이 차를 팔아야 한다고 했다. 그도 그럴 것이 뉴질랜드에서 이라크의 의사면허는 무용지물이 아닌가?

13년이나 묵었다는 차였지만 여기는 사람들이 보통 10여 년씩 차를 타고 또 굴러가는 데는 이상이 없으니 내겐 상관이 없었다. 동생과 함께 가서 보험도 들었다. 다음날은 마침 일요일이라 운전 연습을 하기로 했다.

이 나라는 자동차의 경우 우리와 반대인 왼쪽 통행이어서 아차하는 순간에 중앙선을 넘어가기가 쉽고, 따라서 동양에서 온 유학생들이 정면충돌로 죽는 경우가 많다는 것이었다. 그런데다가 자연환경을 보존하기 위하여 지형을 있는 그대로 두고 도로를 만들었기 때문에 좁고 굴곡이 심하며 중앙선도 우리처럼 바리케이드를 치는 일이 없이 선만 하나 그어 놓은 것이었다.

게다가 대개 어디서든 유턴이나 회전을 할 수 있는 바람에 정신이 없었다. 또 호주와 뉴질랜드 특유의 라운드어바웃이란 게 있어서 원형 교차로를 중심으로 회전을 할 때 무조건 우측에서 오는 차가 먼저라는 특이한 규칙이 있는데, 그때 나는 이런 교통규칙도 모르고 적당히 좌우를 살피면서 다녔으니, 지금 생각해보면 정말 위험천만한 일이었다.

어쨌든 나는 왼쪽으로 운전해야 한다는 가장 중요한 사실만을 기억하기 위하여 운전을 하면서도 계속해서 "왼쪽, 왼쪽" 하고 중얼거리고 다닐 정도였다.

도착한 다음다음날이 첫 출근날이었다. 밤새 긴장을 하고 잠을 설치다가 눈을 뜨니 어느새 아침이었는데 4시간 차이가 나는 시차 적응도 아직 안 된 것 같았다. 내가 전혀 지리를 몰랐기 때문에 동생이 자기 차로 앞에서 호위해서 학교까지 데려다 주면, 돌아올 때는 내가 알아서 가던 길로 되돌아오기로 했다.

자신이 없었지만 어차피 부딪쳐야 할 일이었다. 두 눈을 크게 뜨고 왼쪽 운전에 신경을 쓰면서 학교에 무사히 도착해 보니, 등이 땀으로 젖어 있었다. 동생은 그 길로 출근을 하고, 난 아는 사람은 아무도 없고 말도 통하지 않는 곳에 외로운 섬이 되어 서 있었다.

그날 하루를 어떻게 보냈는지 하나도 기억이 나지 않는다.

이윽고 집에 가야겠다고 생각하여 나는 행정업무를 보는 직원들에게 인사를 하고 내 차에 올랐다. 아침에 오던 길을 머릿속에 되새기면서 그대로 간다고 생각했는데, 아무리 가도 내가 기억하는 길이 나타나 주지 않는 것이었다. 나는 점점 초조해졌다. 할 수 없이 길 한 귀퉁이에 차를 세우고 어제 산 지도를 꺼내었지만, 아무리 들여다봐도 알 수가 없었다. 중심이 되는 곳이 어디인지 알면 가능할 테지만 동서남북을 전혀 모르는 처지에서 지도를 보니 알 수가 없는 데다가 서툰 왼쪽 운전을 하면서 창밖에 조그맣게 영어로 쓰여 있는 길 이름을 본다는 것은 거의 불가능한 일이었다.

얼마나 헤매고 다녔는지 날은 점점 어두워졌는데 거리에는 길을 물어볼 사람 하나 보이지 않았다. 이러다가 태평양 섬나라에서 국제미아가 되는 것은 아닐까 하는 걱정을 하면서 돌아다니고 있는데 저 앞에 한 남자가 걸어가는 것이 보였다. 거리를 걸어가는 사람이 있다는 사실만으로도 너무나 반가워 위험하고 안 하고를 생각할 겨를도 없이 길가에 차를 대고 그를 불러 세웠다.

동양인인 것 같아 한국인이냐고 물었더니 일본인이라고 했다. 길을 잃어서 그러니 북쪽 지방으로 가는 모터웨이를 타려면 어디로 가야 하느냐고 그에게 물었다. 그는 내가 내준 지도를 한참이나 들여다보더니 자기도 잘 모르겠다는 것이었다. 차라리 처음부터 잘 모른다고 할 것이지, 그리고 그는 "굿 럭!"을 외치며 가 버렸다.

이제 어둠이 내리는 이 만리타국의 낯선 거리에 나 혼자만 달랑 자동차에 남겨진 셈이었다. 어떻게든 대책을 강구해야 했다. 그러나 너무 오랜 시간 계속된 불안과 긴장 그리고 허기 때문인지 두통의 징조가 나타나기 시작하는 것이었다.

마침내 큰 거리가 나올 때까지 차를 몰고 가서 이정표를 보고 지도를 뒤져서 그 거리가 어디쯤인지 알아낸 다음 방향을 잡기로 했다. 몇 시간을 헤맨 끝에 북쪽으로 가는 모터웨이 입구를 찾을 수 있었고 한밤중이 되서야 집으로 돌아올 수 있었다.

어머니는 첫 출근한 내가 밤이 이슥하도록 돌아오지 않자 걱정이 되어 저녁도 못 드셨다면서 집 앞에서 기다리고 계셨다. 늙은 엄마의 조그만 얼굴을 보는 순간 왜 그리도 눈물이 쏟아지던지…….

그날 밤 나는 정말 죽을 정도로 앓아 누웠고 동생네 부부는 약까지 토해내며 괴로워하는 내 모습을 처음 본 탓에 놀라서 간호를 하느라고 또한 밤을 새웠으며 그 다음날 나는 결국 결근을 해야 했다. 그 뒤 연구소 생활은 그런 대로 지낼 만했다. 그들은 내게 걸맞은 대우를 해준다는 뜻으로 별도의 개인 연구실과 컴퓨터 등 모든 것을 갖추어 주었지만 그것이 영어회화를 익히는 데는 더 큰 장애가 되었다.

나는 부지런히 일했다. 내가 하고자 했던 연구는 우리나라 고용보험제도와 뉴질랜드의 실업보험제도를 비교 분석하는 것이었는데 연구소 측은 그 연구결과에 큰 기대를 걸고 있었다. 웰링턴에 있는 정부기관에 자료를 요청하고 한국에서 송부 받기도 하면서 논문을 작성하였는데 이것을 영문으로 번역하여 워드를 치는 작업은 정말 어려웠다.

처음 3개월은 정신없이 지나갔다. 1월은 주로 휴무인지라 나는 모처럼 휴가를 얻어 뉴질랜드 남북섬 여행에 나섰다. 까만 머리를

혼자 나선 뉴질랜드 남섬 여행 도중 쿡(Cook) 산 정상에서.

한 조그만 동양 여자가 혼자 그 먼 길을 여행한다는 것이 나로서는
혁명적인 발상이었지만 영원히 다시 이 나라에 올 수 없을지도 모
른다는 생각에 강행한 결정이었다.

북섬 2박 3일, 남섬 4박 5일의 단신 여행은 이 나라의 아름다운
자연환경과 나 자신을 돌아보게 하는 데 충분했다. 가는 곳마다 너
무도 깨끗하고 아름다운 자연에 감탄하면서 나는 좁은 땅덩어리 속
에서 살아남기 위하여 몸부림치고 부대끼며 살아가야 하는 우리나
라를 생각하고 가슴이 아파왔다. 이곳의 자연은 한없이 크고 넓고
아름다운데 그것을 누리는 사람의 수는 많지 않았다. '이 땅의 3분
의 1이라도 우리나라에 주어진다면……' 하고 나는 생각했다.

주민보다 관광객이 훨씬 많은 여러 곳을 돌아다녔지만 어디를

가나 혼자 여행을 하는 동양인은 나 하나밖에 없었다. 혼자 하는 여행은 생각할 수 있는 시간을 많이 만들어 주었다. 퀸즈타운에서는 두통 때문에 2박 3일을 꼬박 호텔에서 뒹굴며 앓긴 했지만 말이다.

휴가가 끝나고 4개월째 접어들면서는 더욱 바빠지기 시작했다. 서툰 영문 워드를 팔이 저리도록 치느라고 밤을 꼬박 새우기 일쑤였다.

그러던 어느 날 나는 아시아·태평양연구소 유리 진열장에 일본의 기념품은 진열되어 있는데 우리나라 것이 제대로 없는 것을 보고 논문 이외에 무엇인가 기념이 될 만한 것을 남기고 가야 되겠다고 결심했다. 나는 한국에서 유리 상자에 든 신랑·각시 인형을 구입해서 진열장의 가장 중앙에 배치하는 조건으로 연구소장에게 증정하는 기념식을 가졌다. 그 뒤로 나는 연구소를 드나들 때마다 흐뭇한 마음으로 그들을 바라보며 인형들에게 눈인사를 하곤 했다.

이국 땅에서 이루어진 운명적 만남

파견기간 종료 한 달을 남겨놓고 있던 3월 어느 월요일이었다. 학교에서부터 몸 상태가 좋지 않아 진통제를 먹고 겨우 집에 온 나는 동생네 부부가 어딘가 나가자는 말에 귀찮은 생각이 들었다. 가을로 접어드는 때라 날씨가 싸늘한 데다 비바람이 몹시 불고 어느새 어두워진 밖으로 나가고 싶은 생각이 전혀 없었다. 진통제의 효과 때문인지 어질어질 하는 현기증과 함께 속이 메스껍기도 했다.

그러나 동생네 부부는 벌써 옷까지 다 차려입고 나를 기다리고 있었던 듯 한 발도 양보하지 않고 고집을 부렸고 어머니까지 다녀오라고 말씀하시는 바람에 어쩔 도리가 없었다.

도대체 어디를 가느냐는 내 물음에 누군가 좋은 사람을 만나기로 약속이 되어 있다는 것이었다. 뉴질랜드 텔레비전 프로그램에 출연했던 사람이라고 했다. 이미 나이 마흔 셋이 된 나는 처음부터 결혼은 생각하지 않고 살아왔다.

낮에는 직장에 다니고 밤에는 학교 다니느라고 바쁜 삶을 산 탓도 있었을 것이다. 그러다 보니 어느새 나이가 들었고 두통 때문에 괴로움을 겪는 사람은 나 하나로 충분하다는 생각과 함께 나만을 의지하며 살아가시는 어머니 또한 내가 결혼에 별로 뜻을 두지 않고 살아온 한 가지 이유가 될 수도 있었다.

하지만 문득문득 어머니가 돌아가시고 나 혼자 이 세상에 남겨지면 어떻게 살아갈 수 있을까 하는 생각을 했고 그때마다 아마도 난 어머니를 따라가게 되지 않을까 하는 막연한 생각을 하기도 했다.

동생의 말로는 그 사람은 나보다 한 살 위인 마흔 넷이라고 했다. 나는 내 나이는 생각하지도 않은 채 속으로 오죽하면 그 나이까지 배필을 못 만났을까, 보나마나 이상이나 꿈은 잊어버린 지 오래고 세월의 때가 묻어 적당히 이기적이고 적당히 탐욕스러운 그런 모습을 하고 있겠지, 그래서 배는 불룩 나오고 머리는 훤히 벗겨진 대머리 영감의 모습을 하고 있겠지 하고 생각하면서 픽! 어이없는 웃음을 지었던 것이다.

동생은 내 웃음을 좋은 뜻으로 받아들였는지 빨리 옷을 갈아입고 나오라고 재촉이 불같았다. 내가 학교에서 늦게 오는 바람에 약속시간에 늦어질 것 같다는 것이었다. 그때 나는 직장에 다닐 때와 달리 청바지에 티셔츠, 조끼 그리고 그 위에 빨간 레인코트 겸 하프 코트를 입고 있었는데 화장은 물론 전혀 하지 않았다. 나는 본래 화장을 하지 않았다. 내 얼굴을 스스로 위장하는 것 같아서 싫기도 할 뿐 아니라 늘 바쁜 생활도 한 이유가 되었고 또 한 가지는 화장품에서 나는 냄새가 내 약한 비위를 거스르기 때문이었다.

그래서 그때까지 내가 화장을 했던 기억은 박사학위를 받던 날 아침, 축하차 찾아온 친구가 내 맨 얼굴을 보고 혀를 차며 대학원 화장실에서 자신의 화장품으로 해주었던 화장이 유일한 기억이다. 물론 그 뒤 약혼식과 결혼식 때가 화장기록에 추가되기는 했지만 말이다. 나는 옷을 갈아입으라는 동생의 말에 "내 옷차림을 가지고 문제 삼는 사람이면 인연이 아닌 거겠지" 하면서 그 차림 그대로 차에 올랐다. 동생네는 더 이상 시간을 지체할 수가 없었는지 "에이, 참. 누나도……" 하면서 차에 타는 것이었다.

오클랜드는 월요일도 교통사정이 좋지 않았다. 더구나 강풍과 비바람으로 가로수가 쓰러질 정도의 악천후라 차는 더 막혀서 우리는 약속시간에서 거의 한 시간이나 지나서야 약속장소에 도착할 수 있었다. 나는 어디가 어디인지 잘 모르는 채로 차에서 내렸는데 기억에 남는 것은 그 강한 비바람 속에서도 지붕에 장식해 놓은 커다란 사과 모양이 아주 인상적이었다는 점이다.

그렇게 하여 1997년 3월 12일 오후 7시, 멀리 태평양 건너 최후의 지상낙원이라는 뉴질랜드 오클랜드에서 우리는 만났다. 가을을 재촉하는 비바람에 막 고운 빛깔로 물들기 시작하는 단풍잎들이 어지러이 날리고 뺨에 닿는 빗방울이 차갑게 느껴질 정도로 변덕스러운 그런 날에 우리는 운명적으로 만났던 것이다.

그 쪽에서 나온 사람은 두 사람이었는데 먼저 와서 우리를 기다리고 있었다. 내 바로 맞은편에 앉은 사람을 보니 정말로 내가 생각했던 꼭 그대로였다. 머리 중간까지 벗겨진 대머리에 얼굴은 탐욕스러운 느낌을 주었고 앉아 있는 상태에서도 넘치는 배가 테이블에 닿을 정도였다.

동생이 나를 그들에게 소개하자 그 사람은 자신의 옆에 앉아있던 남자를 우리에게 소개하는 것이었다. 올케는 내게 한쪽 눈을 찡

굿했다. 아마 올케도 대머리 아저씨를 그날의 주인공으로 오해했다가 안도의 한숨을 내쉰 모양이었다. 그를 본 첫인상은 '생각보다는 괜찮네'였고 올케는 제 스스로 좋아서 싱글벙글하며 재잘거렸다.

하기야 그녀는 집에서 나올 때도 어머니께 "어머니, 잘하고 올게요" 했다. 나중에 어머니는 내게 "꼭 자기가 선보러 가는 것 같더라" 하며 웃으셨으니까.

그 또한 감색 청바지에 목까지 올라와 접어 내리게 되어 있어서 따스해 보이는 잿빛 모직 남방 그리고 그 위에 갈색 스포츠 조끼를 입고 있었는데 우리 두 사람의 차림은 통상적으로 선 보러 나오는 사람들의 차림새가 아닌 것이 공통점이었다. 그는 두고두고 그때 일을 얘기하곤 한다. 그 역시 정장차림을 하라는 선배 ── 그 대머리 아저씨는 그의 선배였다 ──의 말에 "이런 차림이라 싫다면 할 수 없는 거겠지요" 하면서 그대로 나왔다는 것이었다.

동생네 부부는 저녁을 먹고 온다며 다른 곳으로 갔는데, 선배라는 그 사람은 갈 생각을 하지 않고 함께 테이블에 앉아서 테이블 위에 놓인 담뱃갑만 자꾸 만지작거리다가 쓰러뜨리곤 했다. 그러면 그는 그 담뱃갑을 집어서 다시 테이블 한쪽 편에 넘어지지 않도록 세워 두는 것이었다. 몇 번인가 둘이서 같은 동작을 반복하는 그들이 우스워 보여서 나는 잠자코 그들이 하는 모양만 바라보고 있었다.

이윽고 그 선배도 마지못한 듯 자리를 뜨고 우리 둘만이 남게 되었다. 그는 내 앞자리로 옮겨 앉으면서 말을 꺼내기 시작했다. 그의 말을 들으면서 바라본 그는 단정한 이마와 곧게 내리뻗은 콧날 그리고 선명한 입술에 전체적으로 길고 좁은 얼굴형을 하고 있었다.

그는 자신을 공인7단 태권도 국제사범이며 브루나이 공화국 국가대표팀 감독과 왕실 사범으로 근무하다가 계약기간을 마치고 뉴질랜드로 귀국한 사람이라고 소개했다. 그가 귀국이라고 한 것은 뉴질랜드 시민권자이기 때문이며 그는 과거 동구권 국가에 들어가 태권도를 보급하기 위하여 어쩔 수 없이 공산국가로도 입국이 쉬운 뉴질랜드의 시민권을 취득했다고 설명했다.

그때부터 시작된 그의 이야기들은 내가 지금껏 전혀 접해 보지 못했던 세계의 이야기였고 이야기를 하는 그의 목소리는 힘차고 정열적이었기 때문에 나는 그저 정신없이 그의 이야기만 듣고 있을 뿐이었다. 한참 이야기를 하고 있을 때였다. 그곳의 여주인이 와서 안쪽에 커다란 홀이 있는데 조용하고 좋으니 그곳으로 자리를 옮기면 어떻겠느냐고 물어왔을 때에야 나는 주위가 그토록 복잡하고 시끄럽다는 것을 깨달았을 정도였다. 우리 주위에는 키위와 마오리들이 저녁식사를 하거나 술을 마시고 있었고 또 다른 한 패거리는 바로 옆에서 포켓볼을 치고 있어서 실내는 소음과 담배연기로 가득 차 있었던 것이다.

그녀의 제안대로 우리는 안쪽에 있는 회의실처럼 생긴 커다란 홀로 자리를 옮겼다. 그때부터 밤 11시가 넘을 때까지 우리는 오렌지 주스만 한 잔씩 마시고 저녁 먹는 것도 잊어버린 채 여러 가지 이야기를 했다. 아니 이야기를 했다기보다는 그저 일방적으로 그가 들려주는 신기한 이야기들을 정신없이 듣기만 했다고 표현하는 것이 옳을 것 같다.

그의 이야기를 들으면서 나는 그가 치부나 사리사욕과 전혀 관계없이 자신의 모든 정열을 바쳐 가난하고 힘없는 원주민 불량 청소년들을 바른 길로 인도하는 사회사업을 하고 있다는 데 깊은 감동을 받았다. 갈수록 각박해져만 가는 이 어지러운 세상 한구석에서 그렇게 모든 것을 바쳐 자신이 옳다고 믿는 길을 가고 있는 사람이 있다는 데 경외심을 느끼지 않을 수 없었던 것이다.

밤이 늦어 동생네가 올 때까지 이야기는 계속됐는데 막 자리에서 일어나면서 그가 "아까 왜 제가 선배하고 담뱃갑을 가지고 그랬는지 아십니까?" 하고 묻는 것이었다.

아무 말 없이 내가 그를 쳐다보자 "아까 여기로 오면서 담뱃갑을 넘어뜨리면 마음에 없다는 뜻이고 세워 놓으면 마음에 든다는 뜻으로 서로 표시를 하기로 약속했거든요. 아마도 선배는 당신이 너무 높고 귀한 사람이라 부담스럽다는 뜻이었던 것 같습니다" 하고는 씩 웃는 것이었다. 나는 그가 선배가 쓰러뜨린 담뱃갑을 열심히 세우다가 나중에는 아예 선배의 손이 닿지 않도록 테이블 다른 쪽 모서리에 세우던 기억이 나서 웃음이 났다.

그렇게 헤어져서 집에 돌아오면서 나는 몇 시간 동안 무슨 귀신에 홀렸던 것 같은 생각이 들었다. 동생네는 그때까지 저녁도 먹지 않고 무슨 얘기를 그리도 오래 했느냐면서 혀를 차는 것이었다.

집에 돌아오니 어머니는 기다리고 계셨다. 어머니 말씀이 우리 떠나고 나서 잠시 졸다가 꿈을 꾸셨는데 달맞이꽃이 노랗게 만발한 꽃밭에 내가 서 있더라고 하시면서 달맞이꽃은 임을 기다리는 꽃이니 아마도 좋은 일이 생길 것 같다고 하시는 것이었다.

인상이 어떻더냐고 어머니가 물으시자 올케는 신이 나서 여러 가지 말씀을 드렸는데 막상 나는 그가 어떤 인상이었는지 방금 헤어졌는데도 전혀 기억이 나지 않는 것이었다. 그때 전화벨이 울렸고 동생이 씩 웃으며 나를 바꿔 주었다. 그는 잘 들어갔느냐고 묻고는 저녁을 같이 못 해서 미안하다고, 꼭 저녁을 들고 자라고 말하는 것이었다.

다음날 아침, 학교 갈 준비를 하고 있을 때 다시 전화가 왔다. 어제 얘기한 대로 어머니 칠순잔치에 참석해야 해서 오늘 저녁 비행기로 고국에 가야 하는데 한 달 정도 있다가 돌아올 예정이니 가기 전에 가능하면 한 번 더 만날 수 있으면 좋겠다는 말이었다. 나는 그때 아침 일찍 수영장에 가서 레슨을 받고 거기에서 바로 연구소로 출근을 하기 때문에 좀 바쁘다고 말했고 그는 알겠다고 하면서 전화를 끊었다.

나는 수영장으로 가서 아침 레슨에 참가했다. 나는 본래 수영을 할 줄 몰랐다. 내가 초등학교 3학년 무렵이었던 것으로 기억되는데 여름방학 숙제로 곤충채집을 해오는 것이 있어서 동네 아이들과 동작동 국립묘지 근처로 잠자리를 잡으러 간 적이 있었다. 잠자리를 몇 마리 잡은 우리들은 찌는 듯한 더위 때문에 누가 먼저라 할 것도 없이 국립묘지 앞 한강으로 뛰어들었다.

한참 물장난을 하고 있을 때였다. 내가 딛고 서 있던 물 속의 바위가 강한 물살에 옆으로 뒹굴면서 나는 물 속에 빠지게 되었다. 동작동 국립묘지 앞 한강의 물살은 깊고 빠른 것은 물론 물도 아주 찼다.

그때 내려가도 내려가도 발이 땅에 닿지 않는 바람에 나는 아주 당황했다. 물속 깊이 내려갔다가 다시 떠오르기를 몇 번 한 것 같은데 그 순간 나는 '이렇게 죽는 거구나. 내가 죽으면 우리 엄마는 얼마나 슬퍼하실까' 하는 생각을 했던 것을 지금까지도 선명하고 똑똑하게 기억하고 있다.

　얼마의 시간이 흘러갔는지 알 수가 없었다. 내가 정신을 차려 보니 나는 커다란 바위 위에 누워 있고 아이들이 걱정스러운 얼굴로 나를 지켜보고 있었는데, 누워 있는 내 귀 옆에서 강물이 철썩철썩 소리를 내고 있었다. 나는 그 소리조차 무섭고 싫어서 벌떡 일어나, 나를 구해주었다는 동네 소년에게 고맙다는 말조차 하지 못한 채 집으로 돌아왔던 것이다.

　그 사건 뒤로 나는 물에 대한 공포에서 헤어날 수 없었고 또 물과 가까워질 수 있는 기회도 없었다.

　그런데 섬나라인 뉴질랜드에 오게 되자 나는 이 기회에 물에 대한 공포에서 완전히 벗어나 보자는 생각을 하게 되었고 수영 강습에 등록을 해서 또 다른 자신과의 싸움에 뛰어들었던 것이다. 그 바쁜 일과를 쪼개어 물에 대한 공포를 이겨내고 성공적으로 수영을 배울 수 있었던 것은 내게 또 다른 자신감과 성취감을 주었고 난 그것으로 행복을 느끼고 있었다.

　수영을 마치고서 지쳤지만 홀가분한 기분으로 차를 몰아 연구소로 향했다. 연구소 뒤편으로 올라가는 오클랜드 도메인은 대규모 콘서트가 열리곤 하는 곳이어서 아득하게 넓은 잔디밭과 오리가 노는 연못, 식물원, 전쟁기념관 등 아름다운 모습을 갖추고 있었다. 하지만 나는 그때까지 그곳에 직접 가 볼 기회가 없었다. 다만 점심식사를 마치고 나서 혼자서 거대한 고목들이 숲의 향기를 발산하고 있는 오솔길을 걸어 올라가다 나무로 만든 벤치에 앉아 있다가 오는 것이 그 무렵 내 유일한 사치였다.

　연구소에 도착해서 얼마 남지 않은 날짜에 맞추기 위해 원고를 정리하고 있는데 전화벨이 울렸다. 그였다. 그는 명쾌하고 씩씩한 음성으로 떠나기 전에 꼭 한 번 더 만나고 싶다고 다시 말하는 것이었다. 내가 바쁘다고 했더니, 그는 오늘 저녁이면 자기가 떠나니 그 다음에 두 배로 열심히 하면 되지 않겠느냐고 어린애처럼 조르기 시작했다. 잠시 생각하던 나는 만날 장소를 정하기로 했는데, 문제는 우리 둘 모두가 아는 장소가 없다는 사실이었다.

궁리를 하던 끝에 나는 오클랜드 도메인 가는 길밖에 모른다고 했고, 그는 거기 가면 전쟁기념관이 있는데 그 앞에 대포가 두 대 설치되어 있으니, 그 대포 앞에서 만나자는 것이었다. 내가 어느 쪽 대포 앞이냐고 다시 물었더니 그는 껄껄 웃으면서 이 세상 어느 곳에 있어도 찾아낼 테니 걱정 말고 아무 대포 앞에나 있으라는 것이었다.

전화를 끊고 나서 나는 '이 사람은 상대방으로 하여금 기분 좋고 즐겁게 만드는 힘을 가지고 있는 것 같다'는 생각을 했다.

그의 말대로 이제 돌아갈 날이 얼마 남지 않았으니 가기 전에 한 번쯤 유명한 오클랜드 도메인을 구경하는 사치를 부려 보는 것도 괜찮겠다는 생각이 들었다.

차를 몰고 올라가니 이 나라는 정말 신의 축복을 받은 아름다운 나라라는 생각이 들었다. 길 양편에 늘어서 있는 몇 백 년은 되었음직한 고목들은 가을을 맞아 곱게 단풍이 들어 있고 벤치 위에는 가을 햇살이 눈부시게 부서져 내리고 있었다. 가벼운 옷차림의 사람들은 여유 있는 미소를 지으며 이리저리 거닐고 있었고 잔디밭은 아직도 파란 융단처럼 펼쳐져 있었다.

내가 차를 세우고 잔디밭을 걸어 올라가자 전쟁기념관 앞에 정

남편과 추억이 담긴 오클랜드 전쟁기념관 앞 대포를 다시 찾았다.

말 대포가 두 대 서 있는 것이 보였다. 그 대포보다 조금 먼저 내 눈에 뜨인 것은 활짝 웃으며 마주 내려오는 바로 그 사람의 모습이었다. 그는 마치 10년도 더 된 친구를 만나는 듯 구김살 없는 웃음을 만면에 띠며 반가워하였고 내게 다가와 악수를 청하는 것이었다.

그때였다. "잠깐 여기를 보세요" 하는 소리가 들려 쳐다보니 언제 왔는지 그 선배가 우리 두 사람의 사진을 찍고 있었다. 내가 의아해 하자, 그는 "내일 집에 가면 또 부모님이 성화를 하실 텐데 칠순잔치 기념선물로 사진을 가져가려구요" 하면서 머리를 긁는데 더 이상 무슨 말을 할 수도 없었다.

사진 두 장을 찍고 나서 선배는 가고 나는 그의 안내로 공원 여기저기를 돌아다녔는데 가장 인상적이었던 것이 식물원이었다. 그곳에는 잎의 모양은 연잎처럼 생기고 그 크기가 직경 2미터쯤 되는 식물이 연못에 떠 있었는데 그는 내가 그 잎 위에 앉아도 괜찮을 것 같다면서 웃는 것이었다.

도메인을 돌아보고 나서 그의 제의로 미션베이에 갔다. 해변을 따라 늘어서 있는 아름다운 이국풍의 카페에서 커피와 파이를 먹고 나서 해변에 설치된 벤치에 앉아 파도가 밀려왔다 밀려가는 것을 보면서 나는 마치 영화의 한 장면을 실제로 촬영하고 있는 것 같은 생각이 들었다.

그는 벤치에 앉지도 않은 채 바다를 등지고 서서 또 열심히 이야기를 하고 있었는데, 나는 '정말 무슨 할 얘기가 저리도 많은 것일까' 하는 생각이 들었다. 그렇지만 그의 이야기는 늘 듣는 사람으로 하여금 즐거운 기분으로 빠져들게 하는 힘을 가지고 있는 것만은 틀림없었다. 그는 바다와 태양과 갈매기와 미래에 대해서 이야기를 했다.

바다에 황혼이 내리기 시작할 무렵 파도에 부서지는 그 황금빛 햇살을 지켜보던 나는 갑자기 두통의 징조를 느꼈다. 잘 다녀오라는 말을 남기고 악수를 나눈 뒤 우리는 그렇게 헤어졌다.

그가 떠난 뒤로 나는 정신없이 바빴다. 막바지 논문을 완성하기 위하여 밤낮으로 일하면서 나는 더 이상 일에 지장을 줄 수 없다는 생각에 그에 대한 결론을 내리기로 했다. 그 결론은 나는 정년까지 공직 생활을 할 계획이어서 외국에 나가서 살 수가 없으므로 그가 괜찮은 사람이긴 하지만 나와 인연은 아니라는 것이었다.

나름대로 정리를 하고 나서 일에 열중하고 있을 무렵 그에게서 국제전화가 왔다. 여전히 건강하고 씩씩한 목소리였다. 나는 결론이 빠르면 빠를수록 좋다고 생각했고 내가 내린 결론을 말해주었다. 그날부터 그는 공중전화 부스에서 사는 것 같았다. 전화카드 백장을 샀다면서 남에게 방해 받지 않으려고 공중전화 부스에 들어가 계속 국제전화를 한다는 것이었다. 몇 번 전화를 받던 나는 그러나 그 뒤부터 일절 받지 않았다.

어설픈 입맞춤

그러던 어느 날 연구소에서 퇴근하다가 연구소 입구 커다란 나무 밑에서 자동차에 기댄 채 서 있는 그의 모습을 보았다. 놀랍기도 했고 한편 반갑기도 했다. 그는 다가와서 악수를 청하면서 아무리 헤어질 때 헤어지더라도 한 번은 만나야 될 것 같아서 부모님만 뵙고 일주일 만에 다시 돌아왔다는 것이었다.

우리는 다시 미션베이로 가서 그 벤치에 앉았고 그는 담담하고 차분하게 자신의 마음을 고백했다. 몇 번 만나지 않았지만 자신은 확신을 가지고 있고 만약 외국에서 사는 것이 싫다면 자신이 한국으로 귀화를 하겠다는 그런 얘기들이었다.

나는 아무 말 없이 그의 말을 듣고 있었는데 또다시 두통의 전조가 느껴지는 것이었다. 한 쪽 관자놀이가 맥박에 따라 주기적으로 통증을 전달하고, 눈을 뜨는 것이 고통스럽고, 마주 보이는 석양의 햇살이 마치 날카로운 화살처럼 내 뇌 속 저 깊은 곳에 찌르는 듯 박히는 느낌, 메스껍고 울렁거리는 듯한 기분 나쁜 느낌!

수많은 시간 동안 함께 했으면서도 결코 쉽게 친해지거나 익숙해질 수 없는 이 느낌들은 마치 짐승처럼 스멀스멀 내게로 다가와 기어오르면서 내게서 무조건 항복을 받아 내려는 것처럼 보였다.

그 불길한 통증을 느끼면서 나는 그에게 내가 아주 질이 좋지 않은 두통을 가지고 있기 때문에 내가 누군가와 결혼을 한다면 그 사람도 힘들어질 것이라고 말했다. 그는 진지하게 말하는 나를 쳐다보더니 그 두통을 자기가 고쳐 주겠다는 것이었다. 내가 어이없는 표정으로 그를 쳐다보자 자신은 스포츠 지압이나 마사지 따위의 스포츠 치료 자격증을 가지고 있을 만큼 통증 감소의 방법을 알고 있다는 것이었다.

통증이 그대로 수그러들 기미를 보이지 않고 점점 더 악화될 것 같았다. 과거의 예로 보아 이럴 때는 한시바삐 어둡고 서늘한 곳에 누워 눈을 감은 채 이 통증이 비교적 미약한 상태에서 물러가 주기를 바라는 방법밖에 없다는 것을 알고 있던 나는 이제 집에 가야겠다는 말을 남기고 벤치에서 일어섰다.

그는 얼굴을 찡그리며 일어서는 나를 가만히 지켜보더니 혹시 지금 머리가 아픈 거냐고 물었다. 나는 고개를 끄덕이며 차를 세워 둔 곳으로 걸어갔다. 내가 차에 오르자 그는 의자 등받이를 뒤로 눕혀 내가 편안히 기댈 수 있도록 해주었다. 나는 점점 더 심해지는 통증을 느끼며 눈을 감고 의자에 기댄 채 제발 이대로 통증이 사라져 주기를 빌었다. 다른 사람에게 내가 통증으로 괴로워하는 모습을 보여 주기는 정말 싫었던 것이다.

잠시 뒤 어디론가 사라졌던 그는 시원한 물을 좀 마셔 보라는 말과 함께 눈을 감고 있는 내 입에 생수병을 대주었다. 나는 주머니에서 늘 지니고 다니는 진통제 알약을 꺼내어 물과 함께 마셨다. 제발 이 진통제가 제대로 작용을 해주기를 바라면서……

창밖이 어두운 것으로 보아 시간이 꽤 흐른 것 같았다. 내가 잠시 독한 진통제의 약 기운에 취했던 듯했다. 이제 격한 통증은 사라지고 내 양쪽 관자놀이에 둔한 여운만을 남기고 있는 상태였다.

이제는 운전을 하고 집에 돌아갈 수 있겠다는 생각을 하면서 내가 기대 있던 의자에서 일어나려고 할 때 이제 좀 괜찮은 거냐고 걱정스럽게 묻는 그의 목소리가 들렸다. 나는 괜찮다고, 미안하다고 말했다. 잠시 찬바람을 쐬면 좋아질 것 같았다. 그가 어둠 속에서 안도의 한숨을 내쉬는 것이 느껴졌다.

조금 시간이 흘렀을까. 눈을 감고 있는 내 입술에 무엇인가 닿는 느낌을 받았다. 말할 수 없이 부드럽고 또 조심스러운 그런 감촉이었다. 나는 그것이 그의 입술임을 깨닫고 잠시 당황했다. 영화나 소설, 그리고 텔레비전에서 수도 없이 쉽게 키스를 주고받는 것을 보았고, 또 외국에서는 그런 것이 자연스럽다는 것을 알고 있었지만, 그것이 내게 해당되자 경우가 달랐다.

그때 내 나이가 이미 마흔이 넘었는데도 나는 그것이 내게 아무렇지도 않은 일이 될 수는 없다는 것을 깨달았다. 그렇다고 해서 호들갑스럽게 펄쩍 뛰면서 그를 단박에 밀쳐내는 것도 우스운 일인 것 같았다. 도대체 이 일을 어떻게 수습해야 할지 당황스럽고 혼란스러웠다. 나는 그의 가슴을 가만히 밀어내며 자세를 바로 했다.

그는 미안하다고 말했다. 그리고 우리가 만난 지는 얼마 되지 않았어도 자기는 처음 나를 보았을 때 벌써 '내가 그렇게 오랫동안 찾고 기다려 온 사람이 바로 이 사람이다'라는 확신을 가졌다고 했다.

여기에 덧붙여 자신의 여건이 내게 맞지 않는다면 무슨 일이든지 내게 맞추어 바꾸겠다는 것이었다. 자신은 여기 살아도, 고국으로 돌아가서 살아도 아무런 문제가 되지 않는다고 했다. 자신이 지금까지 쌓아 온 자신의 삶이 소중하듯이 그동안 내가 쌓아 왔던 내 삶도 소중한 것이며 자신은 그 삶을 존중해주고 싶다는 것이었다.

그는 나를 위해서 귀화를 하겠다고 했고, 내가 공직에 머물거나 학교 어느 곳으로 진출한다고 해도 자신은 충실한 뒷받침이 되어줄 것이라고 했다. 내가 만일 내 삶을 바꾸기를 원한다 하더라도 자신이 보기에 내가 결혼으로 말미암아 지금껏 걸어온 길을 멈추기에는 내 삶이 너무나 아깝다는 생각이 들기 때문이라고 했다.

또 내가 마음껏 연구할 수 있는 환경을 만들어 주기 위하여 결혼을 하게 되더라도 내 영역과 자신의 영역, 그리고 공동의 영역을 따로 만들어 놓고 서로의 영역을 절대로 침범하지 않는 그런 삶을 꾸미겠다고도 했다.

그는 열정적으로 진심을 다하여 이야기했으나 나는 머릿속이 윙윙거릴 뿐 이것이 현실에서 일어나는 일인지 내 상상 속에서 일어나는 일인지 도무지 가늠이 되지 않았다. 내 머릿속은 온통 혼란의 소용돌이였다.

지금까지 혼자 생각하고 혼자 결정하고 아무도 들어오지 못했던 내 삶에 누군가가 들어오려고 한다는 사실이 두려워지는 것 같았다. 그동안 내가 익숙하게 살아 온 내 삶 속에 안주하여 다시 그 속으로 쏙 들어가 숨어 버리고 싶은 생각이 들었다.

그가 말하는 세상은 내게 너무나 두렵고 낯선 것이었다. 나는 단 한 번도 내가 한 남자와 가정을 꾸려서 밥을 짓고 빨래를 하고 일터로 나간 남편을 기다리면서 뜨개질을 하고……. 이런 종류의 그림을 그려 본 적이 없었다. 그것은 나와는 아주 거리가 먼, 전혀 관계가 없는 나라의 이야기일 뿐이었다.

그런데 어느 날 갑자기 내게 다가온 그가, 전혀 상상해 보지도 않은 그런 세계로 나를 끌어내리고 하고 있었다. 나는 익숙했던 세계로부터 분리될지도 모른다는 본능적인 위기감을 느꼈다. 그날 나는 단호하게 "난 아닙니다. 그럴 생각이 없습니다"고 말하고 그와 헤어져 돌아오면서 내 등 뒤로 쏟아지는 그의 절망적인 한숨 소리를 들었다. 그때 내 감정을 담은 글 몇 편을 썼다.

기억

굳이 애쓰지 않아도 너무도 생생하게 기억할 수 있지
금세라도 꽃잎처럼 쏟아져 내릴 것 같던 별떨기
해맑게 씻은 얼굴로 우리를 내려다보던 달
두 뺨을 스치던
바다 내음 가득한 상큼한 가을 대기의 기억
어디선가 들려오던 작은 나뭇잎들의 속삭임

세월의 힘에 의해서도 잊혀질 수 없는 것은 없다 했지
그래 나는 그 말을 믿기로 했네
언제 어느 날쯤엔가
지구의 반대쪽에 그리운 누군가가 살고 있다는 사실만으로도
추억은 충분히 아름다울 수 있는 것

꽃과 성(城)

각기 다른 보양과 빛깔로 한 순간의 생명을 한껏 발산하는
그래 그들의 이름은 '꽃'이라 했지
그들이 피워내는 것은 생명이 아닌 '소망'이라 했지

해 저물녘
나뭇잎을 스치는 가을 닮은 바람결에
달빛 받아 만들어진 그림자는 가늘게 떨고
차가운 대기에 체온 잃은 꽃잎 또한
함초롬히 달빛에 떨고 있었네

아득히 먼 곳 이 세상의 끝에서 불어오는 바람은
단단히 여미지 못한 여린 가슴을 헤쳐
흔들리게 하고
보석처럼 빛나는 별을 바라고 선 여인은
이미 떠나가는 계절의 옷자락을 바라보고 있네

달콤하고 안타까운 속삭임은
아득히 먼 나라의 이야기인걸
다다를 수 없는 피안(彼岸)의 세계인걸

굳게 잠긴 내 성문(城門)을 열기엔
바깥세상의 비바람이 너무 두려워

가만 고개 내밀어 살펴보곤

이내 다시 문을 걸어 잠그네

그렇게 그와 헤어지고 나서 내 생활은 다시 원래대로 돌아갔다. 남은 시간이 촉박한지라 나는 더욱더 정신이 없었다. 그에게서 수없이 전화가 왔지만 나는 받지 않았다. 어쩌다 내가 받게 되더라도 바쁘다고 말하고 끊어버렸다.

어느 날 연구소에서 돌아온 내게 어머니는 도대체 무슨 일이 있는 거냐고 물으셨다. 내가 아무 일도 없다고 하자, 어머니는 그 사람이 싫은 까닭이 무엇이냐고 물으셨고, 나는 모든 것을 말씀 드렸다. 사람이 싫은 것은 아니지만 운동을 직업으로 하는 것이나 외국에서 사는 것 등 여러 가지로 나와 맞지 않는 것 같고 또 나는 누구와도 결혼하고 싶은 생각이 없다고 말씀 드렸다.

잠시 생각에 잠기신 어머니는 그럼 최종적인 결론을 내리기 전에 당신이 직접 그 사람을 한 번 만나 보는 것이 어떻겠냐고 하시는 것이었다. 그럴 필요가 없다고 했지만 어머니는 고집을 굽히지 않으시고 그에게 연락을 하라고 말씀하셨다. 결국 나는 그에게 전화를 걸어 어머니가 만나 보시겠다고 한다고 말했고, 그는 뛸 듯이 기뻐하며 당장에 달려오겠다는 것이었다.

그는 정확하게 약속시간에 맞추어 찾아왔다. 단정한 감색 싱글 정장에 청회색 와이셔츠 그리고 감색 넥타이를 매고 가슴에는 한아름 꽃다발을 들고서 말이다. 머리를 단정하게 빗어 넘기고 깨끗하게 면도를 한 그의 얼굴은 비누 냄새가 날 것처럼 깔끔하고 산뜻해 보였다.

거실로 안내된 그는 거실 소파에 앉아 계시던 어머니께 무릎을 꿇고 넙죽 큰절을 올리는 것이었다. 어머니는 그에게 일어나 소파에 앉으라고 말씀하셨다. 나는 주방에서 차를 준비하고 있었는데 온 신경은 거실 쪽으로 가 있었다. 도대체 어머니가 그 사람한테 무슨 말을 하실지 궁금하고 불안하기 짝이 없었다.

어머니 말씀대로 소파에 조심스럽게 앉은 그는 "처음 뵙겠습니다. 심○○입니다" 하고 말하자, 어머니는 "나 그 애 어미 되는 사람이오" 하고 말씀하셨다. 잠시 부모님과 형제 등 가족관계를 물으시던 어머니는 이윽고 "그런데 내 딸이 그렇게 좋은가?" 하고 물으셨다. 그러자 그는 큰 소리로 "예, 그렇습니다" 하고 말했는데 마치 신병훈련을 받는 병사가 상사에게 부동자세로 답변하는 것처럼 들려서 웃음이 나는 것이었다.

어머니는 다시 "내 딸의 어디가 그렇게 좋은가?" 하고 물으셨고 그는 다시 큰 소리로 "머리끝부터 발끝까지 모두 좋습니다" 하고 대답하는 것이었다. 그는 우리의 만남이 필연적이라는 것을 입증하기 위하여 우리 두 사람의 손금에 관하여 어머니께 말씀 드리기 시작했다. 그는 왼쪽, 나는 오른쪽 막 쥔 손금으로 그는 우리가 천생연분이며 우리 두 사람이 서로 손을 잡으면 서로의 기(氣)를 공유할 수 있다는 놀라운 학설 ── 또는 궤변 ── 을 진지하게 역설하는 것이었다.

어머니는 "그러면 내 딸을 영원히 행복하게 해줄 자신이 있는가?" 하고 물으셨고 그는 다시 "죽을 때까지 영원히 최선을 다하여 행복하게 해줄 자신이 있습니다"고 대답했다.

어머니는 빙그레 웃으시면서 "그러면 됐네" 하고 말씀하시더니 그에게 손을 내밀어 악수를 청하셨고 그는 아주 황감한 표정으로 어머니의 손을 두 손으로 잡는 것이었다.

부엌에서 듣고 있던 나는 어이가 없었다. 당사자와는 아무런 상관이 없이 장모 될 사람과 사위 될 사람이 큰일을 그렇게 쉽게 결정하다니……. 어머니는 차를 내가는 내게 점심준비를 하라고 말씀하셨다. 내가 어머니 얼굴을 보았을 때 그를 바라보시는 어머니 얼굴에는 흡족함과 대견함, 그런 것들이 떠올라 있었다.

그날 그는 우리 집에서 점심을 먹고 노래방 기기로 동생네 식구들과 노래를 부르고 놀다가 저녁까지 먹고서야 우리 집을 떠났다.

그가 돌아가고 나서 어머니답지 않게 성급했던 결정에 대하여 불만스러워 하는 내게 어머니는 그가 초면이 아니며 5, 6년 전쯤 그를 텔레비전에서 몇 번 보았다는 말씀을 하시는 것이었다. 그때 그는 뉴질랜드 원주민인 마오리족 불량 청소년들을 교화시키는 일을 하고 있었는데, 그것이 신문과 텔레비전에 소개되었다는 것이었다.

그 마오리 청소년들은 마약과 폭력, 그리고 강도 등으로 소년원에 수감된 아이들이었는데, 그는 뉴질랜드 법무부의 위탁을 받아 그들과 숙식을 함께 하면서 그들에게 태권도를 가르침으로써 그들을 순화시키는 일을 했던 것이다.

그러던 가운데 그는 한국의 초청으로 올림픽 주경기장에서 열렸던 '제1회 태권도 한마당' 잔치에 그 문제 청소년들을 데리고 와서 시범을 보였다. 짚으로 만든 전통의상과 얼굴 가득 검은 문신을 새긴 채 창을 들고 그들의 전통 춤을 추거나 태권도 품새를 정확하게 시범하는 그들의 모습은 우리나라에 커다란 화제를 불러일으켰고 그는 각종 언론매체와 인터뷰를 했는데 어머니가 마침 그 프로그램을 보셨던 것이다. 그때 어머니는 굳은 의지를 가지고 그 먼 나라에 가서 불량 청소년들을 지도하면서 포부를 실천하고 있는 그를 아주 대견스러운 젊은이로 보셨고 더구나 인터뷰 끝에 아직 미혼이라는 말에 '저 정도의 총각이라면……' 하고 생각을 하셨다는 것이다. 그런데 오늘 어머니는 그의 모습을 보시는 순간 그것을 기억해 냈고 그 오랜 세월을 지나, 그 멀고 먼 타국 땅에서 그와 이렇게 만나게 된 것은 커다란 인연임에 틀림없다는 확신을 가지게 되셨다는 것이었다.

어찌 됐던 어머니의 강력한 지원으로 그는 마치 날개를 단 듯했다. 내가 있든 없든 그는 거의 날마다 우리 집으로 출근을 하다시피 했고 우리 집은 오래지 않아 그가 가져오는 꽃다발에 파묻혀 온통 꽃밭이 되고 말았다.

그러던 어느 날 연구소로 찾아온 그가 나를 안내한 곳은 아이리시 카페였다. 흥겨운 음악과 이국적인 실내장식에 시선을 빼앗기고 있을 때 맞은편에 앉아 있던 그가 테이블에서 일어나더니 갑자기 내 앞에 무릎을 꿇는 것이었다. 그의 손에는 빛깔이 고운 붉은 장미 한 송이가 들려 있었다. 그는 마치 영화의 대사처럼 "선이 씨! 제 사랑을 받아 주십시오" 하면서 고개를 숙이는 것이었다.

내가 당황해서 어쩔 줄 모르고 있는데 주변에 있던 사람들과 종업원들이 어느새 우리를 둘러싸고 박수와 환호성 그리고 휘파람을 불며 빨리 그 꽃을 받으라고 내게 재촉하는 것이었다. 나는 얼굴이 화끈거리는 것을 느끼며 그 꽃을 받았다. 누군가 샴페인 한 병을 우리 테이블에 선물했고 나는 어느새 내가 그동안 알 수 없었던 행복과 낭만을 조심스럽게 맛보고 있었다.

21 뉴질랜드에서 올린 약혼식

월요일부터 내가 웰링턴으로 출장을 가도록 되어 있던 앞 주 금요일 저녁식사를 하고 있을 때였다. 어머니는 "교민 수가 얼마 되지 않아 모두가 서로를 알고 있는 이곳에서, 다 큰 사람들이 이렇게 만나는 것은 별로 보기에 좋지 않은 듯하니 무엇인가 공식적인 절차를 거쳤으면 좋겠다"고 말씀하셨고 이내 그 '공식적인 절차'가 약혼식을 의미하는 것이라는 말씀을 하시는 것이었다.

그때가 금요일 저녁이었는데 어머니는 가능하면 내가 웰링턴으로 출장을 가기 전에 하는 것이 좋겠다고 말씀하시는 것이었다. 그렇게 하려면 토요일과 일요일밖에 없는데 어떻게 그렇게 갑작스럽게 할 수 있느냐고 했더니, 어머니는 형식이나 절차가 중요한 것이 아니라 두 사람의 마음을 공식적으로 발표하는 것뿐인데 안 될 게 무엇이냐고 하시는 것이었다.

동생네 부부와 나는 서로 얼굴을 쳐다보고 있을 뿐 달리 드릴 말씀이 없었다. 결국 일요일 저녁에 약혼식을 하기로 결정하고 그날 저녁에 세부 계획을 세웠다. 장소는 우리가 처음 만났던 그 홀을 빌려 음식과 장식 따위를 부탁하기로 하고 꽃이나 장갑, 드레스 등은 다음날 준비하기로 했다. 초청해야 할 사람들 명단을 작성하고 난 뒤 밤늦게 잠자리에 들면서 나는 이것이 현실인가 하는 생각을 다시 한 번 했다.

다음날인 토요일, 그와 만나서 약혼반지를 사러 시내에 나갔다. 우리는 14케이에 큐빅이 하나씩 박힌 수수한 반지를 하나씩 사고 나서 약혼식에 입을 드레스를 빌리러 갔다.

그런데 그곳에 진열되어 있는 약혼식 드레스는 회색 계통이어서 마음에 들지 않을 뿐 아니라 입을 옷을 맞추려면 한 달 이상은 걸린다는 것이었다. 할 수 없이 포기하고 꽃을 사러 돌아다녔는데 토요일이라 문을 연 꽃집이 없었다. 그도 그럴 것이 이 나라는 토요일, 일요일이 주로 휴무로 되어 있지 않은가.

내일이 약혼식인데 약혼식에 입을 드레스도, 손에 낄 장갑도, 들고 들어갈 꽃도 구할 수가 없으니 정말 딱한 노릇이었다.

동생은 가깝게 지내는 교민들에게 여기저기 수소문을 하는 눈치였다. 결국 한 사람으로부터 와 보라는 연락을 받고 저녁에 그 집으로 갔다. 그 사람은 파티 옷으로 쓰려고 가져온 옷이라면서 주황색 드레스를 꺼내 놓았다. 목둘레가 파이고 벨트를 매도록 되어 있는 그 드레스는 아래쪽으로 가면서 풍성한 주름이 잡혀서 그때까지 본 옷 가운데 가장 괜찮아 보였다.

그런데 문제는 그 옷이 나한테 크고 길다는 점이었다. 할 수 없이 벨트로 묶도록 되어 있는 허리 부분까지 드레스를 끌어 올려 입기로 하고 그 드레스를 빌렸다. 그리고 오는 길에 데어리에 들려

하얀 면장갑을 몇 켤레 샀다.

이제 남은 것은 꽃이었다. 나는 할 수 없이 그동안 그가 우리 집에 사다 나른 꽃들 가운데서 가장 싱싱한 꽃송이들을 골라 은박지로 싸서 약혼식용 꽃다발을 만들었다.

그렇게 갑작스럽게 연락했음에도 약혼식장에는 예상 밖으로 많은 사람들이 모여 있었다. 그 사람 부모님은 모두 한국에 계셨으므로 부모님을 대신할 존경하는 분을 비행기로 모셔 왔고, 우리 쪽에서는 어머님과 동생네 식구들 그리고 함께 수영을 배우면서 알게 된 사람들이 모두 참석했다.

약혼식은 한국에서 아나운서로 일하던 사람의 진행으로 이루어졌는데 여러 가지 색깔의 풍선이 천장 가득 매달려 있었고 음식은 풍성했으며 몇 명의 외국인 손님들은 호기심에 가득 찬 눈으로 우리들을 축복해주었다. 동생은 색소폰으로 축가를 연주하고 조카딸은 바이올린을 켜고 조카는 첼로를 연주하는 등 그야말로 음악가족의 면모를 유감없이 발휘했고, 우리는 둘이 함께 해바라기의 〈사랑으로〉라는 노래를 불렀다.

이윽고 식이 끝나고 우리는 둘만의 시간을 가지라는 하객들의 배려로 차를 몰고 바닷가로 나갔다. 어둠 속에서 파도가 하얗게 부서지고 멀리 바다 건너에는 형형색색의 불빛들이 빛나고 있었으며, 올려다보이는 하늘에는 보석처럼 찬란한 별들이 반짝이며 기쁨에 겨워 떨고 있는 듯했다. 그는 말없이 내 손을 잡았고 나는 그의 손이 기쁨과 감동으로 떨리는 것을 느꼈다.

그의 부모님이 참석하시지 못한 것을 안타깝게 생각한 나는 그와 함께 국제전화를 드려 시부모님 되실 분께 용서를 빌었고 두 분

2002년 말 뉴질랜드 집에 오신 양시부모님과 함께.

은 하루 빨리 며느리 될 사람을 보고 싶다는 말씀을 하셨다.

　약혼식 다음날에는 남섬 크라이스트처치에 사시는 그의 양부모님을 뵈러 갔다. 브라이언과 보니라는 이름을 가진 그 분들은 뿌리 깊은 가문의 영국인들로 그가 처음 이 나라에 와서 어려울 때 부모처럼 그를 돌봐 주셨다고 한다. 말도 통하지 않고 영주권도 없이 태권도복 하나만 메고 이 나라에 왔던 그는 수많은 어려움을 겪어야 했는데, 그분들은 아무런 대가도 바라지 않고 이 낯선 동양인에게 숙식을 제공하며 마치 친아들처럼 돌보아 주었고 남편은 지금까지도 변함없이 부모님으로 모시는 것이었다. 그분들은 나도 무척 귀여워하시어 지금도 그 먼 남섬에서부터 배를 타고 차를 운전해 가며 일 년에 한 번씩 우리에게 다녀가신다. 그분들은 자신이 돌보아주던 남편이 성공적으로 정착해서 나름대로 행복한 삶을 꾸려가고 있는 데 대하여 대견하고 흡족해 하신다. 덕분에 나는 서양요리를 만들어 대접하느라고 정신이 없지만 말이다. 이런 이유 때문에 나는 시부모님보다 먼저 양시부모님을 만나게 되었던 것이다.

결국 나는 파견기간 막바지에 이르러서야 겨우 논문을 완성할 수 있었고, 연구소에서 그 논문의 증정식을 가졌다.

파견근무를 마치고

1997년 4월 29일 나는 드디어 파견기간을 무사히 마치고 고국행 비행기에 몸을 실었다. 지난 해 10월에 그곳에 갈 때는 어머니와 둘이었는데 이번에는 무작정 나를 따라 비행기를 타 버린 그로 말미암아 세 사람이 돌아오게 된 것이었다. 밤새도록 비행기로 오는 동안 어머니에 대한 그의 배려는 정말 대단한 것이었다.

공항에 도착하니 모든 형제들이 마중 나와 있었는데 나와 어머니의 연락으로 약혼 사실을 미리 알고 있던 가족들은 그에 대한 걱정과 불안을 솔직히 드러내었다. 그도 그럴 것이 마흔이 넘도록 결혼은 꿈도 꾸지 않던 내가, 만난 지 한 달도 안 된 사람과 외국에서 약혼을 했다니 그들의 처지에서는 혹시나 사기꾼 같은 남자에게 걸려든 것이 아닐까 하는 걱정도 충분히 있을 수 있는 일이었다. 우리 가족은 이렇게 그와 공항에서 첫 대면을 하였다.

여러 대의 차에 나누어 타고 내 아파트로 돌아와 점심을 먹고 나서 어머니는 동생의 차를 타고 친정으로 가시고, 나는 내 차를 가지고 바로 강원도로 떠났다. 하루밖에 시간이 없었던 데다가 시부모님께 인사도 드리지 않은 상태에서 외국에서 제멋대로 약혼을 해버린 내 처지에서는 그럴 수밖에 없는 일이었다.

강릉에 도착해서 미리 준비한 옷으로 갈아입고 처음 시부모님을 뵈었다. 두 분은 나를 보자마자 함박 같은 웃음을 지으시면서 처음부터 그저 "우리 아기, 우리 아기"를 연발하시는 것이었다.

그 분들은 그저 소중하고 대견해서 어쩔 줄 몰라 하시는 것 같았다. 두근거리는 내 마음과 관계없이 시부모님은 너무도 자상하게 대해주셨고, 그렇게도 찾던 연분을 멀리 바다 건너 이국땅에서 만나게 될 줄은 미처 몰랐다고 연신 싱글벙글 웃으시며 좋아하시는 것이었다.

그도 그럴 것이 귀국을 할 때마다 성화를 하며 수도 없이 선을 보도록 하였음에도 죄다 싫다고 하면서 훌쩍 떠나버리곤 하던 셋째 아들이 보란 듯이 약혼한 색시를 데리고 나타났으니 두 분으로서는 그저 신기하고 고마우셨던 것이다.

식사 준비를 도와서 내가 곁에 있던 나물을 다듬기 시작하자 시어머니 되실 분은 "네가 그런 것도 할 줄 아냐" 하시면서 놀라시는 것이었다. 내가 찌개를 끓여내자 시어머님은 공부하고 직장생활 하느라고 바빴을 텐데 어떻게 밥도 하고 음식도 할 줄 아느냐고 정말 신기하고 대견해 하시기도 하였다. 이렇게 즐겁게 하루를 보내고 내 손을 붙잡은 채 놓지 않으시려는 두 분을 남겨두고 나는 다시 서울로 올라왔다.

다음날, 6개월 만에 그리웠던 사무실로 다시 출근을 하였다. 내가 파견기간 동안에 약혼을 하고 그 사람과 함께 귀국을 했다는 소문은 삽시간에 모든 사무실에 퍼졌다. 전국에서 걸려 오는 확인 전화 때문에 직원들은 일할 시간이 없을 정도였다.

마흔 셋의 신부, 마흔 넷의 신랑

22

출근한 다음날, 나는 강원도의 시어머님 되실 분에게서 전화를
받았다. 그 분은 우리들의 결혼 택일을 했는데 최상의 길일이 다음
다음 주 토요일이니 그날 결혼식을 올렸으면 한다는 말씀이었다.
세상에, 어떻게 2주 만에 결혼식을 올리나 하는 생각을 했지만 그렇
다고 시어른 되실 분께 무어라 다른 말을 할 수가 없는 게 아닌가.

나는 정말 어떻게 해야 할지 몰랐다. 곰곰이 생각해본 결과 가장
급한 것이 예식장 잡는 일이었다. 집에 돌아오자마자 전화번호부를
펼쳐 놓고 예식장에 전화를 걸기 시작했다. 그런데 전화를 받은 사
람들은 날짜가 다음다음 주 토요일이라는 말에 정신 나간 사람 다
루듯 하는 것이었다.

그 가운데 한 사람이 내가 딱했던지 다음다음 주 토요일, 그러니
까 5월 24일은 수십 년 만에 한 번 맞는 길일로서 아마 예식장 구
하기가 불가능할 것이니 헛수고를 하지 말라는 이야기를 해주었
다. 나는 하루 종일 전화를 하던 끝에 변두리에 있는 조그만 예식

장 하나를 일단 잡아놓고 예약금을 걸었다.

양쪽 집안 어른들이 모두 연로하신 데다 멀리 떨어져 계시고 여자 형제가 없던 나는 무엇부터 어떻게 해야 하는지 알 수가 없었다. 결국 어머니께 전화로 물어가며 모든 것을 준비하기 시작했다.

결혼식이 있는 주는 내내 사업주들을 모아 놓고 강의를 하도록 되어 있었다. 그 주 월요일 내가 대규모 사업주들을 대상으로 한참 강의를 하고 있을 때 창밖에서 직원 한 사람이 내게 잠깐 나와 보라는 뜻의 다급한 손짓을 하는 것이 보였다. 잠깐 양해를 구하고 밖으로 나오자 그 직원은 자기 휴대전화를 내게 건네주며 전화를 받아 보라는 것이었다.

전화를 한 사람은 본부에 계시는 국장님이었는데 그동안 모든 직원들을 시켜 서울 시내의 예식장을 알아본 결과 마침 지금 막 강남에 한 군데를 잡으셨다는 것이었다.

그런데 문제는 한 시간 안으로 그 예식장에 사람이 가서 계약을 하지 않으면 다른 사람과 계약을 한다는 것이었다. 나는 서둘러 강의를 끝내고 그 길로 택시를 타고 그 예식장으로 달렸다. 식장을 예약하고 드레스를 맞추고……. 해야 할 일은 참으로 많고 복잡했다. 청첩장 인쇄, 함 준비, 주례 결정, 패물 준비, 예단, 폐백 준비……. 도대체 무엇이 그리 복잡한지 할 수만 있다면 모든 것을 도로 물려버리고 싶은 심정이었다.

결혼하는 일이 그렇게 많은 절차와 비용을 필요로 하는지 예전에 미처 몰랐었다. 나는 심지어 이런 절차를 다시 반복해야 하는 것이 끔찍하니 일단 결혼을 하면 무슨 일이 있다 하더라도 헤어지지 말고 그냥 사는 것이 낫겠다는 생각을 할 정도였다.

남편은 뉴질랜드에서 그 나라 원주민인 마오리족 청소년들을 선도하는 일을 했다. 법무부와 연계하여 주로 마약, 폭력, 절도 등 범죄 경력을 가진 청소년들을 인도 받아 그들에게 태권도를 가르치면서 이들이 바른 길로 나아가도록 이끌어주는 사회사업이었다. 그는 그들을 먹이고 입히고 가르치면서 모든 것을 그들에게 바쳤던 것이다. 이런 이유로 남편은 이곳에서 '마오리족의 대부'라는 이름을 얻은 바 있다.

모든 수입을 그들에게 썼으니 그의 수중에 돈이 있을 리 없었고 현실생활에 대한 개념도 없었다. 그가 결혼하면 집을 마련할 돈이라며 자랑스럽게 내밀었던 전 재산이 오백만 원 남짓이었으니…….

하지만 나는 그런 그의 높은 뜻을 존경했고 물질에 대한 그의 무개념이 순수해 보였다. 결혼생활에서 어느 쪽이든 가능한 한 사람이 또는 두 사람이 함께 모든 것을 마련하는 것이 합리적이라고 생각했다. 마침 내가 아파트를 가지고 있으니 살림은 거기서 시작하면 되고 살림살이는 쓰던 것을 그대로 쓰면 그만이었다. 워낙 어렵게 살아왔던 내게 그가 가진 것이 없다는 것은 아무런 문제가 되지 않았고 그저 지금까지처럼 열심히 살면 되리라고 생각했다.

우리는 결혼패물로 18케이에 큐빅을 박은 반지 하나씩을 나누어 끼었는데 그나마 어느 일요일 오후에 친정어머니께 잠깐 다녀온 사이에 약혼반지와 함께 도둑을 맞아 지금은 아무 것도 남은 게 없다.

어쨌든 우여곡절 끝에 결혼식 날이 왔다. 나는 아침 일찍 시장에서 미리 주문해 놓았던 폐백용품들을 사들고 결혼식장으로 향했다. 시간이 없어서 신부 마사지도 한 번밖에 받지 못했고 지나치게 짧은 머리 때문에 신부용 머리를 만드느라고 고생을 했는데 신부

결혼식날. 둘이서 나란히 입장을 했다.

화장을 하면서 또다시 문제가 생겼다.

　그들은 내 눈썹이 지나치게 짙다고 하면서 눈썹을 밀고 새로운 눈썹을 그리겠다고 하였으나, 나는 내 눈썹을 그대로 두겠다고 고집했던 것이다. 결국 '별 신부를 다 보겠다'는 표정의 그들을 뒤로 한 채 드레스를 갈아입고 신부 대기실로 갔다.

　웨딩드레스를 입고 신부가 된다는 것은 정말 내가 생각해도 신기한 일이었다. 그러나 몰려드는 하객들 때문에 정신이 없어서 혼자만의 생각에 잠겨 있을 틈이 없었다.

　내가 주장한 대로 우리는 둘이 손을 잡고 나란히 예식장에 입장했다. 결혼식이 진행되고 하객에게 절을 하라는 말에 돌아섰을 때 어머니가 손수건으로 눈물을 닦고 계시는 것을 보았다. 순간 나도 모르게 눈물이 흘렀고 나는 그 눈물을 보이지 않으려고 고개를 숙였고 장내는 잠시 숙연한 분위기가 되었다.

예식이 끝나고 일단 아파트로 돌아온 나는 무리한 일정 때문에 다시 시작된 두통으로 말미암아 진통제를 두 알이나 먹고 누워 있어야 했다. 저녁때가 다 되어 두통이 조금 가라앉자 차를 몰고 시댁인 강원도를 향하여 신혼여행길에 올랐다.

내 조그만 차 트렁크에 된장, 고추장과 코펠, 등산화 등과 시댁 어른들을 뵐 때 필요한 치마, 저고리를 싣고 떠났다. 그날의 목적지인 강원도 땅에 들어섰을 때는 밤 열한 시가 넘었을 때였다. 그러나 시부모님과 동네 사람들, 그의 친구들은 마당에 모닥불을 피워 놓은 채 새 신랑, 새 각시를 기다리고 계셨고, 차가 시댁에 도착하자 친구들은 폭죽을 터뜨리면서 우리를 축하해주었다.

무작정 떠난 신혼여행

첫날밤을 그렇게 시댁에서 뜬눈으로 보내고 다음날 우리는 시댁을 떠나 신혼여행길에 올랐다. 도중에 휴게소에 들러 간편한 복장으로 갈아입은 우리는 지도를 펴 놓고 우리가 갈 곳을 정했다.

먼저 그가 자주 올라 다녔다는 두타산 무릉계곡에 들렀다. 과거그는 미숫가루 한 봉지만을 가지고 자주 무릉계곡에 올라 심신수련을 하곤 했다고 하면서 감개무량해 하는 것이었다. 무릉계곡에서 옥이 부서져 내리는 것처럼 맑고 깨끗한 계곡물에 발을 담그기도 하고 사진을 찍기도 하면서 즐거운 시간을 보내고 나서 우리는 다시 해변을 따라 울진으로 갔다.

울진의 해변을 굽어보는 하얀 빛깔의 아름다운 모텔을 보고 우리는 그곳에서 결혼 첫날밤을 보내기로 하였다. 우리는 방으로 올라가 코펠에 밥을 하고 찌개를 끓이면서 베란다에 나가서 끝없이 펼쳐진 동해의 푸른 물결을 감상했다.

그는 수증기가 어려 뽀얗게 흐려진 유리창에 '사랑한다'는 말을 장난스럽게 쓰면서 마치 어린애처럼 행복해 하는 것이었다. 탁자에 저녁식사를 차려 놓고, 올 때 사 온 샴페인을 터뜨려 한 잔씩 나누면서 우리의 미래를 설계했고 변함없는 사랑을 다짐하고 확인했다.

달빛이 동해의 검푸른 파도 위에 부서져 내리고 부드러운 5월의 대기는 짭조름한 바다 내음과 함께 어느 곳에선가 감미로운 꽃향기를 함께 실어와 우리의 밤을 달콤하고 아름답게 만들어 주었다.

다음날 아침 다시 차를 달려 불영계곡으로 떠났다. 휴게소에 들러 차를 세워두고 숲에 들어가 열매를 따먹거나 아카시아 꽃을 따먹으면서 우리는 원시의 동산에 뛰노는 아담과 이브가 되었다.

불영사에는 부처님의 그림자가 비친다는 호수를 중심으로 노란 원추리과 꽃들이 한창 가득 피어 있어서 정말로 아름다웠다.

건강과 가정형편 때문에 단 한 번도 가보지 못한 수학여행을 생각하며 경주를 둘러보았고, 안동 하회마을에서 조상의 숨결을 더듬어 보기도 하고, 문경새재에서는 밤새 창을 흔드는 바람소리에 잠 못 이루기도 했으며, 충주 월악산 계곡을 달리다 차를 세우고 시간이 멎은 듯한 정적 속에서 봄날의 투명한 햇살과 바람과 꽃이 이루는 아름다움을 만끽하기도 했다.

다음 목적지는 큰 시아주버니가 계시는 포항이었다. 우리가 도착하자 잘 듣지 못하시는 큰 시아주버니는 그저 빙그레 웃는 것으로 자신의 사랑을 대신 표현하였다. 그 집에서 하룻밤을 자고 다음

신혼여행 도중 외도에서.

날은 막내 시동생이 사는 거제도로 향했다.

그곳에서는 막내 동서가 끓여 주는 해물탕을 맛있게 먹고 하룻 밤을 머문 뒤에 거제도 관광길에 나섰다. 거제도에서 배를 타고 가 는 작은 섬으로 개인소유라는 외도에 갔는데 갖가지 기이한 식물 들로 가득한 그 섬은 가도 가도 끝이 없이 펼쳐진 또 하나의 무릉 도원인 것 같았다.

거제도를 끝으로 서울을 향해 천천히 올라오면서 우리는 시간여 유를 가지고 머물고 싶은 곳에 머물기로 하였다.

강원도 원주를 알리는 표지판이 보이자 치악산 생각이 나서 우 리는 그곳에 들르기로 했다. 그런데 날은 이미 어두워져서 사방은 캄캄한데 가르마처럼 이어진 길은 차를 다시 돌릴 수도 없이 좁은 길이라 계속 가보는 수밖에 달리 도리가 없었다.

때마침 달도 없고 깊은 산속이라 그런지 칠흑 같은 어둠을 실감할 정도로 정말 어두웠다. 길을 잃었는가 하여 조금은 두렵게 느껴질 무렵 멀리서 조그만 불빛이 반짝이는 것이 눈에 띄었다. 반가운 마음에 위험을 무릅쓰고 그곳으로 계속해서 차를 몰았다.

이윽고 버섯처럼 엎드려 있는 아담한 토담집이 나타났다. 조그만 나부상(裸婦像)이 쪼그려 앉은 옆으로 맑은 샘물이 솟아오르고 있었으며 그 토담집 처마 밑에 창호지를 씌운 등불이 보였다. 그 불빛은 깊은 산속을 따뜻하고 아늑한 느낌으로 밝히고 있었다. 그곳에는 젊은 부부가 마당에 나뭇가지들을 태우고 있었는데 갑자기 나타난 우리에게 불을 쬐도록 해주었다.

한참 시장기를 느끼고 있던 터라 우리는 그곳에서 찌개를 끓여 그들과 함께 늦은 저녁식사를 했다.

저녁을 먹고 나자 부인이 차를 내왔고 한참 이러저러한 얘기들을 주고받게 되었다. 주인남자는 화가였는데 그들 부부는 우연히 이곳에 왔다가 산세가 너무 좋아 토속 카페를 차리기로 하고 서울에서 내려와 그 토담집을 지었다는 것이다. 모든 준비가 끝나고 곧 개업을 할 것이라는 말이었다.

토담집 안에는 오래 된 풍금과 통나무 의자, 통나무 장작을 때는 벽난로, 치악산이 한눈에 내다보이는 창 넓은 방, 수줍은 듯 구석에 서 있는 소녀상 등 볼 것이 참 많았다.

그들은 우리가 신혼여행 중이라고 이야기하자 기뻐하며 축하를 해주었다. 우리는 하룻밤을 묵어갈 것을 청했고 그들은 두말없이 승낙했다. 그날 밤 우리는 치악산 계곡에서 내려오는 물소리와 솔숲을 스치는 바람소리를 들으면서 토담집에서 하룻밤을 잤다.

다음날 아침이 되자 그들 부부는 사흘 정도 서울을 다녀올 일이 생겼는데 가능하다면 그동안 우리보고 그 카페에서 머물러 줄 수는 없겠느냐고 묻는 것이었다. 불감청(不敢請)이언정 고소원(固所願)이었다.

처음 만난 우리를 믿고 카페를 송두리째 맡기고 떠나는 그들을 보고 참된 인간들 사이에 존재할 수 있는 신뢰감을 비로소 느꼈다.

그들이 떠나고 나자 치악산 계곡은 우리들 세상이었다. 우리는 계곡물 속에서 물장난을 치기도 하고 카페 안에 설치된 풍금을 치기도 하면서 놀았다.

오후에는 마당 가득 돋아난 여러 가지 질경이와 망초 등 들나물과 두릅, 고사리 등 산나물을 캐느라고 시간 가는 줄을 몰랐다. 하루 종일 캔 나물들을 잘 씻어서 끓는 물에 살짝 데친 다음 고추장과 참기름, 깨소금을 넣고 버무린 그 맛은 정말 이루 표현할 수 없을 만큼 향기로운 것이었다.

그들이 돌아올 무렵 나는 그들을 위해서 밥을 짓고 나물을 무치고 국을 끓였다. 그들은 우리와 함께 벽난로를 피워 놓고 둘러앉아 산나물을 안주 삼아 동동주를 마시고 저녁을 먹으면서 감탄에 또 감탄을 연발하는 것이었다. 그날 우리들은 의형제를 맺었다.

아쉬운 추억들을 남겨 두고 그들과 헤어져 서울로 올라오면서 자주 만날 것을 약속했고 그 뒤 우리는 서로 오가면서 친분을 두텁게 쌓아 나가고 있다.

생각해보면 만나서 결혼까지 두 달 남짓, 그 가운데에서 그가 한국에 있던 날을 빼면 한 달 이십 일 만에 우리는 각자의 분야에서 홀로 외로운 길을 가던 40여 년의 세월을 청산하고 부부가 된 것이었다. 그는 16년 동안을 보헤미안처럼 세계를 떠돌며 오직 태권도 하나만을 생각하며 살아 온 정통무인이고, 나는 20여 년을 공직에 몸담고 있는 공무원이므로 그는 우리의 결혼을 '문(文)'과 '무(武)'의 결합이라고 일컫는다.

그는 수시로 내게 편지로 사랑을 고백하고, 나는 오랜 외국생활로 말미암아 틀린 철자법을 붉은 펜으로 교정해서 다시 그에게 보냈다. 그는 아파트 벽면을 스티로폼으로 장식하고 온통 우리들의 사진으로 도배를 하는가 하면 사랑의 말들을 메모판에 핀으로 꽂아 놓곤 했다.

만난 지 백일 되는 날에 사랑의 시와 꽃다발을 가지고 사무실로 찾아오는가 하면, 눈부시게 맑은 날 점심시간에 김밥을 싸 가지고 와 사무실 근처 공원에서 함께 먹는 행복을 주어 나를 감격시키기도 했다. 퇴근 때마다 버스 정류장에서 기다리고 있다가 이산가족 재회하듯 손을 흔들고 껑충껑충 뛰며 달려오기도 하고, 머리가 자주 아픈 나를 밤새워 지압해주며 안타까움에 눈물을 글썽이기도 했다. 한편으로는 한국의 화폐가치나 물가에 익숙지 않아 스테이크 고기 사러 나간다면서 천 원짜리 한 장을 들고 나가기도 했다.

남편은 그를 생각하는 사람들에게 항상 입가에 잔잔한 미소가 번지게 만드는 사람이었다. 더운 나라에서 오래 살아 유난히 추위를 타는 그가 코가 빨갛게 된 채 추운 버스 정류장 한쪽 구석에 웅크리고 서서 내가 탄 버스를 기다리고 있던 모습이 생각난다.

그 뒤 시간 나는 대로 함께 여행을 다니면서 몇 편의 시를 썼다.

치악에서

먹물의 농담(濃淡)만으로 그린 수묵화처럼
열어젖힌 창호지 문 밖으로
젖은 산수화 한 폭

쪽머리 가리마 같은 오솔길 너머
옥수숫대 서걱이는 바람소리 서늘한데

붓으로 찍은 듯 점점이 떠 있는
들국화 송이 사이로
선뜻 풋잠 떨치고 내려선 냇가

태고(太古)를 흘러온 맑은 계곡물
뼈에 시려도
부드러운 그대 손길에 나를 맡기고
치악의 속살에 머리를 감네

이제 곧 장끼 울음에 실려
가을이 오리니

안개 속에 젖은 머리칼 털며
그대 품에 소롯이 안기리

기다림

등 푸른 생선의 등허리처럼
은빛 비늘 조각 되어 빛나는 하늘

옥수숫대 서걱이는 바람소리마다
상기된 코스모스 내음이 머물고

까맣게 익어 가는 미련이
알알이 들어찬 해바라기 사이로

고추잠자리 날갯짓에 깨지는
가을 오후의 정적

눈 시리게 바라보는 둑길 끝머리엔
그리운 이의 모습은 자취도 없고

눈물처럼 아른대는 기다림의 마디마디
보얗게 풀어 헤친 갈대의 슬픔만 길―다

산정호수

기암괴석 아래 얼어붙은 호수
하늘을 닮아 같은 빛깔

청보랏빛 어스름 속에
호숫가를 지키는 별떨기 몇 개

마른 낙엽 바스라지는
호숫가 오솔길

달빛은
미처 녹지 못한 눈 위에 차고

파르스름한 공간 속에
검은 빛깔의 나뭇가지와 숲의 그림자

그토록 오묘한 청잿빛 어스름

밤의 실재(實在)는
신(神)의 놀라운 은총

주산지(周山池)에서

나뭇잎을 흔드는 바람소리
험산준령 꼭대기에
느닷없이 고인 신(神)의 눈물

켜켜이 내려앉은 세월의 이끼가
염원처럼 모여선 잿빛 고목 한 그루

에메랄드빛 거울 속 한 가운데
신화처럼 솟아있다

저 깊은 골짜기로부터 날아올라
숲을 물밀어 오는 태고의 바람 속

이름 모를 곤충들의 은밀한 속삭임과
빛깔 고운 산새들의 높은 지저귐은

어느 틈에 우리를
원시의 생명력으로 가득한
호수에 충만케 하도다

백운(白雲) 가는 길

청회색 산 그림자 달빛 아래 푸르고
잔잔히 피어 있는 이름 모를 들꽃 무리

하얗게 빛 바래인 오솔길 구비구비
눈가루처럼 부서져 내리는 하얀 달무리

먼 데서 다가와
신비의 베일을 한 겹 한 겹 벗어 내리는
산 줄기 줄기

나뭇잎 하나하나
그림자조차 선명한 고목의 둥걸 위로
미처 부서지지 못한 달무리가
옥가락지처럼 걸려 있다

영혼의 심연을 향해 질주하는 나는
이 밤의 정적을 깨는 유일한 태동(胎動)

두루마리처럼 펼쳐지는
신비의 계곡 사이로
끝없이 끝없이 달려가노라

관음리 이야기

너럭바위 부드럽게 쓰다듬다
옥빛으로 산산이 부서져 내리다가
호수 같은 고요함으로 잠시 머문 곳에
호수만한 하늘 오롯이 담기다

그 물속 까만 조약돌처럼
세월의 물결에 몸을 씻으며
무념의 몸피를 키워 가는 다슬기 가족

연초록빛 싱싱함을 피워 올리는 숲 속
갓 태어난 아기새의
지저귐이 되지 못한 칭얼거림
비상을 배우는 날갯짓 소리

초록 숲에 이는 초록빛 바람의 숨결
우주를 메우는 초록빛 웃음소리
한낮의 햇살에 몸을 데운 바위는
한껏 향기로운 하늘을 닮고

시린 눈에 가득한 오월
여린 귀에 가득한 정겨운 소리들
그렇게 그렇게 여물어 가는 오월

나 하나의 가을은

맑고 투명한 가을 햇살 속으로
금빛 나뭇잎들이
찬란한 빛깔로 부서지며 날아 내립니다

대기는 보송보송한 촉감으로 가을 꽃을 피우고
꽃잎은 여린 순수함으로
얇은 바람결에 흔들립니다

세월이 덧없이 흘러가도
아름다운 이 계절이 어김없이 찾아온다는 것은
붉게 타오르는 사루비아 꽃잎만큼이나
내 입술을 기쁨에 떨게 합니다

가을은 조각조각 아름다운 꽃잎이 되어
내 여윈 어깨 위에 가만히 내려앉습니다

난 작은 나비가 되어 가을 속을 날아갑니다
하얀 가을이 되어 그 속에 출렁입니다

가슴을 활짝 펴면
그 작은 품안에 가득할 것만 같은
가을은 그렇게 충만한 시간들입니다

이별을 겪어도
조금은 덜 아플 수 있을 것만 같은……

회상

이루어 놓고 돌아가야 할
어떤 것이 있으리라 믿었음에
이마에 소금절이며 살아온 나날

때로 허허로운 인생길에 깨끗이 두 손 들다가도
아침 이슬 털며 피어나는 한 송이 꽃과
청자빛 하늘에 돋는 초롱한 별빛 하나에
새삼 옷섶을 여미던 지난 날

이제 하얀 사기그릇에 풀어낸 쪽빛 물감에
해를 두고 우려낸 모시 옷감인 듯
가을 산하에 흩어진 물보랏빛 들국화 앞에서
두 손 살풋 모으고 눈을 감는다

우리 만난 후

누군가 내게
시간의 두루마리를 통째로 건네주었지
하늘과 대지와 숲을 그리며 메워 온 세월

어느 날 문득 나는 깨달았네
우리 만남 이전의 그림은
온통 하얀 여백 뿐이었음을

우리 서로 만났던 그 어느 날 이후
내 그림은 꽃과 별과 향기로 가득 채워지고
이제 비로소 나의 그림엔
하나의 의미가 부여되었음을

도예가가 된 남편

　직장으로 돌아온 나는 얼마 지나지 않아 다시 과천 청사로 발령을 받았다. 아침에 출근할 때 남편은 손수 내 도시락을 싸 주었다. 나는 아무런 내색을 하지는 않았지만 출근을 하면서 하루 종일 무료하게 지낼 그를 생각하면 일이 손에 잡히지 않는 것이었다.

　그러던 어느 날, 남편은 내게 상의할 일이 있다면서 조심스럽게 말을 시작했다. 그 내용인 즉, 옛날부터 자기가 꼭 배우고 싶었던 것이 있는데 마침 한국에 머무르게 되었으니 그것을 시작해 보면 어떻겠느냐는 것이었다. 그것이 무엇이냐고 물었더니 뜻밖에도 그는 도자기를 배우고 싶다는 것이었다.

　마흔넷의 나이에 시작하기에는 너무 늦은 것이 아닐까 하는 생각이 들었지만 그가 무엇인가 하고 싶어 하는 것이 있다는 것이 다행스럽게 여겨져서 나는 찬성을 했다. 나는 아는 이를 수소문해서 도자기로 이름난 이천지역의 공방에 그가 다닐 수 있도록 주선을 해주었다.

아침 일찍, 내가 출근도 하기 전에 집을 나서서 시외버스를 몇 번이나 갈아타고 또 걸어서 가야 한다는 그 공방에 남편은 몇 달인가 열심히 다녔다. 더위와 과로로 지친 표정이 역력하게 집에 돌아온 그는 밥을 먹는 것도 귀찮은 듯 그대로 쓰러져 잠들기가 예사였다.

그러던 어느 날 그는 도자기 배우는 것을 그만두겠다고 하였다. 그 이유는 사람들이 모두 저마다 비밀을 가지고 있고 그것을 그에게 알려 주지 않으면서 날마다 막일만 하게 한다는 것이었다. 시무룩한 표정으로 말하면서 그는 잔뜩 풀이 죽어 있었다. 평소 늘 정열적이고 활기찼던 그였던지라 그런 그가 안쓰러웠지만 달리 어쩔 도리가 없는 나는 좋을 대로 하라고 말할 수 밖에 없었다.

아침에 내 도시락을 싸주고 저녁에 내가 퇴근하면 자기가 만든 요리를 자랑하며 저녁상을 차리고 함께 저녁을 먹는 나날이 다시 계속되었다.

나는 오대양 육대주를 내 집처럼 날아다니던 그가 서울 변두리 아파트에서 안살림을 하고 있는 것에 가책을 느꼈다. 그가 만일 나를 만나지 않았다면, 내가 내 직업을 고집하지 않았더라면 그는 결코 저런 모습이 되어 있지는 않았을 것이었다. 그렇다고 해서 그가 다른 태권도장들처럼 관장이 운전기사가 되어 코흘리개들을 실어 나르고 태권도를 가르치고 다시 집까지 데려다 주는 그런 시시한 모습으로 머물게 하고 싶은 생각도 없었다. 그에게는 이 나라 이 땅에서의 삶은 역시 어울리지 않는 것이었다.

그렇게 착잡한 시간들이 흘러가던 어느 추운 일요일 아침이었다. 아침을 먹으면서 그는 오늘 시내에 함께 나갔으면 좋겠다고 말했다. 어디를 가느냐고 물었더니 전기물레를 사러 가기로 했다는 것이었다. 도자기를 그만둔 그가 전기물레를 사겠다는 말에 의아하기는 했지만 나는 그가 미리 전화로 약속해 두었다는 청계천 뒷골목으로 물레를 사러 갔다.

몇 번을 헤맨 끝에 찾아낸 좁은 골목에 손바닥만한 간판을 걸고 직접 물레를 만들고 있는 영감님을 보았을 때 남편은 여기가 가장 질이 좋고 값이 싼 물레를 파는 곳이라고 내 귀에 속삭이는 것이었다.

영감님은 남편이 주문해 놓았다는 물레를 꺼내면서 물레 쓸 줄은 아느냐고 물었고 남편은 물론 모른다고 대답했다. 쓸 줄도 모르는 물레를 무엇 하러 비싼 돈을 주고 사느냐고 영감님이 다시 묻자 남편은 영감님은 팔기만 하면 되는 일 아니냐고 반문하는 것이었다. 머쓱해진 영감님을 두고 물레를 실은 차에 오르면서 그는 왜 한국 사람들은 자신과 관계없는 일을 그렇게 꼬치꼬치 묻는지 모르겠다고 투덜거리는 것이었다. 도자기를 배우러 다니는 동안 쌓인 것이 무척 많았던 모양이었다.

사 가지고 온 물레를 끙끙거리면서 아파트 베란다에 설치한 그는 또 이천으로 흙을 사러 가자고 했다. 일요일은 솜처럼 피곤했기 때문에 쉬고 싶었지만 평소에는 차가 없어서 할 수 없는 일이기에 이천까지 가서 앞바퀴가 들리도록 흙을 사서 채우고 집에 돌아오니 밤이었다.

그 다음날부터 남편은 딴 사람이 된 것 같았다. 퇴근하는 내 얼굴을 보자마자 잠들 때까지 늘 내게 끊임없이 무엇인가 말을 하고 싶어 하던 남편은 눈에 띄게 말이 줄어들었다. 때로는 화가 난 듯한 표정으로 늘 무엇인가 생각에 잠겨 있었다.

그러던 어느 날 그 비밀은 밝혀졌다. 견딜 수 없이 심한 두통으로 내가 조퇴를 하고 집에 돌아왔을 때 문을 열어준 남편은 눈에 띄게 당황한 표정을 숨기지 못했다. 들어선 아파트는 말이 아니었다. 베란다는 말할 것도 없고 벽이며 천장, 거실 바닥까지 온통 진흙투성이였다.

남편은 내게 미안해하면서 정신없이 걸레로 그것을 닦으려고 했는데, 그런 그의 콧잔등에도 진흙이 묻어 있는 것을 보고 나는 쿡하고 웃음이 나왔다. 남편은 내가 출근하고 나면 하루 종일 그 물레 앞에서 흙과 씨름을 했던 것이다. 그리고 내가 퇴근해 올 무렵이면 깨끗이 물걸레질을 하고 아무런 일도 없었던 것처럼 나를 맞았던 것이다.

도자기에 대한 그의 집념은 존경할 만한 것이었다. 그는 제대로 만들어 내지 못하는 스스로에게 화를 내면서 하루에도 수십 개씩 형태를 만들고 부수고를 반복했다고 한다. 때로는 밥을 먹는 것도 잊어버린다고 했다.

그러던 어느 날, 퇴근해 들어온 나를 맞이한 남편은 다짜고짜 눈을 감으라는 것이었다. 잠시 뒤 눈을 뜨라고 해서 눈을 떠 보니 그는 내 앞에 조그만 항아리 하나를 내미는 것이었다. 그것은 그동안 그가 혼자 연습하고 연습해서 만들어 낸 최초의 만족스러운 도자기 항아리라는 것이었다.

그는 그 소중한 것을 내게 바치고 싶다는 것이었다. 그의 표정은 자랑스러움과 감격으로 가득해 있었고 나는 그런 그가 대견하면서도 안쓰러웠다.

그는 관련 서적을 사다가 밤새워 읽었고 전통 도자기 가마를 찾

물레를 잡고 도자기 빚기를
시작한 남편.

아 전국을 돌아다니고 유명한 도예가를 찾아가 가르침을 구했으며
침식을 잊고 물레연습을 하였다. 그렇게 몇 년의 세월이 흘렀고 그
는 전문가의 솜씨에 뒤지지 않는 실력을 인정받는 도예가가 되어
있었다.

　그는 태권도와 도자기는 그 정신집중이라는 점에서 일맥상통한
다고 했다. 그는 무도인으로서 도자기를 만들면서 정신수양을 꾀하
는 동시에 도자기에 전통무술의 각종 품새를 양각하거나 박지기법
으로 표현함으로써 무술 도자기의 장르를 개척하는 것이 꿈이라고
했다.

　일단 도자기 만들기에 어느 정도 성공을 하게 되자 그의 기술은
날로 발전하는 것 같았다. 그러나 퇴근해 집에 오면 지칠 대로 지치
고 피곤했던 나는 솔직히 그가 그날 만들었다는 것을 한 번이라도
제대로 보아 주지도 않았고, 그는 뒷날 그때 내가 무척 섭섭하고 야
속했다고 말하곤 했다.

　결혼한 지 4년이 되어갈 무렵 나는 무엇인가 중대한 결단을 내

려야겠다는 생각을 하게 되었다. 남편의 도자기를 만드는 기술은 발전에 발전을 거듭하여 이제는 각종 전시회에 초청 받을 정도가 되었다. 이름 있는 도예가들을 찾아다니며 자신의 실력을 가늠해 보던 그는, 이제는 스스로 어느 경지에 올라섰다는 자신감을 얻었고 앞으로 더욱 발전시키는 것만 남았다고 했다. 결국 그는 도자기를 만드는 데 필요한 기술을 4년 만에 터득한 것이었다.

그는 항아리에서 종지, 사발, 뚝배기는 물론, 주병, 접시에 이르기까지 이제는 못 만드는 것이 없을 뿐 아니라, 만든 작품을 실을 가지고 세로로 쪼개 보았을 때 그 두께나 모양이 일정하게 나타남으로써 그 실력이 일정 수준에 이르렀음을 입증했다.

그러나 그 다음 문제는 가마였다. 아무리 좋은 작품을 만들더라도 굽지 못 하면 그것이 무슨 소용이 있겠는가? 아파트에 사는 우리 처지로서는 가마를 설치할 수 없는 형편이었으므로 할 수 없이 친구가 운영하는 가마에 가서 불 때는 법을 배우면서 도자기를 구워오곤 했던 것이다.

그러던 남편은 언제부터인가 이제 자신은 인생을 도예가로 바꾸겠다는 말을 자주 하게 되었다. 그러면서 과거 뉴질랜드에 갔을 때는 도복 한 벌만을 달랑 어깨에 걸쳐 메고 갔었는데, 이번에는 물레를 가지고 가서 보란 듯이 제2의 인생을 시작하겠다는 말을 하는 것이었다.

그때는 날마다 체육관에 나가서 운동은 하고 있었지만 그는 이미 도자기에 빠져 있어서 누군가에게 태권도를 가르친다는 것은 염두에 두지 않고 있는 것처럼 보였다. 그러면서 그는 늘 내가 자신이 만들고 있는 도자기에 관심을 가져 주기를 바랐다.

24 지금은 내가 공직을 떠날 때

남편의 그런 변화는 내가 중대한 결심을 해야겠다고 생각했던 한 가지 이유가 되었다. 나는 국비유학 시험을 치러서 뉴질랜드로 유학을 가야겠다고 생각하고 먼저 외국어대학교 외국어 연수평가원에 입학시험을 치렀고 합격을 했다. 6개월 동안 아들 같은 나이의 젊은 사람들과 함께 고3처럼 힘들게 공부했다.

두통 때문에 지금까지 단 한 번도 개근상을 타보지 못했던 나는 개근상을 목표로 진통제를 수도 없이 먹어가며 정말 열심히 공부했다. 수업을 마치고 돌아와서 과제와 예습을 하다 보면 늘 새벽 무렵이 되곤 했다.

마침내 수료식 날이 왔다. 남편은 내가 개근상을 받는 장면을 찍어 주겠다고 카메라를 들고 따라 나섰다. 식이 시작되고 내 이름을 부르는 소리가 들렸다. 엉겁결에 단상에 오르니 수료생 대표로 내가 수료증을 받는 것이었다. 잠시 뒤 다시 내 이름이 불려졌고 나는 드디어 개근상을 받았다. 이윽고 성적 우수자에 대한 시상이 있

외대 외국어평가연수원에서
1등상을 받는 모습.

었고 다시 한 번 내 이름이 호명되었다. 나는 결국 전체 수료생 가
운데 1등을 차지하여 그날 영예의 3관왕이 되었다.

다른 때와 달리 나이 들어서 젊은 사람들과 함께 공부해서 1등
을 했던 그날의 기억은 지금까지도 아주 선명하게 내 기억에 남아
있다. 아마도 가장 부담스럽고 가장 어렵게 공부했던 기억 때문이
었을 것이다.

외대 과정을 성공적으로 마쳤지만 나는 고민에 고민을 거듭해야
했다. 외대 과정의 수료는 대개 국비 장기 유학을 전제로 한 것이
었다. 7월에 직장에 복귀한 나는 9월에 있을 유학시험을 준비해야
했는데 자신감이 없었던 것도 사실이지만 또 다른 문제가 있었다.
누구보다도 많은 배려와 혜택을 받으면서 공직생활을 한 내가 유
학을 가려고 했던 것은 솔직히 말해서 국가를 위해서 내렸던 결정
은 아니었다. 그것은 사랑하는 내 남편에게 날개를 펼칠 수 있도록
해주기 위함이었고, 점차 지겨워지는 직장생활에 무엇인가 변화를

주기 위한 내 욕심이었으며, 또 사랑하는 어머니께 여생을 더 안락하고 아름답게 장식하도록 해 드리고자 하는 마음에서였다.

내 나이에 유학을 다녀와서 그것을 얼마나 조직에 유용하게 활용할 수 있겠는가? 만일 국비로 유학을 다녀와서 그것을 그대로 개인의 경험으로 사장시킨다면 그것은 국가 예산을 낭비하는 결과가 아니고 무엇이겠는가? 더구나 유학을 마치고 바로 사직을 하게 된다면 그것은 공직을 개인의 사사로운 목적에 이용하는 결과가 아니고 무엇이겠는가?

자신에게 떳떳하려면 유학을 포기하고 과감히 퇴직을 한 뒤에 내가 원하는 길을 가는 방법밖에는 없었다. 그러나 막상 퇴직을 결심하자니 걱정되는 것이 사실이었다. 그것은 오랜 세월 천직으로 생각해 온 공직에 대한 미련과, 공직을 떠나서 내가 무엇을 할 수 있겠는가 하는 두려움 그리고 현실적인 생활에 대한 걱정이 앞서는 것이었다. 그도 그럴 것이 자연이 아름답다고 해서 그 자연을 보는 것만으로 배가 부를 수는 없는 일이 아닌가? 먼저 생활에 소요되는 비용도 비용이지만 어머니의 치료비도 적잖게 나가고 있는 형편이었던 것이다.

그 즈음 나는 아주 자주 두통을 겪고 있었다. 인사계에서는 승진을 생각해서 필요한 교육을 받아 두라는 귀띔을 해주고 있었다. 공직에 대한 확신도 없고 진로도 확실하게 결정하지도 못한 상태에서 이대로 승진을 한다는 것이 과연 옳은 일일까?

나는 몇 날 며칠 밤을 잠 못 이루면서 고민에 고민을 거듭했다.

2000년 11월 중순, 나는 드디어 결심을 했다. 내 인생에 배수진을 치기로 한 것이다. 꿀벌이 꽃에 앉아 꿀을 모을 때 적당히 모았을 때 날아오르지 않으면 날개가 꿀에 젖어 다시는 날아오를 수 없게 된다는 말을 들은 적이 있었다. 아직 미련이 남아 있을 때, 다른 사람들이 아쉬워하고 아깝다고 생각할 때 떠나는 것이 가장 좋은 때일 것이라고 생각했다.

나는 과감하게 유학을 포기하고 떨리는 손으로 사직원을 작성해서 사사분기 명예퇴직 신청을 하였다. 나를 아끼던 윗분은 2년 동안 유학을 다녀와서 사직을 해도 되지 않느냐고 하셨다. 내가 계속 뜻을 굽히지 않자 그러면 일단 퇴직을 하되 2년 뒤에 다시 복직할 것을 생각해보라는 말씀까지 해주셨다. 그분은 지난 해 뉴질랜드 우리 집에 다녀가셨다.

사직원을 제출하고 난 뒤에 나는 남편과 어머니께 그 사실을 알렸다. 남편은 뜻밖의 결정에 한동안 말을 잊었고, 내 결심이 확고한 것을 알자, 나는 나대로 무엇인가 하고 싶었던 일을 준비할 것을 그가 권유했다.

나는 남편의 권유대로 다양한 뉴질랜드의 식물을 통하여 천연염색을 연구해 볼 생각으로 필요한 자료를 모았고 염색용 천도 여러 가지 사 두었다.

2000년 12월 31일, 나는 내가 천직으로 생각하고 청춘을 바쳐 왔던 26년 9개월 동안의 공직생활을 청산하고 서기관으로 명예퇴직을 하였다.

너무도 사랑한 그 이름, 어머니!

나는 뉴질랜드에 가면 해밀턴에 있다는 한의대에 진학해서 동양의학을 배우고 싶었다. 의학은 원래 내가 공부하고 싶어 했던 분야이고, 아직 그 미련을 버리지 못했던 데다가 내가 한의학을 배워서 내 손으로 두통을 고치고 싶다는 생각을 수없이 해왔던 까닭이었다.

나는 전 세계에 편두통으로 고생하는 환자가 무수히 많은데도, 또 의학이 눈부시게 발달했는데도 아직 그 고통스러운 편두통을 완전히 치료할 수 있는 의술이 발달하지 못한 이유는 의사들이 그 고통을 경험하지 못했기 때문이라고 생각했다. 그 편두통으로 말미암아 내 인생은 3분의 1 이상 손해 보고 있는 것이라고 생각할 정도였다.

그러나 한의과 대학에 들어가 한의학을 공부하겠다는 이 계획은 해당 대학의 부실과 내 진로의 엉뚱한 변화로 말미암아 결국 무산되고 말았던 것이다.

남편의 일도 중요했지만 나는 더 늦기 전에 여생이 별로 길지 않은 어머니를 따뜻하고 평화로운 나라에서 모시고 살고 싶었다. 그해 여름에 당뇨 합병증인 녹내장으로 한 쪽 시력을 잃으신 어머니는 날이 갈수록 눈에 띄게 기력이 줄고 노쇠하시는 증세가 역력했다.

출근하는 나를 대신해서 남편은 그런 어머니의 병실을 찾아가 간호를 했고 때로 머리를 감겨 드리거나 빗겨 드리기도 했다. 같은 병실에 있는 환자들은 모두 그를 효성이 지극한 아들로 알고 있을 정도였다. 어머니는 한편으로는 안타깝고 한편으로는 기쁘신 듯했다.

내가 남들이 모두 부러워하는 그 아까운 직장을 그만두고 남편을 따라 외국으로 떠나는 것을 보시는 어머니 마음은 복잡한 것이었다. 함께 모시고 가서 살겠다는 말에 즐거워하시다가도 "죽으면 이 땅에 묻히고 싶은데……" 하고 말끝을 흐리곤 하셨다.

영주권과 비자를 신청하고 신체검사를 받는 등 행정적으로 필요한 조치들을 하면서 그해 여름이 지나갔다. 9월 초 출국을 예정하고 아파트를 처분한 우리는 짐을 미리 배편으로 부치고 나서 친정으로 들어갔다.

어머니는 우리가 먼저 가서 집을 사 놓고 두 달 뒤에 다시 와서 모시고 가겠다는 말에 좋아하시다가도 이내 얼굴이 흐려지시곤 했다. 내가 없는 두 달 동안을 어떻게 기다리겠냐고 하시다가 그럼 함께 가서 동생 집에 계시는 게 어떻겠냐고 하자 그건 싫으니 너희들끼리나 가서 잘 살라고 하시는 것이었다. 내가 어머니 비행기표를 예약했다고 말씀 드리자 사람 앞일을 어찌 알고 쓸 데 없는 짓을 하느냐고까지 하셨다.

어머니는 내 손을 잡고 주무시면서 "거기 가면 시냇물 흐르는 곳에 꽃밭도 만들고 채소밭도 만들고……" 하시다가 "내가 얼마나

광탄 아버지 산소 앞에서
어머니와 함께.

더 살 수 있을까?" 하시고는 한숨을 쉬는 것이었다.

나는 어머니께 만약 그곳에서 돌아가시게 되더라도 시신을 알루미늄 관에 넣어 고국에 모셔다가 아버지 묘 곁에 합장해 드리겠다고 약속했다.

어머니는 다음날 아버지 산소에 인사 드리러 가는 우리를 따라 모처럼 나들이를 하셨는데 무덤을 손으로 쓸면서 "내가 묻힐 자리니까……"라고 하셨다. 그러곤 한없이 먼 산을 바라보고 계시는 것이었다.

늘 어머니 머리를 깎아 드리던 나는 그 앞 주에 이삿짐에서 빼놓은 이발기계로 어머니 머리를 깎아 드렸는데 그때 어머니는 "네가 가면 누가 내 머리를 깎아 주니?" 하고 한숨을 지으셨다. 어떤 날은 내가 없는 동안 어머니가 드실 반찬을 만들고 김치를 담고 있는데 또다시 "네가 가면 김치는 누가 담가주니?" 하고는 다시 우울한 표정을 지으시는 것이었다.

겉으로는 아무렇지도 않은 척했지만 나는 나날이 더욱 심약해지고 초췌해지는 어머니의 모습에 눈물을 흘리면서 내가 왜 좀더 진작 결정을 내리지 못했을까 하는 후회로 가슴이 아팠다.

늘 엄마와 둘이서 다니던 내 휴가는 우리가 결혼을 한 1997년부터는 늘 어머니, 동생과 함께 넷이서 다니는 여행이 되었다.

그해, 그러니까 2001년 8월 16일 오후 우리 부부와 동생은 쇠약해진 어머니 때문에 멀리 가지 못하고 근처 계곡에서 흐르는 개울물로 나들이를 갔다. 허리께까지 차는 맑은 물 속에 어머니를 앉으시게 하고 참외를 깎아 드리자 어머니는 어린애처럼 좋아하시는 것이었다.

물 속에 손을 담그시고는 "참 좋다"를 연발하시는 모습을 보면서 나도 행복했다. 그날 나는 그것이 어머니를 모시고 다녔던 그 모든 여행의 마지막이 되리라는 것을 정말 몰랐다.

그 다음날, 일주일에 걸쳐 시댁과 형제들을 만나 인사를 하고 다시 서울로 돌아온 것이 9월 6일이었던 것으로 기억한다. 무엇인가 이상한 예감 같은 것이 있었는지 하루 만에 상주에서 집까지 장거리 운전을 해서 집에 도착했던 시간은 밤 11시가 넘어서였다.

집에 오니 어머니는 저녁도 안 드셨다면서 그냥 누워 계시는 것이었다. 내가 차려 드린 저녁을 드는 둥 마는 둥하고 누우신 어머니는 다음날 아침도 안 드시려 하는 것이었다. 나는 죽을 쑤어서 억지로 어머니 입에 흘려 넣었으나 잘 넘어가지 않는 것 같았다. 할 수 없이 미음으로 만들어 빨대를 꽂아 대어 드렸으나 어머니는 빨지를 못하셨다.

남편은 이천, 광주, 여주에서 열리는 도자기 엑스포에 다녀오겠다고 했다. 그때 겨우 눈을 뜨신 어머니는 옷을 차려입는 그를 보고 "어디 가?" 하셨고 그가 대답을 하자 다시 스르르 눈을 감으시는 것이었다.

아무도 없는 친정에서 그날 하루 종일 어머니는 계속해서 대소변을 보셨다. 워낙 자존심이 강하고 깔끔했던 어머니는 속옷조차 내가 빠는 것을 싫어하실 정도였는데 그날은 잠시도 내가 쉴 틈이 없이 계속해서 실수를 하시는 것이었다.

나는 빨래를 하면서도 지난날 그 곧고 강하던 어머니의 모습과 지금의 병들고 허약한 어머니의 모습을 떠올리면서 눈물을 흘렸다. 병세가 호전되지 않고 점점 더해지는 것을 느끼고 나는 형제들에게 전화를 걸어 병원으로 모셔야겠다고 했다.

다음날인 일요일 아침, 남편과 나는 어머니를 태운 앰뷸런스에 함께 타고 병원 응급실로 향했다. 어머니의 주름진 손을 잡은 채 달려가면서 나는 이 길을 어머니와 함께 살아서 돌아올 수 있을까 하는 생각에 눈물을 비 오듯 흘렸는데 결국 그것이 어머니의 마지막 길이 되었던 것이다.

회복 가망이 없다는 어머니가 입원해 계신 병실에서 의식이 없는 어머니를 지켜보면서부터, 그리고 어머니를 여의고 고국을 떠나서 이곳 뉴질랜드에 정착할 때까지 내가 할 수 있는 일은 그저 종이에 내 마음을 담아내는 일뿐이었다.

2001. 9. 11.
가을 햇살 눈 시린 이 계절에 당신은 출국인사 여행에서 돌아온 제 얼굴을 마지막으로 보시고 차마 제가 떠나는 모습을 볼 수 없다는 듯 혼백의 줄을 놓아 버리셨습니다.

　그토록 오래 혼자만의 외로운 시간을 보냈는데, 또다시 딸이 곁에 없는 외로운 세월을 겪을 수는 없다는 듯 말입니다.

　준비해 가려던 꽃씨, 냇물이 흐르는 아름다운 이국땅에서의 삶은 어찌하고 이렇듯 잠만 주무시고 계시는지.

　평소에도 늘 병원 가기 싫다던 당신에게 여러 가지 호스를 주렁주렁 달아 놓은 채 중환자실에 눕혀 놓고 차갑게 식어 가는 당신의 손을 잡고 저는 아무런 조치를 취할 수가 없습니다.

　부디 외롭고 고통스러운 이승을 떠나 주무시듯 그렇게 가소서.

2001. 9. 12.

당뇨 합병증으로 말미암은 신부전, 폐수종, 호흡 곤란…….

인슐린을 고단위로 투여해도 이미 반응이 없다.

튜브를 꽂아 소변을 거의 2.5리터나 뽑아냈다.

　세상에, 그동안 몸도 부자유스럽고 눈도 안 보이는데 얼마나 고통스러우셨을까?

　코에 꽂은 산소 줄과 식도에 연결된 호스, 그리고 소변 줄까지 온통 눈물에 가려 잘 보이지 않는다.

2001. 9. 13.

의사의 지극히 사무적인 한 마디―준비하셔야겠습니다.

준비라니, 무엇을 어떻게 준비하라는 말인가?

　난 아직도 전혀 엄마를 떠나보낼 마음의 준비가 되어 있지 않은데…….

2001. 9. 14.

나를 낳아 주시고 늘 내 가장 가까운 곳에서 유일한 내 편이 되어 주셨던 어머니.

지금은 모든 것을 죄다 망각의 세계 저편에 던져둔 채, 마치 내가 처음 태어날 때처럼 아기가 되어버렸다.

밤이 오는지, 계절이 바뀌는지, 대변이 나오는지도 의식하지 못한 채 단말마처럼 비명만 지르는 어머니.

처음엔 무의식중에도 몸부림을 치며 고통을 호소하더니 이제는 기운이 다했는지 이따금 비명만 지르고 계신다.

뼈에 가죽만 간신히 남아 있는 앙상한 팔다리를 수도 없이 물수건으로 닦아 드리고 기저귀를 갈아 드리면서 얼마나 많은 눈물을 쏟았던가?

그토록 자존심 강하고 깔끔한 어머니가 대소변을 받아내게 하고 누워 계시다니······.

그래도 내가 출국하기 전에 이렇게 내 손으로 당신의 수발을 들수 있는 기회를 주셔서 엄마, 너무나 감사해요.

당신의 마지막 길을 내 손으로 보내드릴 수 있다는 것만으로도 정말 고마운 축복입니다.

2001. 9. 15.

엄마, 제발 눈을 뜨고 남기고 싶은 말이라도 하실 수 있었으면 좋겠어.

내가 일주일 동안 인사 다니는 동안에 혼자서 얼마나 고통스러웠으면 돌아오자마자 이렇게 의식을 잃으시는 것인지.

그렇게 고통스러우면 빨리 올라오라고 말씀을 하시지…….

어쩌다가 내가 이민을 결심해서 당신의 죽음을 재촉하게 되었는지…….

그렇게 떠나보내기 어려우면 가지 말라고 말씀을 하시지. 그러길래 함께 가서 살자고 그토록 내가 졸랐었잖아. 어머니, 우리는 서로에게 모녀 사이 이상의 존재였잖아. 내가 시험 공부할 때도, 겁도 없이 시작한 박사학위 때문에 고통을 겪을 때도, 또 모든 휴가 때마다 우린 늘 함께였잖아.

괌과 팔라우, 뉴질랜드 두 번, 그리고 온양, 도고, 덕산, 금강산 온천, 해운대 바닷가, 여수 오동도와 한려수도, 유명산·설악산 콘도, 양평 콘도, 삼척 바다, 문경 계곡, 원주 치악산 계곡, 임진강 폭포…….

엄마 없는 내 삶은 아무것도 없을 정도로 우린 늘 모든 것을 함께 했는데…….

이렇게 이별을 준비할 시간도 없이 거짓말처럼 모든 것을 한 순간에 놓아 버리시다니…….

2001. 9. 17.

고통을 줄이기 위해서 수면제를 주사하고 있다.

밤 열 시가 조금 넘어 물수건으로 어머니 몸을 닦고 있는데 내 곁에 있던 남편이 "장모님!" 하고 큰 소리로 부르자 계속 무의식 속을 헤매던 엄마가 거짓말처럼 눈을 뜨셨다.

비록 초점 잃은 눈동자지만 큰 소리로 누구인지 알겠느냐고 물으니까 보일 듯 말듯 고개를 끄덕이셨다.

혹시 이것이 말로만 듣던 의식 청명기가 아닐까 하는 생각에 부랴부랴 형제들에게 전화를 했고 밤 열두 시가 다 되어 형제들이 모였다. 차례대로 엄마에게 마지막 말씀을 드리도록 하였다.

엄마가 늘 걱정하시던 큰오빠 건강, 넷째의 결혼, 막내 너의 불화……. 모든 것을 안심시켜 드리고 그들이 돌아간 뒤 남편과 나는 어머니 앞에서 늘 서로를 아끼며 행복하게 살 것을 맹세하였다. 어머니는 모두 들으신 뒤 지치셨는지 이내 잠 속으로 빠져드셨다.

언젠가 엄마는 내게 그동안 엄마께 드렸던 용돈을 모아두신 통장을 주셨는데 거기에는 이천만 원 가까운 돈이 들어 있었다. 혹시 무슨 일이 있으면 천만 원은 넷째 장가 밑천으로 주고 나머지는 내게 쓰라고 하셨다. 그러나 어머니가 세상을 떠나고 우리마저 뉴질랜드로 떠난 뒤에 늘 함께 했던 동생이 혼자 남을 것을 생각하니 안쓰럽고 가엾기 짝이 없는 것이었다. 다른 형제들은 다 가족이 있으니 슬픔이 조금은 가벼워질 수 있겠지만 동생은 아마도 슬픔과 외로움을 더 뼛속 깊이 느끼게 될 것 같았다.

결국 남편과 상의해서 우리는 통장에 있는 전액을 동생에게 주기로 했고 이런 사실을 어머니께 말씀 드렸다. 어머니는 초점 잃은 눈으로 나를 바라보고 계셨지만 나는 어머니도 내 마음을 이해하셨으리라 믿는다.

2001. 9. 18.
새벽녘에 고통스러운 비명이 너무나 심하여 수면제 용량을 늘려 주사하고 있다.

이렇게 시시각각 꺼져 가는 불꽃을 보듯 지켜보는 것밖에 내가 할 수 있는 것이 아무것도 없다니…….

박사면 무엇하고 사무관이면 무엇 하랴, 나를 낳아 주신 어머니의 고통을 이렇게 지켜볼 수밖에 없는 걸.

이 세상 모든 것이 부질없고 그 보잘것없는 것을 성취하기 위하여 내가 몸부림쳐 온 시간들이 아깝다.

그런 것들을 진작 포기했더라면 불쌍한 내 어머니를 그토록 외롭게 두지는 않았을 것을…….

2001. 9. 19.

가을 날씨는 서럽도록 아름다운데 벌써 열 이틀째 식물인간처럼 누워 계시는 어머니.

엄마를 부를 때면 눈도 뜨지 못하고 눈썹만 움직이며 비명과 신음을 반복하는 나날.

긴긴 새벽, 엄마의 신음 속에 쪼그리고 앉아 날을 밝힐 때면 산소통과 가습기에서 나는 금속성 소리만 병실을 가득 메우고 있다.

삶과 죽음의 갈림길에서 고통스러운 삶보다는 고통 없는 죽음의 결정을 내렸던 나.

내가 어찌 감히 엄마의 인생에 마침표를 찍는 결정을 내릴 수 있는가?

저런 상태에서 오히려 삶의 욕구가 더 강하게 살아 있을 수 있지 않은가?

틀니까지 빼고 쪼그라든 엄마 얼굴에는 고달픈 삶의 흔적에다 죽음에 이르는 고통까지 그대로 녹아 있다.

이렇게 어둠 속에 쪼그리고 앉아 시시각각 다가오는 엄마의 죽음을 기다리는 것이 과연 옳은 일일까?

유난히 희미한 눈썹 때문에 화장을 안 하셔도 늘 눈썹 그리는 연필을 사다 달라고 해서 정성껏 그리던 엄마.

한 쪽 눈이 안 보여서 이젠 눈썹 그리는 것도 힘들다고 힘없이 얘기하던 엄마.

내내 눈물을 흘리면서 간호원에게서 빌린 눈썹연필로 의식도 없는 엄마 얼굴에 정성껏 눈썹을 그려 드렸다. 행여 그곳에 가셔서도 눈썹이 없다고 놀림 받지 않으실까 해서…….

마지막으로 내 손으로 머리를 깎아 드리려고 머리 깎는 기계도 배로 부치지 않고 가방 속에 남겨 두었는데 일어나 앉을 수가 없으니 어떻게 깎아 드리나.

생각해보면 무엇인가 예감이 있었던 게지.

우리 부부가 출국 인사차 아버지 산소에 간다고 하니까 엄만 힘든 몸을 이끌고 굳이 우리를 따라 나섰지.

"내가 묻힐 곳을 마지막으로 한번 보고 싶어……."

묘지 가운데 앉아 한없이 먼 곳을 바라보시던 그날의 엄마 모습이 기억 나.

그렇게 함께 가서 살자고 해도 "이 다음에 넷째 장가가고 나면……. 너희들이나 가서 잘 살아" 하고, 내년 1월 비행기표를 미리 사 놓고 가겠다고 하니까 "한 치 앞일을 모르는 것인데 몇 달 뒤를 어떻게 안다고 미리 표를 사?" 하고 펄쩍 뛰시더니…….

김치 담는 내 옆에 앉아서 "너 가고 나면 이 다음에는 누가 김

치 담아주나……" 하시더니 그 김치 반도 못 잡숫고 이렇게 되는
것을…….

머리 깎자고 하니까 너 가고 나면 깎아줄 사람도 없으니 지금부
터 이대로 기르시겠다고 쓸쓸하게 말씀하시더니 결국 그 마지막
머리 깎아드릴 기회조차도 이렇게 놓쳐 버렸잖아.

엄마, 제발 눈 좀 떠 봐.

"거기 가면 시냇물이 흐르는 곳에서 갖가지 꽃을 가꾸면서 그
렇게 살 수 있을까?" 하고 말했잖아.

그곳에 가면 뿌린다고 모아 둔 꽃씨랑 채소 씨는 어떻게 하고
이렇게 누워만 계시는 거야?

이제는 좀 따스하고 평화로운 곳에서 얼마 남지 않은 삶이라도
행복하게 살다 가시게 하고 싶었는데…….

엄마 없는 곳이 아무리 아름답고 살기 좋아도 그게 무슨 소용이
있겠어?

어차피 인간의 삶은 천주님이 거두어가실 때까지라지만 이렇
게 허무하게 이렇게 말 한마디 못 하고 갑자기 거두시는 법이 어
디 있어?

평소에 늘 "내가 혹시 어떻게 되거든 무엇은 어디에 있고 또 무
엇은 어디에 있으니 이렇게 처리하고, 연락할 사람들은 여기 적어
두었으니 연락하고……" 지나가는 말처럼 했잖아.

나는 그때마다 왜 벌써부터 쓸데없는 말을 하느냐고 제대로 듣
지도 않았었지.

언젠가는 엄마가 생전에 하던 말씀대로 해야 할 때가 올지도 모
른다고 생각했지만, 이렇게 갑자기 내 앞에 닥치리라고는 미처 생

각하지 못했어.

엄마, 불쌍한 엄마. 만약 엄마가 먼저 떠나시더라도 우리 이 다음 세상에서 다시 만나요.

그때는 가난하지도 않고 아프지도 않고 그렇게 행복한 세상을 함께 살아요. 엄마, 사랑해.

2001. 9. 20.

며칠째 밤을 꼬박 새우고 나니 머릿속이 윙윙거리는 것처럼 소리들이 분명하게 들리지 않는다.

새벽에 혈압이 떨어져 수액제를 주사하고 있다.

식도로 연결된 호스를 세척한 뒤 따뜻한 물수건으로 얼굴과 몸을 닦아 드리는데 갑자기 호흡이 불규칙해지기 시작했다.

간호원실에 연락하고 남편과 둘이서 어머니 손을 붙잡고 어찌할 바를 모르고 있는데 의사 3명과 간호원 4명이 달려왔다.

영화에서 보던 것처럼 바이탈 사인을 점검하는데 곡선이 없이 주욱 일자로 인쇄된 종이가 나오자 의사는 "9월 20일 아침 8시 15분에 사망하셨습니다" 하고 선언했는데 그것은 마치 "오늘 근무 시간은 끝났습니다"고 하는 사무직원의 말처럼 들렸다.

의사의 그 말이 끝나자 간호원은 이제까지 어머니 몸에 거추장스럽게 주렁주렁 달려 있던 호스들을 주섬주섬 챙긴 다음 가버리는 것이었다.

이것이란 말인가?

삶의 끝이, 그토록 고통스럽게 일생을 살았던 한 여인의 마지막이 이토록 허무하게, 새파란 의사의 한마디로 연극의 막이 내리듯 그렇게 끝나는 거란 말인가?

떠난 사람은 떠난 사람이고 남아 있는 사람들이 해야 할 일은 어찌 그리 복잡하고 많은 것인지.

미처 슬퍼할 겨를도 없이 빈소를 차리고 연락을 하고, 조문객들은 몰려들고…….

마치 현실이 아닌 무성영화를 보듯 그렇게 실감나지 않는 장면들이 사흘 동안 계속되었는데, 온통 떠들썩하고 시끄러운 판이었다.

2001. 9. 21.

오후 2시에 입관 절차가 있었다.

밀랍처럼 창백한 어머니는 냉동관에 넣어져 그곳에 있었다.

수의를 입히고 꽁꽁 묶는 걸 보면서 저러다가 엄마가 살아나면 어떻게 풀고 나오나 하는 생각을 했다.

염꾼에게 사정해서 어머니가 생전에 쓰시던 틀니와 보청기를 깨끗한 종이에 싸서 가슴에 넣어 드렸다.

할 수만 있다면 안경과 지팡이도 넣어 드리고 싶은데 안 된단다.

엄마, 그곳에 가셔서는 눈도 잘 보이고 귀도 잘 들리고 맛있는 것도 잘 씹어 드시고 잘 걸어다녀서 내가 사는 곳까지 한숨에 달려와야 해.

베옷으로 꽁꽁 싸인 어머니를 차가운 관 속에 눕혀 두고 이제는 영영 엄마 얼굴을 다시 볼 수 없다는 생각에 차가운 뺨을 쓰다듬으며 목 놓아 울었다.

2001. 9. 22.

사흘 내내 연도(煉禱)를 끝내고 토요일 아침, 영구차로 시신을 모시고 구파발 성당으로 향했다.

기자촌에 이르러 어머니가 마지막까지 사시던 친정집을 한 바퀴 돌고 나서 늘 다니시던 구파발 시장을 지나 벽제상회를 거쳐 장례미사를 치르고 법원리 천주교 묘지로 향했다.

그리고 내 어머니를 땅 속에 묻고 차마 떨어지지 않는 발길을 돌려 석물집으로 향했다.

생전에 엄마와 한 약속 ——그토록 소원을 하시던 성모상을 만들어 산소에 세우기 위해서였다.

성모상을 제작하는 김에 비석과 상석, 제대와 아버지 매장할 때 잘못된 부분까지 모두 보수해서 합장묘를 만들도록 했다.

2001. 10. 1.

추석날 새벽, 여섯 시 미사를 드리고 산소로 향했다.

삼오제 날 지적한 부분까지 모두 깨끗이 정돈되어 있었다.

두 분 산소 앞에서 차례를 지내고, 언제 다시 찾아올지 기약이 없는 인사를 가슴 속으로 하면서 집에 돌아와 출국 짐을 챙겼다.

텅 빈 방 안에 놓인 어머니의 영정사진. 내가 떠나고 나면 어머니는 또다시 이 텅 빈 방에 혼자 계시겠구나.

그토록 혼자 계시는 것을 싫어하셨는데.

사진을 쓰다듬고 또 쓰다듬어도 어머니는 사진 속에서 물끄러미 나를 쳐다볼 뿐, 잘 가라는 말도, 날 두고 떠나지 말라는 말도 없다.

추석날 밤, 여덟 시 사십오 분 인천 발 뉴질랜드 오클랜드 행 대한항공을 타고 내 사랑하는 어머니를 언제 다시 찾아올지 모르는 고국 땅에 묻고 나는 그렇게 울며 울며 고국을 떠났다.

2001. 10. 29.

넓은 잔디밭이 융단처럼 펼쳐져 있고 작은 연못에서 금붕어가 놀며, 이름도 모르는 꽃이 온통 만발해 있는 깊은 산속의 그림 같은 이층집.

들리는 것이라곤 산새소리와 바람소리뿐, 이따금 창을 두드리는 빗소리마저 정겹다.

이층 데크에 앉아 있노라면, 지금 이곳에 당신과 함께 있다면 얼마나 행복해 하셨을까 하는 생각에 목이 메고, 유난히 애절한 울음을 울며 자주 날아오는 저 새가 혹시 당신의 혼백은 아닌지, 아니면 산 넘고 대양을 건너오는 길이 너무 멀어 안타까움의 눈물만 흘리고 계시는 것은 아닌지…….

그곳 광탄의 묘지에도 어김없이 가을은 왔으련만…….

찾아오는 이도 없을 그곳에 누워 당신은 또 얼마나 가슴앓이를 하고 계실지.

어머니, 이렇게 천상의 세계처럼 아름다운 곳에서 내가 살고 있다는 게, 이렇게 꿈꾸던 생활을 할 수 있다는 게 믿어지지가 않아요.

당신 없이 이런 삶을 누린다는 게 죄스러워서 그 행복을 나만의 것으로 만끽할 수가 없어요.

이제 앞으로 얼마나 오랜 시간을 이곳에서 보낼 수 있을까?

이따금 꿈속에서라도 찾아와 주신다면 좋으련만…….

당신이 존재하지 않는 삶이 이렇게 가슴 아린 슬픔 속에 이어져야 한다면, 난 자신이 없어.

어머니, 그 텅 빈 방안 사진 속에 혼자 덩그러니 남아 있을 당신을 생각하면, 살아서도 죽어서도 외로움에서 헤어나지 못하는 당신이 너무도 가엾고 안타까운데…….

난 어떻게 해야 할까?

2001. 11. 17.

집도 없이 앨범 속에 간직했던 어머니 사진에 이제야 예쁜 사진틀을 끼웠어.

그동안 차를 사고, 집을 구하러 다니고, 이사를 하고, 한국에서 짐이 오고, 정리를 하고…….

오늘은 차고와 온실까지 정리를 하고 씨도 뿌렸지.

그래도 문득문득 어머니 생각에 눈물을 흘리는 시간이 많아.

얼마나 많은 시간이 흘러야 당신의 부재로 말미암은 슬픔에 내가 익숙해질 수 있을까?

평생 고생만 하다가 이제 말년에 우리와 함께 이 지상의 마지막 낙원이라는 아름다운 나라에서 살 수 있었는데…….

어머니, 보고 싶어. 그 얼굴을 다시 한번 만져 보고 싶어.

며칠 전 꿈에 엄마와 팔짱을 끼고 어딘가를 향해 꽃이 만발한 꽃길을 함께 걸어갔었는데…….

어머니는 훨씬 젊고 지팡이도 짚지 않았었지.

엄마가 나를 데리고 꽃이 가득 피어 있는 길로 인도하는 것은 무슨 뜻일까?

2001. 11. 29.

어머니가 곁에 안 계시다는 사실이 이렇게 상실감을 주는 것인지 미처 몰랐어요.

"내가 어서 죽어야 네가 편할 텐데……." 입버릇처럼 엄만 애기했지만 지금 난 결코 편하지가 않아.

조그만 액자에 어머니 사진을 끼워 두고 혼자 있는 시간이면 이렇게 하염없이 어머니의 얼굴을 쳐다보는 것이 내 생활의 전부가 되어버렸어.

어제는 아버지 제삿날이어서 어머니도 한국에 가셨겠지.

그래서 꿈에 안 나타난 거겠지?

어머니 떠난 지도 두 달이 넘었는데 이렇게 새록새록 보고 싶어서 나 어떻게 살아갈까?

사진 속의 어머니는 수많은 표정을 지니고 저렇게 나를 지켜보고만 있는데 난 조금도 나아지는 것이 없어.

내가 해드린 반찬을 그렇게도 좋아 하시더니 그곳에도 쑥갓이나 꽃게 같은 게 있는지? 철 따라 어머니가 좋아하시는 참외나 포도, 방울토마토가 나는지?

여기는 참외가 없어서 지난 번 어머니 생일상에 참외는 못 올렸는데, 어머니 생각하면서 방울토마토 나무를 화단에 심었지.

어머니, 미안해요.

그토록 고통스러워하는 걸 지켜볼 수가 없어서 수면제 주사를 부탁했어. 그게 어머니 수명을 단축시키리라는 것을 알면서도…….

어머니가 그것을 원치 않을 수도 있다는 것을 생각했으면서도…….

어머니, 내가 잘못했어.

그렇게 고통스럽게라도 살아 계시고 싶었을지도 모르는데.

그렇게라도 내 곁에 계셨으면 좋았을 것…….

이제는 대소변 받아 낼 일도, 앙상한 몸을 닦아 드릴 일도 없어서 내가 어머니에게 해 드릴 수 있는 일이 아무것도 없다는 것이 나를 슬프게 해. 나를 못 견디게 해.

2002. 2. 11.

어머니, 오늘이 섣달그믐이래.

이곳에 있으니 섣달그믐이니 설이니 하는 것이 아무 의미가 없어지긴 했지만 그래도 어머니 떠나고 처음 맞는 설이고 보니 더욱 서럽게 느껴져.

이곳 한국 식품점에 가면 떡국 끓일 떡이야 팔겠지만 가족도 없이 떡국을 끓여 먹으면 더 서럽고 처량할 것 같아서 그만두어야겠어.

그래도 내일 아침에 엄마 좋아하시는 잡채랑 고깃국을 끓일까 하는데 어머니가 여기 오셨다가 한국에 가시려면 얼마나 힘들까 하는 생각을 하니 또 왈칵 눈물이 나네.

이제쯤 까맣게 잊었으려니 하다가도 마치 생채기처럼 다시 아픔으로 기억되는 것은 왜일까?

내가 아직도 철이 덜 들어서일까?

늘 어머니가 혼자 누워 계시던 기자촌 집 어두컴컴한 방, 초록색 한복을 입고 어머니는 사진틀 속에 그렇게 혼자 계시겠지?

여기는 너무나 멀어서 잘 오실 수도 없는 거겠지?

이렇게 천 리나 떨어져서 늘 어머니 생각에 서러워하며 살게 될 줄은 몇 달 전만 하더라도 전혀 생각을 못 했는데…….

그렇게 가실 것 같았으면 마음 편하게 내 곁에 계시다가 가실 수 있도록 떠나는 것을 미룰 수도 있었는데…….

그렇게 내가 떠나가는 것이 외롭고 슬펐으면 펄펄 뛰며 말리기라도 하실 것이지, 일기장에 피를 토하는 글을 쓰면서도 어머니는 단 한마디라도 가지 말라는 말을 안 하셨잖아.

어머니는 그때부터 벌써 함께 떠나지 못하리라는 것을 예감하고 계셨던 거야.

오늘 갓김치를 담그면서 문득 "너 떠나고 나면 다음 김치는 누가 담가주지?" 하고 식탁 의자에 힘들게 앉아서 중얼거리던 어머니 모습이 갑자기 떠올라 또 눈물을 흘렸어.

그날 내가 얼마나 가슴이 찢어지도록 아팠는지 어머니는 모를 거야.

하루 종일 안개비가 내리고 있어.

이런 날이면 더욱 가슴이 저리도록 엄마가 보고 싶어.

어머니가 멀리 계시다는 게, 다시는 그 뺨을 만져 볼 수도, 손을 잡아볼 수도 없다는 게 견딜 수 없이 나를 슬프게 해.

이제는 한 줌 숱만 남은 머리를 깎아 드릴 수도, 입 안을 찌른다는 의치를 줄칼로 갈아 드릴 수도 없다는 게 나를 괴롭게 해.

어머니를 부축하고 다니던 그 수많은 여행길, 나 혼자 가는 건 아무런 의미가 없어.

곳곳에 어머니와 추억이 짙게 배어 있는 걸.

마지막 숨을 거두던 그 순간이, 돌아가셨다는 그 말이 거짓말처럼 느껴지던 그 순간이, 이 세상의 아무런 소리도 내게 들리지 않던 그 적막한 느낌이, 눈앞이 하얗게 바래지던 그 기억이 아직도 너무나 생생해.

그렇게 잠만 주무시다가 돌아가시게 하지 말았어야 했는데…….

아무리 고통에 힘겨워 하시더라도 의식이 깨어 있는 채로 임종을 맞도록 해 드렸어야 했는데…….

무수한 회한과 번민으로 어머니를 생각할 때마다 나는 가슴이 아려와.

어머니, 정말 미안해. 어머니의 마지막을 내 마음대로 결정해 버려서…….

어머니가 고통에 신음하고 비명 지르는 것을 더 이상 볼 수가 없었어.

하지만 결국 그건 나 자신을 위한 결정이었을 거야.

그것이 끊임없이 나를 괴롭히고 있어.

어머니, 보고 싶어, 정말.

어머니를 그렇게 떠나보내고 열흘 만에 고국을 떠났던 것은 몇 달 전에 짐을 미리 배편으로 부쳤던 데다 어머니 병간호를 하는 동안 우리 두 사람의 비행기표를 계속 연기시켰던 바람에 더 이상 미룰 수가 없었기 때문이었다. 멀리 떠났던 형제들도 모두 모이는 추석날 밤 나는 그렇게 울면서 울면서 고국을 떠났던 것이다.

뉴질랜드 이주

26

아파트를 처분한 돈과 퇴직금을 합쳐 집을 마련하고 정리한 뒤 어느 정도 생활은 안정되었지만 내 마음은 조금도 편해지지 않았다.

나는 잊어버리기 위해서 미친 듯이 일에 매달렸다.

아래층 거실은 갤러리로 꾸몄고, 둘이서 한 달 남짓 매달렸던 작업실 공사도 끝나서 작업장으로 쓸 훌륭한 공간도 만들어졌다. 중고 유리문짝을 4백 50달러에 구입해서 설치하던 날, 그 무게를 이기지 못하고 잠시 기우뚱하는 사이 문짝이 넘어져서 문틀에 끼어 있는 유리창이 산산조각이 나버렸다. 결국 6백 달러를 들여 유리창을 끼우면서 우리는 사람이 다치지 않은 것만을 다행으로 생각하기로 했다. 그리고 먼저 사용할 수 있는 전기 가마를 설치했다.

그러나 날씨가 너무나 좋고 깨끗해서 햇살이 찬란하면 찬란한 대로, 단풍이 고우면 또 고운 대로, 차분히 비가 내리면 또 그대로 나는 서럽고 슬펐다. 그 아름다움을 어머니와 함께 하지 못하는 슬픔 때문이었다.

밤낚시(2002. 3. 6.)

밤바다에 낚싯대 드리우면
파도 모서리마다 부서지는 달빛
하늘엔 쏟아질듯 별이 돋고
바다 너머 보이는 마을엔
금박 물린 옷감처럼
불빛도 별빛인 듯 깜박거리네

모든 기억
바다 건너 저 편에 남겨두고
텅 비인 머리로 여기 섰지만
달빛 따라 부서지며 흘러가는 건
그래도 못 다한 추억의 그림자

달이 기우는 시간이 올 때까지
먼 바다를 향해 선 채로 망부석이 되어버린 내가
나지막이 소리 내어 되뇌는 건
꿈에서도 차마 잊지 못하는
두고 온 이름들

그래,
이렇게 또
하루라는 시간을 살아냈구려

사모곡(2002. 3. 6.)

당신 없이는 단 하루도 살 수 없을 것 같던 내가
벌써 다섯 달을 살아냈습니다

눈 닿는 모서리마다 밟히는 당신의 모습을
머리를 흔들며 매몰차게 털어 내면서
용케도 지금껏 살아왔습니다

당신 생각에 흐려지는 두 눈을 감으며
당신 생각에 목이 메는 자신을 꾸짖으며
'모두들 그렇게 살아가는 거야' 다짐하면서
그렇게 오늘까지 살아냈습니다

하지만 이렇게 당신을 잊어 가는 것이 가슴 아픕니다.
당신을 가슴에 묻고도 먹고 입고 잠자는 내가
죄스럽기만 합니다

어머니
아무리 불러도 그리운 이름
이제 난
누구를 향하여 이 이름을 다시 불러 볼까요?

황혼 무렵에(2002. 3. 6.)

황혼에 물드는 연못가.
금빛으로 빛나는 리무나무 잎 사이로
연둣빛 아기 산새 한 마리
숨을 할딱이며 날개를 쉬이고

맞은편 어스름 내리는 산(山)그늘
키 큰 카우리 나무들이 조용히 선 채
곧 다가올 어둠을 맞을 채비를 하고 있다

태고의 습관처럼
이 깊은 숲 속엔 어김없이 밤이 찾아들고
그렇게 또 의미 없는 하루가
레테의 강(江) 저편으로 사라져 가는 거겠지

그래도 생살에 난 상처처럼
영원히 지워지지 않는 아픔

그것은 몽매에도 잊지 못해
가슴에 묻어둔 그리움 하나

낙엽이 지고
키 큰 나무가 나목(裸木)으로 서는 계절이 와도
영원히 지울 수 없는 업보(業報)의 생채기 하나

형 제 (2002. 3. 6.)

여럿이 함께 자랄 때는
그리움을 몰랐습니다

맛난 음식 하나, 고운 옷 한 벌을 다투며
그렇게 서로 귀한 줄 모르고 자랐습니다

이제 어느 사이에
거울처럼 마주 보는 이들의 머리엔 서리가 내리고
곧던 등은 구부정하게 변해 버렸습니다

틀니에 돋보기, 보청기마저도
존재의 일부가 되어 버렸습니다

어머님을 언 땅에 묻고 나서야
비로소 이 세상에 우리뿐이란 걸
깨달았습니다

지금 천만 리 바다 건너 낯선 땅에서

함께 자라던 그 기억을 떠올립니다
가슴 저린 그리움으로
보고픈 그 얼굴들을 그려봅니다

그리움 이상의 그리움으로
목메어 그 이름들을 불러봅니다

늙음(老) (2002. 3. 6.)

어느 순간 돌아다보니
이미 언덕을 넘어서 내리막길에 서 있네

해놓은 것도 없고
아직 할 일도 많은 듯한데
언제 벌써 여기까지 와 있었을까

싹이 트고 꽃이 피는 봄날은
기억 속에 아스라이 사라지고 없는데
낙엽 지고 찬바람 부는 늦가을 속에
아직도 방황은 계속되고 있네

발간 등잔불 창호지에 은은히 번지는
깊은 산속 오막살이라도 좋으련만

내 지친 영혼 잠시 쉬일 수만 있다면

안개비 속에서(2002. 3. 13.)

안개비에 가려 농담(濃談)만으로 구분되는 첩첩산중
소리도 없이 숲을 적시는 비는
저 숲을 지나 내 눈망울까지도 적시고

만리타국에서 맞는 가을은
가슴 저린 그리움 반, 뼈가 시린 쓸쓸함 반으로
모두 메워질 듯도 한데
들여다보면 언제나 텅 비인 허공뿐

빛깔 잃은 덤불 사이로 이리저리 뒹구는 낙엽처럼
어이해 나는 이 낯선 하늘 낯선 골짜기에 와 섰는가

그리운 이가 사는 쪽 하늘마저 안개비에 가려 아득한데
날개 젖은 산새 한 마리 젖은 나뭇가지 위에 앉아
내 슬픔을 가늠하고 있는 듯

소원처럼 한 평 남짓 땅 속에
육신을 쉬이고 있는 어머니께도
이 비는 그리움처럼 눈물 되어 내리고 있을까?

비바람(2002. 3. 13.)

바람에 몸부림치는 키 큰 나무들처럼
온몸으로 비바람을 맞고 서 있는 나
잿빛 구름을 시름처럼 머리에 이고
내 영혼(靈魂) 쉬일 곳을 찾아 헤매네

이렇게 비바람 거센 날은
혈관(血管) 속을 흐르는 그리움마저
훨훨 털어버릴 수도 있으련만
어디에도 머물 수 없는 바람이 되어
오늘도 끝없는 방황을 계속하고 있네

저 레테의 강을 허위허위 건너가면
화사한 웃음으로 나를 맞아 주실까
우리 어머니

바 람(2002. 3. 13.)

이렇게 멀리에
민들레 꽃씨처럼 날아와 머물다
어느 순간 눈을 감으면
그게 우리네 삶이런가

하늘길 천 리
바닷길 천 리
바람도 힘겨워 못 다녀갈 곳인데
늙으신 우리 엄마 영혼
이 먼 길 어이 다녀가실까

아름다운 시간들은 어느덧 사라지고
지나간 날보다 남은 날이 길지 않음을
다시 만날 수 있으리라는 바람 하나로
오늘도 기다림처럼 여기 서 있네

당 신(2002. 3. 13.)

지나온 시간들이 더 길다고 해서
그만큼 소중한 것은 결코 아닙니다

당신을 만난 지 이제 5년
그래도 그동안이 내 인생의 전부였습니다

잿빛 하늘이 비로소 쪽빛을 되찾았고
무의미한 시간들이 비로소
그들의 의미를 되찾았습니다

개구쟁이처럼, 어린아이처럼

때로는 거대한 힘을 지닌 허큘리스처럼
당신은 내 모든 영혼을 채우고 있습니다

남은 시간이 얼마 되지 않는다 해서
그냥 그렇게 살아 버릴 수는 없습니다
이마에 소금을 절이듯 땀을 흘리며
그렇게 소중한 시간들을 살아내야 합니다

거울처럼 마주 보고 아끼고 사랑하며
우리 그렇게 늙어가야 합니다

알고 싶어요(2002. 3. 13.)

달이 지난 달력이 걸린 썰렁한 방
초록빛 두루마기를 입고 앉은 당신의 사진 위엔
그윽이 내려다보고 계시는 성모님 초상
당신의 영전을 밝히는 파티마 성모상과 두 자루 촛대

사진 속의 당신의 모습은
떠나오던 날 눈물 속에 보던 그 모습 그대로인데

꿈속에 보는 당신의 모습처럼 정말로 그곳에서는
보청기도 틀니도 지팡이도 필요 없고
백화(百花)가 난만(爛漫)한 들판만이 펼쳐져 있던가요

희로애락 오욕칠정이 없는 세상
질병과 고통이 없는 세상이던가요

아무리 그렇다 해도 난 알고 싶어요
그곳에서 정말 그렇게 행복하신지
정말로 내가 보고 싶지 않은지……

편두통(2002. 4. 6.)

일 년 삼백육십여 일 중
거의 이백 일을 함께 하면서
이제는 벗이 되어버린 너

수많은 불면의 밤을
고통으로 지새우면서도
나는 너를 미워할 수 없어

속죄할 수 없는 업보로
내가 너와 함께 해야 한다면
그 또한 내게 지워진 운명의 일부이겠지

사모곡(2002. 6. 1.)

당신
다시는 돌아오지 못할 길을 홀연히 떠나신 뒤
날마다 조금씩
아주 조금씩은 잊혀져 간다고 생각했는데

여윈 팔다리, 홀쭉한 뺨을 어루만지던
그 감촉이 아직도 너무 생생해
맑은 눈동자로는 당신의 사진을
들여다 볼 수 없습니다. 나는 아직……

당신 잠드신 고국의 묘지 위에 달맞이꽃이 무성해도
유난히 그 꽃을 좋아하시던 당신이 생각나서
차마 뽑지 못했다고 하더이다

다시 한번 당신 뺨을 어루만져 볼 수 있다면
다시 한번 여윈 팔다리
따뜻한 물수건으로 닦아 드릴 수 있다면

어머니
가슴에 덮인 흙이 무겁지는 않은가요?
천만 리 멀리 있는 딸 대신
몇 그루 달맞이꽃이 위안이 되던가요?

도예가로 변신한 나

견딜 수 없이 괴로운 나날이 계속되었다. 먼저 와서 집을 마련하고 2개월 뒤에 어머니를 모셔 오려던 내 생각은 뼈가 저리도록 후회스러운 것이었다. 그 무엇에도 마음을 붙일 수 없이 허허로운 시간들은 두통으로 이어졌다. 어느 날 저녁 무렵 시작된 통증은 좀처럼 가라앉을 기미가 보이지 않았다. 며칠 밤을 계속해서 통증으로 뒹굴며 토하느라고 잠을 이룰 수가 없었다. 약까지 토해내는 바람에 먹은 것이 없는데도 계속되는 통증은 위장을 온통 뒤집어 놓는 것 같았다.

나흘째 되던 날 결국 응급실로 실려 갔다. 진통효과가 있는 주사라며 계속해서 서너 대를 맞았는데도 차도가 없었다. 몇 시간을 누워 있으면서 주사를 맞아도 효과가 없자 그들은 집에 데려가서 자게 하라면서 남편에게 수면제를 주는 것이었다.

이틀 가량 더 고통을 겪은 뒤에야 두통은 가라앉았는데 이번에는 걸을 수가 없는 것이었다. 알고보니 그들이 주사를 놓을 때 한

대를 잘못 놓아 한쪽 다리를 잘 못쓰게 된 거라는 것이었다. 결국 오랜 치료 끝에 지금은 그래도 큰 불편은 사라졌지만 때로 통증을 느끼곤 한다.

그렇게 슬픔 속에 파묻혀 지내던 어느 날 나는 남편에게 낚시를 다녀오라고 했다. 내가 혼자 남아 있는 것을 걱정하는 남편 때문에 늘 함께 다녔지만 그날은 워낙 내가 강하게 주장을 했기 때문에 할 수 없이 혼자 낚시를 갔다.

나는 나 자신을 잊고 몰입할 수 있는 그 무엇인가를 찾아야 한다고 생각했다. 잠시 망설이던 나는 남편이 만들어 놓은 도자기에 그림을 그리기 시작했다. 안료도 제대로 없었고 도구도 제대로 없었지만 무엇엔가 미쳐야겠다는 생각으로 붓을 잡았던 것이다.

중학교인가, 고등학교 시절 미술 시간에 미술 선생님이 너는 미대를 가는 것이 좋겠다고 말씀하셨던 적은 있었지만, 그때 처음 내가 그림 그리는 것을 그토록 좋아한다는 사실을 처음 깨달았다.

낚시에서 돌아온 남편은 그려 놓은 그림에 놀라워하면서 내가 그림을 그릴 수 있도록 모든 것을 마련해주었다.

그날 이후로 나는 그림에 빠져 버렸다. 그림뿐 아니라 음각이나 양각, 박지, 상감 등 우리나라 전통 도자기에서 쓰였던 모든 기법을 공부하면서 그것으로 남편이 만드는 도자기를 장식하기 시작했다. 차츰 여러 기법들에 익숙해지고 나름대로 장식을 하는 안목도 생기게 되자 나는 도자기의 디자인까지 영역을 넓혀 나갔다.

한편으로 우리는 유약에 대한 실험과 연구를 계속했다. 어차피 한국에서 쓰는 흙과 다른 흙이기 때문에 그 흙을 이루고 있는 성분도 완전히 달랐다. 그러므로 한국에서 주로 사용하는 유약으로 실험을 하면 전혀 엉뚱한 결과가 나오는 것이었다.

우리는 각종 안료와 유약이 구워질 때 나타나는 빛깔과 녹는 점, 그리고 발색의 정도를 파악하고자 끝없이 실험을 계속했다. 실험을 계속하면서 남편과 나는 어떻게든 이 나라에 우리의 도자기를 알리기 위하여 주변의 키위나 마오리 등 현지인을 대상으로 교류를 넓혀 나갔다. 또한 이 나라에서 도자기를 하는 사람들을 찾아다니면서 정보를 교환하는 일도 게을리 하지 않았다.

그러는 동안 이웃에 사는 외국인들과 어떻게 용케 알고 찾아오는 교민들로 말미암아 우리 공방은 점점 알려지게 되었다.

이곳에 정착한 초기에 도자기를 만들고 그림을 그리면서 느끼고 결심한 것을 글로써 표현해 보았다.

조국을 위하여

나는 평생을 살아오면서 단 한 번도 내가 조국을 떠나 만리타국 낯선 땅에서 살아가리라고 생각을 해 본 적이 없다.

또 그동안 이따금 외국에 출장을 가 있을 경우를 빼고는 사무치고 뼈저리게 조국에 대하여 깊이 생각해본 적도 없었다.

그런 내가 과감히 공직을 그만두고 이 먼 나라 낯선 곳에서 이제까지와는 전혀 다른 삶을 엮어가고 있다.

하나뿐인 딸을 멀리 보내야 한다는 가슴앓이 때문인지 갑자기 병세가 악화되어 결국 내 품안에서 눈을 감으신 어머니를 눈물로 묘지에 묻고, 차마 떨어지지 않는 발길을 돌려 날아온 지구 반대쪽 나라 뉴질랜드.

처음 이 땅에 내렸을 때 '지구에서 단 하나 남은 오염되지 않은 땅' 이라는 말에 걸맞게 이곳은 깨끗하고 아름다운 나라였다.

천국이 있다면 바로 이런 모습이 아닐까 싶을 정도로 그야말로 신의 축복을 받은 땅처럼 보였다.

하지만 가을로 접어들면서부터 겨울까지는 날마다 비가 뿌리고 바람이 불고, 습한 대기 때문에 제습기를 틀어 놓고 살아야 한다.

깊은 산속에 자리 잡은 우리 집은 유난히 바람이 심하고 또 아침저녁으로 오싹하는 한기가 느껴지곤 한다. 분명히 수치로는 영상의 기온인데도 말이다.

우리는 한국의 위대한 예술, 즉 도자기를 이곳에 알리고자 하는 사명감을 가지고, 그동안 각자 정진해 오던 일들을 과감히 청산하고 이 땅에 왔다. 오직 물레 몇 대와 가슴 가득한 정열만 가지고…….

처음 이곳에 왔을 때 현지 사람들이 도자기를 배우고자 일본에 가는 것을 가장 영광스럽게 생각하며 또 일본을 도자기의 원조로 생각하고 있는 데 대하여 경악을 금할 수 없었다.

내가 아무리 과거 한·일 사이의 역사나 심수관 씨, 그리고 한국 도자기의 우수성에 대하여 힘주어 말해도 이들은 고개를 갸웃거릴 뿐이었다.

그렇다면 왜 한국은 그런 위대한 역사적 유산을 일본처럼 세계에 널리 알리지 않고 있느냐는 물음에, 나는 비록 분야는 다르지만 과거 공직에 있었던 한 사람으로서 부끄러움을 느끼지 않을 수 없었다.

나는 처음에 계획했던 일, 즉 이곳에서 다시 공부를 계속하여 한의사가 되겠다는 꿈을 접어야겠다고 생각했다.

비록 도자기는 내가 전공한 분야와는 거리가 멀지만 이곳 한국 도자기의 불모지인 이 나라에서 도자기의 역사를 바로잡고 한국 도자기의 우수성을 널리 알리는 것이 더 중요한 일로 생각되었다.

의학은 누구나 공부하면 할 수 있는 일이지만 한국 도자기의 역사를 바로 알리는 것은 아무나 할 수 있는 일이 아니기 때문에 나는 어떤 소명의식 같은 것을 느끼게 된 것이었다.

우여곡절 끝에 깊은 산속에 터가 넓은 집을 마련했다. 그것은 앞으로 우리나라의 전통 가마를 설치할 수 있는 공간을 고려했기 때문이었다. 먼저 전기 가마를 사서 설치하는 데 두 달이 넘게 걸렸다.

그리고 한국과 전혀 다른 이곳의 흙과 유약을 사용하여 도자기를 빚되 우리나라의 전통방식을 그대로 적용하는 시도를 계속하였다. 지금이라도 우리나라의 전통문양을 처리하는 방법인 인화문과 상감기법, 박지기법, 귀얄기법 등을 사용하여 장식을 하는 한편, 우리나라의 풍속화나 산수도, 화조도 등을 도자기에 그려 넣음으로써 우리나라의 문화를 알리기 위하여 노력하고 있다.

요즈음은 과거 우리나라의 합을 재현하되 그 표면에 전통 문양을 상감하거나 여러 가지 아름다운 그림들을 음각화로 그려 냄으로써 이곳 키위들의 탄성을 자아내고 있다.

또한 우리나라 고유의 도자기에 이들의 기호를 감안하여 조금씩 빛깔을 넣는 시도도 함께 하면서 이들 문화에 우리 문화를 접목시키는 일도 조심스럽게 진행하고 있다. 언젠가는 누구나 우리 도자기를 인정하고 또 가장 선호하게 되는 그날이 오기를 기대하면서 날마다 새로운 세계를 만들어 가고 있는 것이다.

나는 도자기에 관한 한 문외한이었다. 그러나 지금 나는 음각이나 양각, 박지, 상감, 귀얄, 채색 등 모든 분야에 걸쳐 공부하고 있다. 전통적으로 우리나라의 도자기는 화려하거나 야단스럽지 않고, 우아하고 기품이 있으며 색상도 주로 무채색에 가까우나, 이곳의 도자기는 일본과 영국의 영향을 받아 아주 화려하고 원색에 가까운 색채로 장식을 하고 있다.

나는 우리 도자기가 수수하고 꾸밈없으나 그윽하고 깊은 멋을 지니고 있다고 생각한다. 볼수록 정이 들고 싫증나지 않는 그런 아름다움을 가지고 있는 것이 우리 도자기의 매력인 듯하다.

우리는 지금 우리가 하고 있는 시도가 현지 사람들에게 단번에 받아들여지리라고는 생각하지 않는다.

더구나 전체 인구가 삼백만 명 정도밖에 되지 않는 이 나라의 작은 시장에서 우리의 작품들이 팔릴 것이라는 보장도 없다.

하지만 이 일은 언젠가, 누군가는 반드시 해야 할 일이고 또 마침 이곳에 내가 와 있으니 지극히 미약하나마 노력하지 않을 수 없다고 생각할 뿐이다.

우리에게는 낮과 밤이 따로 없다. 중고 마룻장을 사다가 손질해 깔면서 손에 물집이 잡히도록 망치질을 하고 수없이 니스를 칠하면서, 또 사다리를 타고 올라가 천장과 벽에 페인트를 칠하면서 지어 놓은 작업장에서 손가락에 쥐가 나도록 조각을 하고, 그림을 그리며 또 물레를 돌리고 있다.

비록 우리가 이 일을 함으로써 경제적인 부를 얻을 수는 없겠지만 한국 도자기의 불모지인 이 나라에 한국인으로서 한국의 전통문화를 보급하는 것은 돈으로 바꿀 수 없는 더 소중한 가치가 아닐까?

　우리는 2003년 말 무렵에 한국의 도자기를 이곳에 알리는 행사를 계획하고 있다. 그러기 위해서 우리 도자기 역사책을 번역하고 전시장을 꾸미고 초청장을 만들고……. 무엇보다 격이 높은 도자기 작품을 전시하여 이들에게 한국 문화의 우수성을 알리기 위하여 해야 할 일이 너무나 많다.

　그 누가 지금 흙먼지를 뒤집어쓰고 물레를 돌리는 그를 과거 유명한 무술 사범이었다 할 것이며, 그 누가 조각도를 들고 도자기에 문양을 새기거나 그림을 그리고 있는 나를 행정학을 전공한 박사 출신의 공무원이었다 할 것인가?

　살아가면서 끊임없이 자기 계발을 하는 것, 주어진 곳에서 비록 미약하나마 최선을 다하는 것, 그것이 궁극적으로는 조국을 사랑하는 것, 즉 애국하는 길이 아닐까 생각하면서, 찬바람이 들어와 차갑게 언 손을 녹여가며 난 오늘도 붓을 잡는다.

여러 번에 걸친 전시회를 통해서 교민들은 물론 많은 현지인들의 호응으로 중국과 일본 도자기밖에 모르던 이 나라 사람들에게 한국 도자기 문화의 우수성에 대한 인식을 높이는 계기가 되었다.

또한 2003년 10월 17일 오후 4시 반부터 30분간 뉴질랜드 국영 라디오에서 한국 문화와 한국 도자기에 대한 인터뷰가 있었고 2003년 10월 26일에는 뉴질랜드 텔레비전 채널1에서 한국 도자기와 우리들의 삶의 모습이 방영되기도 하였다.

(위) 뉴질랜드 집 1층에 있는
갤러리 시실(SYSIL).

뉴질랜드 집 1층에 있는 작업장.

뉴질랜드 국영 라디오 인터뷰를
하고 있다.

월드컵 이야기

여기 온 지 얼마 되지 않았을 때 월드컵 축구경기가 열렸다. 스카이 텔레비전을 시청하지 않았던 우리는 우리나라 팀의 경기가 있을 때마다 남편 친구네 집으로 경기를 보러 갔다. 만리 타국에서 한국 사람들끼리 모여 우리나라 팀의 경기를 목이 터져라 응원하는 것은 눈물이 흐를 정도로 감격적인 일이었다. 시차 때문에 대부분의 경기는 한밤중에 열렸고 어떤 때는 새벽녘이 되어야 집에 돌아오곤 했는데 너무나 소리를 지르고 박수를 친 탓에 목이 쉬고 손바닥의 감각을 잃어버릴 정도였다. 돌아오는 길에 차가 신호대기로 정지하고 있을 때 청소년들이 태극기를 흔드는 것을 보고 차창을 열어 '오~ 필승 코리아', '대—한민국'을 함께 외쳤던 기억은 오늘까지도 강렬하게 남아있다.

월드컵이 열리는 동안 우리는 구름을 딛고 서 있는 것 같았다. 키위들도 우리에게 축하인사를 해주었고 우리는 누구나 애국자가 되어 자랑스러운 조국을 소리 높여 외쳤던 것이다.

이따금 나는 모든 우리 국민들이 그때처럼 진정 조국을 사랑하는 순수한 마음으로 자신의 모든 일을 해나간다면 얼마나 좋을까 하는 생각을 하곤 한다.

28 기 도

아침 일찍부터 밤까지 작업을 하다 보면 그날과 다음날의 구분이 안 되는 일이 많았다. 작업을 끝내고 누우면 온몸에 안 아픈 곳이 없었다. 남편은 물레를 돌리는 자세 때문에 요통과 함께 한쪽 다리에 통증을 느꼈고 나는 조각도를 잡은 손가락 끝에 물집이 잡히고 터지기를 몇 번이나 반복했는지 모른다.

아침운동을 하는 동안 나는 디자인과 작업계획을 구상하고 운동을 마칠 무렵이면 그날의 기도를 올린다.

어린 시절 독실한 가톨릭 신자였던 어머니의 영향으로 나 또한 가톨릭 신자가 되었고, 성당 대표로 교리 경시대회에 나가서 여러 번 상을 타기도 하였다. 내 나름대로 기도의 형식을 만들어 성호를 긋고 천주경과 성모경 그리고 영광송을 암송하고 나서 다음과 같이 진심으로 기도하는 것이다.

'지금 지옥이나 연옥에서 생전에 지은 죄를 보속하기 위하여 고통으로 몸부림치는 내 어머니 최 마리아와 내 아버지 이 방지거 그리고 다른 모든 영혼들에게 차가운 물 한 방울 차가운 빗줄기 한 줄기라도 뿌려 주시어 그들이 잠시라도 고통을 잊을 수 있도록 허락해주시옵고, 그들이 하루라도 빨리 자신의 죄를 보속하고 당신의 나라에 들어가 영생을 누릴 수 있도록 그들을 불쌍히 여기시어 용서하시고 보살펴 주시옵소서. 그들이 비록 이 세상을 살면서 수많은 죄를 지었을 것이오나 최 마리아의 경우 평생에 걸친 어려운 환경 속에서도 확고한 믿음을 잃지 않았음을 어여삐 여기시어 그 영혼이 하루빨리 자신의 죄를 보속하고 당신 나라에 올라가 영생을 누릴 수 있도록 지키고 돌보아 주소서. 또한 이 방지거의 영혼도 구제하시어 그의 지난 허물을 용서하시고 그가 당신 뜻에 따라 당신의 품속에서 최 마리아와 함께 영생을 누릴 수 있도록 그를 구원하시고 돌보아주소서. 지금 지옥이나 연옥에서 고통 받고 있는 모든 영혼들이 하루빨리 자신의 죄를 보속하고 당신 나라에 들어갈 수 있도록 그들 모두를 용서하시고 돌보아 주소서.

우리 형제와 그 가족들, 시댁 형제와 그 가족들, 시부모님, 또 우리 막내에게 당신이 점지하신 반려자가 나타나 그들이 모두 당신 품안에서 당신 뜻에 따라 평화롭게 살다가 평화롭게 당신에게 돌아갈 것을 기원합니다.

또한 우리 부부가 늘 지금처럼 서로 믿고 의지하고, 아끼고 사랑하며 미움을 거두고 서로를 위하여 당신 품안에서 당신 뜻에 따라 평화롭게 살다가 거의 비슷한 시기에 평화롭게 당신 품으로 돌아갈 수 있도록 당신의 강력한 힘과 권능으로 질병과 사악한 사탄의 무리들로부터 우리를 지키고 돌보아 주소서. 우리 주 그리스도

의 이름으로 비나이다. 아멘.'

24시간 함께 숨쉬고 함께 일하는 우리 부부는 완전히 다른 서로의 성격과 작품에 대한 다른 견해 때문에 자주 의견 충돌을 겪곤한다. 한 번 다투고 나면 며칠이고 서로 말을 않고 지내는 것이다. 본래 남편은 낙천적이고 무엇이든 말하기를 즐기는 성격이고 나는 말을 별로 안하는 성격인데, 두 사람밖에 살지 않는 깊은 산속에서 서로 말을 안 한 채 먹고 자고 작업하는 것은 정말 힘든 일이었다.

오랜 세월 각자가 나름대로의 확고한 성을 쌓고 살아온 두 사람이 그 두 세계의 충돌을 겪는 것은 당연한 일인지도 모른다. 서로 부딪칠 때마다 나는 처음 그를 만났던 날의 기억을 떠올리려고 노력한다.

여행길에서 어느 산모퉁이를 막 돌아섰을 때 갑자기 시야가 확 트이며 드러나는, 푸른 비단폭이 너울거리는 듯한 눈 시린 바다의 경이로움, 그리고 깊은 숲 속 촉촉하게 젖은 수목의 초록빛 향기 속으로 햇살이 쏟아져 내릴 때 그 광채를 후광처럼 지고 비로소 자태를 드러내는 아름드리 고사목의 실루엣처럼 그는 내가 전혀 알지 못했던 세계의 아름다움을 내게 가르쳐 주었던 것이다. 그를 통해서 본 이 세상은 비록 물질적인 풍요는 많지 않을지라도 옳고 아름다운 것에 대한 순수하고 맑은 정열이 있었던 것이다.

그런 그와 언젠가 다투고 나서 적어 놓았던 글이 있다.

우울한 아침
소중한 존재임을 알면서도

서로의 마음을 헤집고 생채기 내며
사과하고 달래야 함을 알면서도
쑥스럽고 멋쩍어 외면을 하지

홀로 서서 보내던 그 표정이
왜 그리도 추수 끝난 벌판처럼 허허로운지
돌아서 오는 걸음 내내
그 텅 비인 눈망울이 밟히고

이게 아니었는데
이게 아니었는데
푸른 봄날에 맺은 언약은
이런 것이 결코 아니었는데

깨어진 유리병처럼
산산이 부서져버린 믿음과 사랑을
이제 어떤 소망이 있어 다시 지필까

　　그러던 어느 날 우리는 결론을 내렸다. 우리가 서로 만난 것이 다른 사람들보다 늦었고 따라서 우리에게 남은 시간도 길지 않은데 그 남은 시간 동안 서로 사랑하면서 행복하게만 살다 가기에도 짧은데 어찌 싸울 시간이 있겠느냐는 것이었다. 그래서 요즘은 다투다가도 "아냐, 싸울 시간 없어. 사랑해" 하고는 풀곤 한다.
　　또 우리가 서로 약속한 것은 어차피 세월은 가는데 우리가 죽은 뒤라도 도자기는 남아 있을 것이니 하나를 만들더라도 이 세상에 영원히 남을 수 있는 아름다운 작품을 남기고 가야한다는 것이다.

그렇게 생각하니 서로의 모난 성격도 조금씩 변해가고 우리는 더 아름다운 작품을 만들기 위하여 모든 시간과 에너지를 남김없이 쏟게 되는 것이다.

때로 작업을 마치고 우리는 1시간쯤 떨어진 바다로 간다. 밀물일 때는 낚시질을 하지만 썰물일 때 그곳에 가면 끝없이 펼쳐진 넓은 바닷가가 온통 굴과 홍합 밭이다. 만약 우리가 술을 좋아하는 사람들이었다면 매일 소주병을 들고 그곳에 갔을 것이다. 조그만 칼로 뚜껑을 열면 크고 싱싱한 굴이 나타나는데 그 맛 또한 기가 막히는 것이다.

작업이 끝나고 물때가 맞으면 가끔 밤낚시를 가는데 도시 한복판에 걸린 하버 브리지 밑에 가서 낚싯대를 드리우고 반짝이는 별빛을 바라보며 고향 생각을 하는 것도 커다란 즐거움이다. 이곳의 규정은 엄격해서 낚아 올린 물고기의 크기를 재서 규격 미달이면 도로 놓아주어야 하는데 예를 들어 도미의 경우는 27센티미터가 넘어야 한다. 만약 이를 어길 경우 막대한 벌금은 물론 차량과 배까지 압수당하는 것이다.

여기 와서 배운 낚시는 내가 가장 즐기는 오락 가운데 하나가 되었다.

29 어느 생일

2002년 내 생일에 있었던 일이다. 한국에 있을 때는 몰래 생일 케이크와 장미꽃 다발을 사서 세탁기 속에 숨겨 두었다가 나를 즐겁게 해주기도 했지만, 그동안 계속된 여러 가지 일들로 하여 정신적인 여유가 없었던 것이 사실이었다. 남편은 모처럼 내 생일을 맞아 좀 먼 곳으로 낚시여행을 가자고 제의했고 나도 즐거운 마음으로 따라 나섰다.

북쪽으로 두 시간쯤 달려서 정말로 아름다운 오레와 해변에 다다른 우리는 넓은 바위 위에서 낚시를 즐겼다. 하늘은 너무도 푸르고 바다는 푸른빛과 초록빛으로 반짝였으며 넓고 평평한 바위는 따스하게 데워져 있었다. 우리는 가지고 간 간장과 와사비를 꺼내놓고 싱싱한 생선회를 먹을 생각에 즐거운 마음이었다. 남편이 미끼를 끼워준 낚싯대를 들고 바위 위에 서서 힘껏 낚시를 던졌다.

바로 그때였다. 갑자기 눈앞이 하얗게 변했고 나는 그것이 절벽처럼 일어선 파도라는 것을 직감했다. 그 파도를 정면으로 맞으면 그대로 뒤로 넘어져 뇌진탕을 일으킬 것이라는 생각에 순간적으로 몸을 돌렸고 나는 파도에 머리와 등을 얻어맞고 바위 위로 넘어졌다.

바위에 넘어진 충격으로 무릎과 손등에 피를 흘리고 있었지만 그것보다 정신적인 충격으로 더 멍했다. 놀란 남편은 나를 부축하여 안전한 곳으로 데리고 갔다. 그토록 잔잔하고 고요한 바다가 그 품속에 그처럼 날카롭고 거대한 칼날을 숨기고 있었다는 것을 어찌 믿을 수 있겠는가? 수많은 한국 사람들이 낚시터에서 목숨을 잃는 이유를 알 수 있을 것 같았다.

바다는 금세 잔잔한 모습으로 돌아갔지만 충격을 받은 우리는 주섬주섬 짐을 싸 가지고 차에 올랐다. 차에 오르면서 남편은 "생일이 제삿날 될 뻔 했네" 하고 말했다.

몇 달 뒤 남편의 생일이 되었다. 나는 무엇인가 기억에 남을 선물을 해주고 싶었다. 외식하는 것을 좋아하는 그를 위하여 시내 음식점에 가서 음식을 주문해 놓고 나서 무슨 선물을 받고 싶은지 물었다. 남편은 선물은 아무 것도 필요 없고 다만 한 가지 사면을 받고 싶다는 것이었다. 무슨 일에 대한 사면이냐고 물었지만 먼저 사면을 해주겠다고 약속하라는 것이었다. 마지못해 알았다고 하자 주머니에서 종이 한 장을 꺼내는데 그것은 속도위반 벌금 고지서였다. 그것도 무려 35킬로미터나 위반한 것으로 벌금이 무려 175달러였다.

갑자기 식욕이 사라졌지만 생일인지라 과속의 위험에 대한 주의와 다짐을 받고 넘어갈 수밖에 없었다.

그런데 몇 달 뒤 크리스마스이브가 되었다. 아침부터 남편은 내게 이렇게 기쁜 날 혹시 사면이 없느냐고 묻는 것이었다. 불길한 예감에 몇 번씩 물어도 아무 일도 없다던 남편은 밤이 깊어지자 또 한 장의 고지서를 내놓는 것이었다. 이번엔 25킬로미터 초과에 135달러였다. 벌금도 벌금이지만 과속은 곧 대형사고로 이어지기 쉬운 것이 아닌가? 남편은 다시는 과속을 하지 않겠으니 한 번만 더 사면을 해달라고 사정을 하는 것이었다.

며칠 뒤 3개월 운전면허정지 예고장이 배달되자 요즘은 남편도 조심하는 기색이다.

도예가 부부가 되어

그동안 한 번도 대중매체에 광고를 하지 않았던 우리 도자기는 우연히 알고 다녀갔던 한 사람, 두 사람의 입으로 '핸더슨 밸리에 아름다운 도자기를 만드는 신선부부'가 있다는 식으로 소문이 나게 되었다.

어느 날 이곳의 미술협회에서 우리 집을 찾아와 자신들의 전시회에 출품을 해달라는 요청을 했다. 우리는 이제쯤은 우리가 만드는 도자기를 선보이는 것도 괜찮겠다는 생각을 했고, 그 전시회에 우리의 대표작을 몇 점 선보임으로써 첫 초대전 겸 데뷔전을 갖게 되었다.

공식적인 오프닝 행사가 있던 날은 우리 부부가 직접 전시회장으로 가 그곳을 찾은 많은 외국 사람들과 한국 사람들에게 우리 도자기 문화의 우수성과 함께 작품을 설명하는 시간을 가졌다. 뉴질랜드의 지역 텔레비전 방송에서 취재를 나와서 인터뷰를 요청하는 바람에 우리 부부는 인터뷰까지 했다.

한 달 동안 계속되었던 전시회는 첫 전시회치고는 괜찮은 성과를 올린 것으로 평가되었다.

첫 전시회에 이어 2003년 10월에는 이 나라의 대가급 예술가의 작품만 전시되는 마스터워크 갤러리에서 제2회 전시회가 있었고, 이어서 시내 한복판에 있는 컴펜디움 갤러리에서 제3회 전시회가 열렸는데 2004년 현재까지도 전시하고 있다. 11월에 알렉산드라 파크에서 열린 제2회 한인의 밤 행사에서는 이 나라 수상인 헬렌 클라크에게 우리나라의 전통기법인 박지와 상감으로 장식된 우리 도자기를 기증하는 영광도 누렸다.

뉴질랜드 라디오 방송에서 인터뷰도 했고, 국영 텔레비전에 우리 도자기가 소개되기도 했다.

12월에는 뉴질랜드 예술계 각 분야를 대표하는 40인 초청 전시회에 우리 부부가 도예가로 나란히 초청되어 론샌 갤러리에서 우리 작품을 전시했다.

우리는 요즘도 늘 새로운 구상을 하고 있다. 잠을 자다가도, 식사를 하다가도, 커피를 마시면서도 우리는 작품에 대한 의견을 교환하고 함께 디자인한다.

요즈음은 그가 성형을 하고 내가 장식을 하는 식으로 작업이 완전히 분리되어 있다. 또 나는 틈틈이 물레를 거치지 않은 완전 수작업으로 흙냄새 나는 나만의 작품들을 만들고 있다.

그가 만드는 도자기에 장식을 하고, 내가 직접 도자기를 만들어 또 거기에 장식을 하는 등 늘 분주하다.

나는 전통이 전통 자체만을 고수하지 않고 변화를 받아들여 새롭게 태어나야 한다고 생각한다. 또 한 가지, 도자기는 일단 아름다

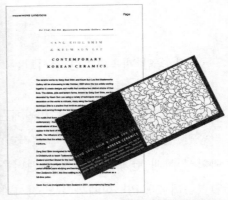

(맨위) 2003년 10월 마스터워크 갤러리 전시회 때 도자기 앞에서 남편과 함께 그리고 팸플릿과
초대장. 초대장은 갤러리 측의 요청으로 내가 직접 디자인한 것이다.
(가운데) 2003년 11월 컴펜디움 갤러리 앞에서 그리고 전시회 초대장.
(맨아래) 2003년 11월 알렉산드라파크 전시회.

266_ 아이고 다리를 건너서

뉴질랜드 텔레비전 인터뷰.

도예가로서 새 삶을 살고 있는
글쓴이와 남편을 소개한
뉴질랜드 현지 기사와
국내 기사들.

한국 전통의 상감·박지기법으로
표현한 한국 문양과
뉴질랜드 원주민인
마오리족 문양의 도자기 작품들.

워야 함은 물론 그 쓰임새가 있어야 한다는 것이 내 개인적인 생각
이다.

올해에는 한 단계 더 발전된 형태로 도약하기 위하여 새로운 연
구에 착수했는데, 그 첫 번째 작업이 색 유약 실험이다. 백자와 청
자 그리고 분청으로 대표되는 우리나라의 도자기는 그 색채가 단
조롭고, 전체적으로는 무채색에 가깝다. 그러나 서구에서는 색채
자체의 표현을 중요시한다. 그래서 이번에 80여 가지가 넘는 색 유
약의 실험에 착수하게 된 것이다. 그 실험의 결과에 따라 우리는
우리만의 색채를 찾아낼 것이다.

유약을 만드는 데는 여러 가지 광물질의 배합이 필요하다. 장석,
석회석, 규석, 카올린, 백운석, 활석, 아연, 티탄, 망간, 산화철, 탄산

동, 나무재, 골회, 바륨, 와목, 니켈, 코발트……

이름조차도 생소한 것이 많았지만 고등학교 때 기억을 되살리고 사전을 찾아가면서 이들을 사들였다. 비율별로 섞어서 초벌구이 기물에 입혀서 재벌을 마쳐야 완성되는 이 실험은 많은 시간과 노력을 필요로 한다. 또 소성방법에서도 산화소성이냐 환원소성이냐에 따라 달라지기 때문에 아마도 이 실험은 꽤 오랜 동안 끊임없이 계속되어야 할 것 같다.

그동안 전기 가마만을 사용해 오던 우리는 환원소성을 하기 위하여 중고 가스 가마를 구입했는데 그 무게 때문에 구입가격보다 운반비가 훨씬 더 들었다. 커다란 트럭이 올라올 수 없는 지형 때문에 길에다 내려놓고 간 가스 가마를 밧줄로 묶어 지프에 매달고 작업장까지 끌어올렸다. 또 둘이 함께 지붕에 올라가 동그랗게 오려낸 구멍으로 가마의 굴뚝을 설치하는 날은 갑자기 소나기가 쏟아졌는데 미처 사다리를 타고 내려오기 전에 흠뻑 젖어버리기도 하였다. 처음 가스 가마를 지피던 날은 30분마다 가스주입과 공기압력 등을 조절해야 했기 때문에 밤을 꼬박 새면서 지붕에 뚫은 구멍과 굴뚝이 닿은 부분이 벌겋게 달아오르면 수시로 물을 뿌리면서 식혀 주어야 했다.

온도가 1,300도까지 올라가는 재벌소성의 경우 온도가 올라가면서 변화하는 불꽃의 색깔이 너무도 현란하고 아름다워 그것에 매료될 지경이었다. 맨살인 흙에 화장을 하고 유약옷을 입혀 그 뜨거운 불 속에서 오랜 동안 인고의 시간을 보낸 뒤 전혀 다른 얼굴로 나타나는 도자기에 반하지 않을 사람이 어디 있겠는가.

우리들의 이야기

31

    그는 집안 청소를 하고 넓은 잔디밭의 잔디를 깎고 정원을 가꾸는 등 바깥일을 하고 나는 온실과 밭에 채소 씨를 뿌리고 가꾸는 것은 물론 손님을 맞이하기 위하여 음식을 준비하는 일을 하며, 때로 글을 쓰기도 한다.

    집 뒤쪽에 자리 잡은 온실은 상추와 쑥갓, 고추, 호박, 열무, 배추 등 온갖 채소를 기르고 있는데 그곳에서 씨를 뿌리고 물을 주고 김을 매고 거름을 주느라 수시로 드나드는 바람에 남편은 온실을 내 연구실이라고 부른다. 원래 시멘트 바닥이었던 곳에 흙을 사다 깔고 음식 찌꺼기와 과일껍질로 만든 퇴비를 넣은 온실은 이제 아주 기름진 땅이 되었다. 서툴고 힘들지만 내가 가꾼 싱싱한 채소를 먹을 수 있는 기쁨은 이곳에 와서 느껴보는 진정한 행복 가운데 하나라고 생각한다. 아침마다 물을 주고 잡초를 솎아내지만 늘 잡초는 채소보다 더 빨리 자란다. 그나마 달팽이가 먹고 남겨둔 것을 먹고 뜰에 있는 복숭아는 새들이 쪼아 먹고 남겨둔 것을 먹는 형편이지

(위) 뉴질랜드 집 2층 데크에서
내려다 본 연못과 숲.
(옆) 뉴질랜드 집 전경.
(아래왼 · 오른쪽) 집안 곳곳에
놓여 있는 작품들. 아래 오른쪽은
마스터워크 갤러리 전시 작품들.

만 그들도 모두 우리 식구들이기에 불만은 없다.

우리에겐 아이가 없다. 늦게 결혼했지만 두 사람 모두 지극히 정상이라는 데 용기를 가지고 아기를 갖고자 노력을 한 적이 있었다. 그러나 내가 그 오랜 세월 동안 너무 많은 진통제를 복용해 왔고 또 지금도 진통제 없이는 견딜 수 없다는 사실이 마음에 걸렸다. 또 한 가지는 우리가 떠나고 난 뒤에 이 험한 세상에 홀로 남을 아이를 생각하면 그 아이에게 못할 짓을 하는 것 같은 생각도 들었다. 결국 우리는 비록 우리 자식들이 아니더라도 세상에 우리들의 손길을 필요로 하는 가엾은 아이들이 모두 우리 자식들이라는 생각으로 아기 문제를 단념하게 되었던 것이다.

또한 우리가 세상의 모든 행복을 가질 수는 없는 일이며, 우리에게는 자식이 없는 일이 거기에 해당하는 일일 것이라고 생각했다.

이곳에 와서 밤낮으로 바쁘게 살면서 우리가 깨달은 결론은 하느님이 우리에게 다른 일을 맡기시려고 아기를 주지 않으신 것인지도 모른다는 생각이다.

그러나 지금 우리에게는 수많은 부양가족이 있다. 몇 년 동안 독일 셰퍼드 챔프와 고양이 재롱이, 그리고 연못에 사는 금붕어 오십여 마리와 개구리 두 마리, 가끔 새끼들을 데리고 와서 놀다 가는 오리 식구들…….

문제는 우리가 숲 속 외진 곳에 사는 바람에 재롱이와 챔프의 친구가 없다는 점이다. 챔프는 숫놈이고 재롱이는 암놈인데 친구를 찾아 온 산을 헤매는 것을 보다 못해서 두 녀석 모두 수술을 해주었는데, 남편은 이런 우리 가족 구성원들을 ‘The Singles’라고 부르고 있다.

챔프와 재롱이는 우리가 작업하는 동안 늘 우리 곁에서 낮잠을 자는데 틈만 나면 놀아주기를 바라며 보채는 것이 내 생각에는 아마도 우리를 각각 자기네 동족으로 아는 것 같다.

챔프는 넓은 잔디밭에서 공을 가지고 남편과 '월드컵 축구' 경기 하는 것을 가장 좋아하고, 재롱이는 기다란 끈을 가지고 장난치는 것을 좋아한다. 한 가지 문제는 다른 개들의 모습을 보지 못한 탓 인지 분명히 숫놈인 챔프가 한 쪽 다리를 들지 않고 암놈처럼 서서 소변을 본다는 것이다.

집안에서 잠을 자는 재롱이는 겨울날 벽난로에 불을 지피고 거실에 누워 있으면 우리 두 사람 사이에 저도 사람처럼 누워서 잠을 자는 등 온갖 재롱을 다 피워서 아이가 없는 우리 집에 웃음을 선사하곤 한다.

한번은 집 안팎을 수시로 드나들던 재롱이가 보이지 않은 적이 있었다. 나는 처음 길러보는 고양이 재롱이에게 정이 들었기 때문에 여기저기를 찾아 다녔지만 찾을 수가 없었다.

집 아래쪽으로는 우리도 내려갔다가 길을 잃었던 적이 있을 정도로 수 백년도 더 되는 고목들이 우거진 깊은 숲이 있어서 나는 재롱이도 그 숲 속에서 길을 잃은 것으로 생각했다. 시간이 지날수록 재롱이 꿈을 꿀 정도로 걱정은 커져 갔다. 날씨는 수시로 변화가 심해서 장대 같은 폭우가 쏟아지다가 우박이 오고 바람이 부는 날이 반복되면서 나흘이라는 시간이 흘러갔다. 남편은 체념을 하라고 했지만 나는 견딜 수가 없었다.

나흘째 되던 날 점심을 준비하러 이층으로 올라와 데크로 나가 숲 쪽을 향하여 큰 소리로 재롱이 이름을 불러 보았다. 그때 어디선가 아주 가냘프게 '야—옹' 하는 소리가 들리는 것이 아닌가. 나는 내 귀를 믿을 수 없어서 계속해서 재롱이 이름을 불렀는데 분명히 무슨 소리가 들리는 것 같았다.

반신반의하는 남편을 재촉해서 무작정 숲 속으로 내려갔다. 길도 없이 우거진 나뭇가지와 덩굴을 헤치고 정신없이 내려가면서 계속 이름을 부르자 재롱이의 목소리가 점점 가까워지는 것이었다. 이윽고 삼백 년 이상 되었음직한 카우리 나무 고목 위쪽에서 재롱이 목소리가 나는 것을 발견했는데 무성한 나뭇잎과 덩굴 때문에 재롱이의 모습을 볼 수도, 또 나무 위로 올라갈 수도 없는 것이었다. 주인의 목소리를 들은 재롱이는 더욱 필사적으로 애처로운 비명을 지르고 있었다. 아마도 무엇인가에 쫓겨서 올라간 나무 위에서 내려올 수가 없었던 모양이었다.

결국 집으로 돌아와서 접는 사다리를 짊어지고 다시 숲으로 내려갔다. 남편이 사다리 끝까지 올라가서 다시 고목 윗부분으로 기어 올라가 천신만고 끝에 재롱이를 구출할 수 있었는데 그 몰골이 말이 아니었다. 그도 그럴 것이 고목 위에서 비바람과 우박을 맞으면서 나흘을 굶었을 것이니 당연한 일이었다. 재롱이도 굴굴거리며 반가움에 어쩔 줄 몰라했다. 나는 준비해 간 먹을 것을 먹이고 나서 재롱이를 안고 집으로 올라왔다.

'노란 숲 속에 난 길'에 서서

　요즘 우리의 일과는 아침에 일어나 숲을 바라보며 버터와 꿀을 바른 토스트와 여러 가지 과일을 잘게 잘라 넣은 우유를 한 잔 마시는 것으로 시작된다. 그리고 그는 체육관에 가고 나는 거실에 설치된 트레드밀에서 40~50분 정도 운동을 함으로써 건강을 유지하는 것은 물론 작업을 하기 위한 체력을 다진다.

　그리고 샤워를 마치고 난 뒤 그가 체육관에서 돌아오면 커피를 한 잔씩 마시면서 그날의 작품 구상을 하는데 거의 날마다 커피 잔을 든 채로 작업장으로 내려가는 것이 보통이다.

　정신없이 각자의 작업에 열중하다 보면 점심 먹을 때가 되는데, 나는 하던 일을 멈추고 투덜거리며 점심을 준비하기 위해 먼저 2층으로 올라온다. 점심이 준비되면 함께 점심을 먹고 나서 나는 작업장으로 먼저 내려가고 그는 설거지를 마친 뒤 차를 만들어서 얌전한 색시걸음으로 조심스럽게 두 잔의 차를 들고 아래층으로 내려온다.

　그리고 다시 저녁때까지 오후 작업을 계속하거나 유약을 입히는 작업 또는 가마에 구울 준비를 하기도 한다.

하룻밤 내내 가마에 불을 지피고 나서 식히는 이틀 동안 우리는 언제나 흥분된 상태다. 이번에 넣은 작품은 어떤 모습과 어떤 빛깔로 우리 눈앞에 나타날 것인가 하는 설렘과 기대감 때문이다. 때로 살짝 금이 가거나 열을 못 이겨 휘어져버린 작품들을 대할 때면 기형의 자식들을 대하듯 가슴이 아프고 안타깝기도 하다.

그러나 완전한 형태의 찬란한 빛깔로 만들어져 나오는 대부분의 작품들을 볼 때면 아무 아름다움도 없던 흙덩어리가 유약과 불에 구워져 전혀 새로운 형태의 다른 모습으로 나타나는 것이 불가사의하고 신기하기만 하다. 그래서 도자기의 세계는 늘 새롭고 지루할 틈이 없다.

인간이 자기가 좋아하는 일을 할 수 있고 또 그 일이 늘 새롭고 흥미진진하다면, 설혹 그 일이 커다란 부나 명예를 가져다주지 못한다고 해서 가치가 없는 일이라고 할 수 있겠는가.

나는 6년 전 그가 남은 인생을 도자기에 바치고 싶다는 말을 했던 그날을 잊을 수 없다. 그때는 몰랐지만 나 자신도 그때 이미 도자기에 모든 것을 바치도록 예정되어 있었는지도 모른다.

지금 이렇게 아름다운 새소리가 들리고 시선이 가는 끝까지 초록빛 나무 잎새들이 반짝이는 이 아름다운 산속에서 사랑하는 우리 두 사람이 서로를 격려해 가며 우리들의 혼을 불어 넣은 도자기를 만들고 그림을 그려 아름답게 장식할 수 있다는 것은 얼마나 행복한 일인가.

나는 지금도 공직생활 때의 꿈을 자주 꿀 정도로 그 힘들었던 시절에 대한 아련한 향수를 가지고 있다. 그 지난 시절을 돌이켜 보면 수많은 선량한 공무원들에 견주어 나쁜 사람들은 지극히 소수였다는 생각이 든다.

거의 27년 동안 내가 함께 근무했던 그 수많은 사람들이 지금까지도 반갑게 서로의 안부를 묻고 만나고 싶어하는 것은, 비록 불의를 참지 못하는 내 불같은 성격과 지나친 정의감으로 말미암아 상처를 입은 일이 있었음에도 내가 비뚤어진 사람이 아니었기 때문이 아닐까 하는 생각이 든다.

융통성이 없고 독선적인 내 성격은 나와 관련되었던 모든 사람들에게 참으로 어려운 기억으로 남아 있었을 텐데 말이다.

그러나 꼭 한 가지 내가 스스로에게 자신 있게 말할 수 있는 점은 나는 부정한 일이나 불의와 타협한 적이 없으며 또 언제나 자신에게 주어진 환경에 굴복하지 않고 최선을 다하여 그날그날을 살아 왔다는 점이다.

나는 물론 현재 내게 주어진 새로운 인생에 대하여도 여전히 최선을 다하고 있다.

도자기를 빚는 틈틈이 이미 3년 전부터 써온 소설을 완성하고 남편의 삶을 소재로 한 무술소설 극본도 마저 쓸 계획이다. 또 내게 남겨주셨던 어머니의 원고를 정리하여 백사(白沙)라는 어머니의 호를 딴 문집도 내고 싶은 게 꿈이다.

우리에게는 아직도 꿈이 남아 있다. 2003년에 화려한 데뷔전을 가졌던 우리는 전시회가 끝나자 대문을 닫아 걸고 칩거상태에 들어갔다. 연구와 실험이 반복되는 나날이었다. 늘 새롭고 더 아름다운 도자기를 만들겠다는 일념에서였다. 2004년 3월 현재 하와이에서 전시회 제의를 받은 상태이고, 또 올 하반기에는 웰링턴에서 전

태권도의 각종 품새를 장식한 도자기들.

시회도 계획하고 있다

현재 우리가 만들고 있는 도자기의 종류 가운데 하나는 무술 도자기이다. 처음 그가 도자기를 시작하게 된 동기는 태권도를 수련하는 사람들에게 의미 있는 선물을 주고 싶어서였다. 그래서 평소에 늘 하고 싶었던 도자기를 배워서 그 도자기에다 태권도의 각종 품새를 한국 전통기법인 상감과 박지, 투각 등으로 장식함으로써 태권도를 보급하는 한편 예술적으로 승화시켜 길이 남을 수 있도록 하고자 함이었다. 이를 위하여 가능하다면 세계 어느 곳이든 태권도를 하는 곳에 가서 이런 무술 도자기를 전시하고 보급함으로써 태권도의 우수성을 세계 곳곳에 알리는 것이 꿈이다. 그래서 그가 여러 동작의 품새를 취하면 내가 그것을 보고 스케치한 뒤 서로 상의하여 작업에 들어가는 것이다.

그러나 가슴 깊은 곳에 감추어 둔 꼭 이루고 싶은 한 가지 꿈은 언젠가 우리가 이루고자 하는 목적을 어느 정도 이루었다는 생각이 들 때, 우리는 그리운 고국 땅으로 돌아갈 계획이다. 이 땅에 우리 도자기의 뿌리를 내리고, 누군가 우리 뒤를 이어 그 일을 계속해 나갈 사람을 찾아내어 물려주고 나면, 우리는 미련 없이 고국으로 돌아가려는 것이다.

내 어머니, 내 아버지가 묻힌 고국 땅으로 돌아가서 언젠가 신혼여행 때 돌아다니던 깊은 산골의 아주 조그만 마을에 들어가 그곳의 노인들을 위해 경로당을 지을 것이다. 그리고 그는 아이들을 모아 영어도 가르치고 태권도도 가르치며 '헬로 할아버지' 소리를 듣고 싶다고 한다.

자식이 없는 우리들은 가난 때문에 공부를 계속하지 못하는 아이들 장학금도 대주고 도자기 만드는 법을 가르치면서 멀리 태평양 건너에 있는 이 아름다운 나라 뉴질랜드의 이야기도 해줄 것이다.

그리하여 우리 어린이들이 어려서부터 동경과 꿈을 가지고 자라서 넓은 세계로 그 꿈을 펼쳐 나갈 수 있도록 해주고 싶다.

또한 아주 가난한 집에서 태어나 어렵게 공부를 하고 마흔이 넘어서 자신들의 인생을 바꾸어 멋지게 두 번째의 인생도 성공적으로 살아낸 두 사람의 이야기를 아주 전혀 모르는 사람들의 이야기를 하듯 그렇게 그들에게 들려줄 생각이다.

나는 지금 '노란 숲 속에 난 두 갈래 길' 가운데 다른 하나의 오솔길에 서 있는 자신의 모습을 본다. 지금까지 내가 살아온 한 인생의 막이 내리고 또 다른 인생의 막이 올라간 것이다.

이 회상기는 내 삶의 전반기인 제1막에 대한 이야기이다. 각각 다른 곳을 바라보며 최선을 다하여 살아온 우리 두 사람이 한 곳을 바라보며 연기할 수 있는 무대가 비로소 우리 앞에 펼쳐진 것이다. 나는 제2막에서도 열심히 내게 주어진 역을 연기해낼 것이다.

그 누가 나에게 묻는다면 나는 자신 있게 말할 것이다. 삶은 아름다운 것이며, 노력하며 살아 볼 만한 가치가 충분히 있는 것이라고.